CINZAS DO NORTE

MILTON HATOUM

CINZAS DO NORTE

8ª reimpressão

Copyright do texto © 2005 by Milton Hatoum

Grafia atualizada segundo o Acordo Ortográfico da Língua Portuguesa de 1990, que entrou em vigor no Brasil em 2009.

Capa
Jeff Fisher

Preparação
Márcia Copola

Revisão
Adriana Moretto
Juliane Kaori

Os personagens e as situações desta obra são reais apenas no universo da ficção; não se referem a pessoas e fatos concretos, e sobre eles não emitem opinião.

Dados Internacionais de Catalogação na Publicação (CIP)
(Câmara Brasileira do Livro, SP, Brasil)

Hatoum, Milton
  Cinzas do Norte / Milton Hatoum. — 1ª ed — São Paulo : Companhia das Letras, 2010.

ISBN 978-85-359-1722-2

1. Romance brasileiro I. Título.

10-07626   CDD-869.93

Índice para catálogo sistemático:
1. Romances : Literatura brasileira 869.93

Todos os direitos desta edição reservados à
EDITORA SCHWARCZ S.A.
Rua Bandeira Paulista, 702, cj. 32
04532-002 — São Paulo — SP
Telefone: (11) 3707-3500
www.companhiadasletras.com.br
www.blogdacompanhia.com.br
facebook.com/companhiadasletras
instagram.com/companhiadasletras
twitter.com/cialetras

Para o João, que nasceu com este livro.

Eu sou donde eu nasci. Sou de outros lugares.
JOÃO GUIMARÃES ROSA

Li a carta de Mundo num bar do beco das Cancelas, onde encontrei refúgio contra o rebuliço do centro do Rio e as discussões sobre o destino do país. Uma carta sem data, escrita numa clínica de Copacabana, aos solavancos e com uma caligrafia miúda e trêmula que revelava a dor do meu amigo.

"Pensei em reescrever minha vida de trás para frente, de ponta-cabeça, mas não posso, mal consigo rabiscar, as palavras são manchas no papel, e escrever é quase um milagre... Sinto no corpo o suor da agonia", é o que se lê pouco antes do fim. Na margem da última página, estas palavras: "meia-noite e pouco".

Talvez tenha morrido naquela madrugada, mas eu não quis saber a data nem a hora: detalhes que não interessam. Uns vinte anos depois, a história de Mundo me vem à memória com a força de um fogo escondido pela infância e pela juventude. Ainda guardo seu caderno com desenhos e anotações, e os esboços de várias obras inacabadas, feitos no Brasil e na Europa, na vida à deriva a que se lançou sem medo, como se quisesse se rasgar por dentro e repetisse a cada minuto a frase que enviou para mim num cartão-postal de Londres: "Ou a obediência estúpida, ou a revolta".

1

CAMINHAVAM JUNTOS, sob o sol ou nos dias de chuva, Fogo e Jano, seu dono. O cachorro se adiantava, virava o focinho para o lado, esperava, se empinava um pouco, farejava o cheiro do homem, escutava os sons roucos da voz: "Vamos logo, Fogo... Vai, vai andando".

Eram inseparáveis: Fogo dormia perto da cama do casal, e Alícia não suportava isso. Quando o cão trazia carrapatos para a cama, ela o enxotava, Jano protestava, o bicho soltava ganidos, ninguém dormia. Então Fogo voltava, quieto e mudo, e se aninhava no cantinho dele, forrado com uma pele de jaguatirica. Ela ia dormir no quarto do filho. Nos últimos meses da vida de Jano foi assim: Fogo e seu dono num quarto, e a mulher, sozinha, no quarto do filho ausente. O cachorro tinha na pelagem umas manchas amareladas que o menino detestava porque um dia o pai dissera: "Manchas que brilham que nem ouro. Aliás, Fogo é um dos meus tesouros".

Antes de conviver com Mundo no ginásio Pedro II, eu o vi uma vez no centro da praça São Sebastião: magricelo, cabeça quase raspada, sentado nas pedras que desenham ondas pretas e brancas. Ao lado de uma moça, ele mirava a nau de bronze do continente Europa; olhava o barco do monumento e desenhava com uma cara de espanto, mordendo os lábios e movendo a cabeça com meneios rápidos como os de um pássaro. Parei para ver o desenho: um barquinho torto e esquisito no meio de um mar escuro que podia ser o rio Negro ou o Amazonas. Além do mar, uma faixa branca. Dobrou o papel com um gesto insolente, me encarou como se eu fosse intruso; de repente se levantou e estendeu a mão, me oferecendo o papel dobrado.

"Mundo?", perguntei, antes de agradecer.

Sorriu com o canto da boca, os olhos escuros ainda assustados.

"Naiá, esse aí é o sobrinho do Ranulfo?"

A moça o agarrou pela cintura, e os dois se afastaram, o rosto de Mundo voltado para mim e em seguida para o monumento.

Foi o primeiro desenho que ganhei dele: um barco adernado, rumando para um espaço vazio, e toda vez que passava perto da nau *Europa*, lembrava do desenho de Mundo.

Só fui tornar a encontrá-lo em meados de abril de 1964, quando as aulas do ginásio Pedro II iam recomeçar depois do golpe militar. Os bedéis pareciam mais arrogantes e ferozes, cumpriam a disciplina à risca, nos tratavam com escárnio. Bombom de Aço, o chefe deles, mexia com as alunas, zombava dos mais tímidos, engrossava a voz antes de fazer a vistoria da farda: "Bora logo, seus idiotas: calados e em fila indiana".

Naquela manhã, o portão do colégio estava fechado durante o recreio, e a chuva confinava os ginasianos sob os pórticos revestidos de mármore. Antes de soar a sirene, apareceu uma mulher segurando uma sombrinha vermelha que protegia apenas o corpo do estudante que a acompanhava; tinham quase a mesma altura. Bombom se precipitou para abrir o portão para os dois, que subiram lentamente a escadaria. Os alunos se dispersaram para que eles atravessassem o saguão; não olharam para ninguém, foram observados por todos. O bedel os conduziu à sala do diretor, e quando a sirene disparou, a mulher reapareceu, sozinha, o cabelo ondulado úmido; a blusa de seda, molhada, provocou assobios dos veteranos. A morena de cerca de trinta anos desceu com pressa a escadaria; na calçada, abriu a sombrinha e aproximou o rosto das grades de ferro. Viu-me encostado a uma coluna e me chamou: era um absurdo não ir visitá-la, mas de agora em diante eu não teria mais desculpas, seu filho ia estudar no Pedro II. Concordei com um gesto tímido, e ela ainda disse: "Penso na tua mãe como se estivesse viva". Era Alícia, a mãe de Mundo.

No começo ele foi apenas um colega de sala. Esquivo, o mais estranho de todos, e dono de certas regalias. Nas manhãs chuvosas, um DKW preto vinha pela Rui Barbosa e estacionava no pátio lateral. Mundo subia a escada, protegido por um guarda-chuva que o chofer segurava. Este dizia ao bedel: "Aí está o menino". Mas, quando Mundo chegava atrasado, tinha que esperar o intervalo seguinte. Nós o víamos rondar o coreto da praça das Acácias, depois sentar num banco e desenhar um bicho-preguiça, uma garça, o rosto de um transeunte. As regras disciplinares o transtornavam; mesmo assim, o desleixo da farda e do corpo crescia, enraivecendo os bedéis: cabelo despenteado, rosto sonolento, mãos sujas de tinta; a insígnia dourada inclinada na gravata, o nó frouxo no colarinho, ombreiras desabotoadas. Ele usava uma meia de cada cor, arregaçava as mangas, não polia a fivela do cinturão. Bombom o barrava e ameaçava: preguiçoso, displicente, pensava que filhote de papai tinha vez ali? Mundo não respondia: sentava atrás da última fila, isolado, perto da janela aberta para a praça. Nos dias de chuva forte, passava o recreio em pé, diante dessa janela, observando as árvores que a tempestade derrubara, os jacarés entre as pedras, as aves aninhadas à beira do pequeno lago, alguém sentado num banco, solitário, à mercê das rajadas, e, mais longe — naquela época o horizonte ainda era visível —, as casinhas de madeira inundadas ou submersas e os barcos e canoas emborcados ou à deriva nos igarapés do centro de Manaus.

Nos intervalos, caminhava sem medo no meio dos veteranos valentões, ignorando as ameaças, arriscando-se a levar um empurrão ou tapa. No silêncio nervoso de uma prova de matemática, ouvíamos o ruído da ponta do lápis no papel, rabiscando seres e objetos; mesmo assim, ele respondia às questões e era o primeiro a terminar a prova. No fim do ano, Mundo nos surpreendeu: aprovado em todas as disciplinas.

Quando eu me aproximava para puxar conversa, mostrava umas caricaturas a bico de pena e perguntava se eu tinha gostado. Fechava o caderno se via certos colegas por perto, desprezando-os com uma altivez que os irritava.

"A gente estuda que nem condenado, como é que ele consegue passar de ano?", reclamava o Minotauro. E o Delmo: "Os pais dele devem dar uma boa gorjeta aos professores e bedéis. Já se livrou até dos Jogos da Arena".

Jogos da Arena era um torneio de luta livre num círculo de areia suja. Nas tardes de sábado, o professor de educação física sorteava os participantes entre veteranos e calouros. Os estudantes do Pedro II cercavam o areal, e, na calçada, alunos de outros colégios e soldados de folga assistiam ao espetáculo pela grade, torcendo e se divertindo, como se fossem bichos fora da nossa jaula. Aos poucos os lutadores perdiam o medo, ficavam ferozes, competiam que nem animais acurralados.

Num desses torneios morreu Chiado. Seu adversário, um veterano do último ano, foi tão aplaudido que nem notou a cabeça engastada nas barras de ferro. Ergueu os braços vitoriosos enquanto o outro sangrava; alguém soltou um grito, ele virou o corpo e deparou com os olhos fechados de Chiado. Com mãos de gancho separou as barras, a cabeça esmagada caiu, e vimos a boca ensanguentada e depois o corpo sendo carregado até o professor.

Uma semana de luto, o círculo de areia em silêncio. Olhávamos para a arena e lembrávamos do Chiado, o rosto esmurrado e chutado pelo aluno parrudo. Sua morte foi comentada durante o ano inteiro. Em novembro, depois de um processo que não deu em nada, o veterano foi expulso do Pedro II, os jogos recomeçaram, ainda mais violentos: lutadores que prometiam vingança e apontavam as barras de ferro retorcidas, evocando a valentia do amigo punido, e os covardes que se cuidassem.

Mundo não participava dos torneios, nem praticava os demais esportes: fora dispensado graças a um atestado médico arranjado por Alícia; mas tinha que ficar na quadra e responder à chamada nas aulas de educação física. Ela ainda apareceu duas ou três vezes com o filho: chegavam abraçados, no portão se despediam com beijos e afagos; ele subia a escada virando o rosto para a mãe, e a cada degrau seu sofrimento parecia aumentar. Ela ia embora antes que ele entrasse; andava com pressa até o carro, enquanto Mundo a seguia com os olhos, esperando um aceno. Aos treze anos já era mais alto que Alícia, de quem herdara o rosto anguloso e os olhos grandes e escuros, meio repuxados, "de alguma tribo esquecida", como ele próprio escreveu anos depois. Quando chovia, os veteranos o cercavam no saguão: "Tua mãe não veio? Molhada é ainda mais bonita", e ele, com o rosto crispado, mordia os lábios e devolvia com um olhar desafiador os gracejos idiotas. E logo percebemos que seu poder, além de emanar das mãos, vinha também do olhar.

As primeiras caricaturas causaram alvoroço no Pedro II: apareceram na capa dos quatrocentos exemplares do *Elemento 106*, o jornaleco do grêmio. Destacava-se o desenho do semblante carrancudo do marechal-presidente: a cabeça rombuda, espinhenta e pré-histórica de um quelônio, o corpo baixote e fardado envolto numa carapaça. Ao redor das patas, uma horda de filhotes de bichos de casco com feições grotescas; o maior deles, o Bombom de Aço, segurava uma vara e ostentava na testa o emblema do Pedro II. Um mês de suspensão para os redatores, dez dias para o artista, e apreensão do jornal. Mesmo assim, a capa do *Elemento 106* ficou exposta por toda parte: nos banheiros, na cantina, nas lousas, na porta da sala da direção. Era arrancada e rasgada, e reaparecia no dia seguinte, apesar das rondas dos bedéis, e das ameaças de punição e até de expulsão.

Quando Mundo voltou, o professor de educação física o repreendeu: mais uma brincadeira como aquela, e rua! Foi xingado de subversivo pelo Delmo, insultado pelo Minotauro: artista de araque, neto de galegos. Ficava sozinho no fundo da sala, atento aos nossos gestos, os olhos fisgando um e outro; depois inclinava a cadeira, encostando-a na parede, abaixava a cabeça, concentrado, o rosto perto do papel.

No bate-bola do aquecimento, sentava à sombra da marquise dos laboratórios e espiava; os olhos graúdos e pestanudos nos seguiam, mangando talvez do nosso esforço, alheio às ordens do professor: "Bora, rapaz, entra no jogo, porra". Quando o apito trilava, e os bandos se precipitavam na quadra de cimento, Mundo se deslocava para a arquibancada, abria a caixinha de lápis e desenhava os corpos que corriam, trombavam, se contorciam, giravam, caíam.

Corpos caídos foi a primeira sequência que ele deixou sobre sua carteira numa manhã em que foi à cantina. Vimos nossos corpos tombados, nossos rostos fazendo caretas medonhas: o Minotauro, meio monstruoso e o único sem cabeça, o Delmo com cara de gafanhoto, e o professor, no centro da quadra, um arlequim atarracado, a cabeça separada do corpo. Os desenhos distorciam e misturavam nossos corpos, reconhecíamos traços de nós mesmos e dos outros, de modo que todos se sentiram ultrajados. Delmo, enfezado, quis rasgar tudo e partir pra porrada: "Que tal umas cacholetas? um sabacu?". Minotauro, muito mais forte, pinçou com os dedos da mãozorra o pescoço do Delmo: "Nada disso, rapaz. Tenho uma ideia melhor".

Foi na manhã de um sábado de novembro, antes dos exames finais do segundo ano. Minotauro se aproximou de Mundo: por que não iam até a praça? As meninas estavam loucas para ver os desenhos. Ele concordou. Uma roda de alunas cercou o banco enquanto Mundo mostrava os corpos caídos; Minotauro colou com carrapicho um chumaço de rabiola na traseira do artista, tocou fogo com álcool e se afastou; eu ia correr para alertá-lo, Minotauro me segurou, tapou minha boca com a mãozorra e curvou com força minha cabeça. Mundo estranhou a risada das garotas, viu a fumaça entre suas pernas, deu um pinote e se atirou no lago. Depois sentou na pequena ponte de pedra, tirou os sapatos e o cinturão, e ficou ali, todo molhado, fitando os bichos, ouvindo a zombaria dos ginasianos. Dezenas. Não se mexeu; esperou o sinal do fim do recreio, a praça sem fardas, urros ou gargalhadas. Parecia mais triste que raivoso. "Estou acostumado", disse, sem olhar para mim. E não respondeu quando perguntei se ia dar queixa à diretoria.

Mais tarde, da janela da sala, eu o vi caminhar descalço, sem camisa, o cinturão no pescoço, os cadarços dos sapatos enroscados nas mãos. Seu corpo sumia nos caminhos sinuosos da praça e reaparecia na sombra das acácias. Passou perto das sentinelas de bronze do quartel da Polícia Militar e contornou o edifício, como se rumasse para o porto.

2

No fundo da sala, a cadeira de Mundo vazia. Não fez os exames finais, perdeu o ano letivo e foi estudar no Colégio Brasileiro, onde podia desenhar à vontade, acordar tarde, entrar na aula no meio da manhã e cabular sem ser caceteado. Guardei o caderno de desenhos que ele, assustado, jogara no chão antes de mergulhar no pequeno lago da praça. Depois nos encontramos na porta do empório Casa Africana. Ele andava devagar, pisando pesado, o casaco da farda verde-amarela no ombro; tocou meu peito com o indicador, sorrindo com ironia: "O nó da gravata está frouxo. E o emblema do imperador? Sumiu?".

Quis lhe devolver a sequência dos *Corpos caídos*. Recusou, eu podia ficar com os desenhos; tirou revistas de uma pasta de couro, as folheou: caricaturas de Daumier, não eram geniais? "Estes são brasileiros, Guignard, Volpi, Portinari. Estes aqui são franceses... e a revista é sobre arte africana." Era a coleção Gênios da Pintura.

Falava com entusiasmo de artistas famosos e de anônimos, e parecia embriagado pelas imagens. Começou a ler trechos de um livro, sem se incomodar com o sol abrasador do meio-dia; lia e me mostrava a foto de uma pintura ou escultura. Levou um susto com a buzina do DKW. Pôs os livros e revistas na pasta e se dirigiu ao chofer: "Que foi, Macau?".

"Vamos almoçar?", disse o homem, a cabeça fora da janela.

Tentei ver o rosto do pai no banco traseiro, mas ele estava voltado para o outro lado. Mundo se despediu e entrou na Casa Africana. Esperei o carro partir e atravessei a praça em direção à Vila da Ópera. Avistei cuecas velhas estendidas numa corda trançada no fim da servidão. Tio Ran! Nem isso ele lava! E exige tudo da irmã, não lhe dá trégua. Recolhi a roupa dele, senti cheiro de limão, alho e pimenta, e vi tia Ramira ticando peixe na cozinha. Tirei o cinturão, e já desatava o nó da gravata quando ouvi uns latidos.

"É assim que Fogo dá as boas-vindas", disse Jano.

Não conseguiu convencer Mundo a almoçar em sua casa e veio direto para cá, pensei, observando-o. Era a segunda vez que o via de muito perto, os olhos miúdos acinzentados e a testa enrugada como se estivesse sempre franzida. Em poucos anos a doença o envelhecera, mas a pose era a mesma. A camisa de linho engomada, azul com botões de madrepérola; a calça branca, larga. O que eu lembrava do primeiro encontro: o cinturão, grosso, cinza-escuro, quase da cor dos olhos. A voz, meio rouca, parecia mais grave: "Cadê tua tia?".

Ela apareceu, e sua expressão foi de surpresa e vergonha. Cheirava a peixe cru, e, antes de cumprimentar o visitante, limpou as mãos no avental. "O senhor por aqui?"

"Faz tempo que Fogo farejou gente nova na vizinhança."

Entreolharam-se por algum tempo, até ela abrir os braços e erguer a cabeça: se desculpou pela desordem da sala, pelas manchas de mofo nos tabiques, as ripas do forro empenadas.

"Mesmo assim, a senhora sabe, é uma grande vantagem morar no centro. Lá naquele matagal vocês estavam longe de tudo."

Fogo abocanhou um vestido vermelho que ela havia costurado, o arrastou pela saleta, rodeando o dono. Ramira não reagiu à insolência do animal — tentou acariciá-lo; ele largou a peça de roupa, rosnou e foi farejar cheiros antigos, lá do Morro da Catita.

"Meu irmão vai pintar as paredes e arrumar a casa. Quer dizer, ele diz isso desde que a gente se mudou para cá. Quando ficar pronta, o senhor vem tomar um café", disse ela, servil e emocionada.

"Ele está morando aqui ou ainda vive como um cigano?", Jano perguntou, contrariado.

"Um cigano", repetiu Ramira. "Aparece de vez em quando, depois some."

Jano bateu no meu ombro esquerdo, pôs o dedo nas três

divisas verdes costuradas na manga da camisa: "Teu sobrinho promete coisa melhor... bem melhor que o tio e que meu filho, que até agora não promete nada. Vocês foram colegas de sala no Pedro II, não é? Mundo não fez os exames finais do segundo ano. E, pelo jeito, vai levar bomba de novo no Colégio Brasileiro. Eu soube que faltava às aulas de educação física. A mãe dele se orgulha disso, pensa que Mundo é muito delicado para praticar esporte. Meu chofer viu vocês dois lá perto do Brasileiro. Qual era a conversa?".

"Arte", eu disse. "Ele só fala nisso. As pinturas..."

"Por isso não promete nada", Jano interrompeu. "Arte... quem ele pensa que é?"

Despediu-se de Ramira, me olhou de esguelha e assobiou para o cachorro: os dois andaram lado a lado até a porta; Fogo deu um salto e saiu trotando pela servidão, as manchas amarelas brilhando ao sol, e o eco do grito rouco: "Vai, salta, corre". Minha tia lamentou: era uma vergonha receber um homem tão fino naquela bagunça, as promessas de Ranulfo não valiam nada.

Nossa casa na Vila da Ópera nunca ficou em ordem: o trabalho da costureira multiplicava panos, retalhos e moldes, e, vez ou outra, tio Ran levava para lá Corel e Chiquilito, dois amigos que começavam a fumar e beber antes da caldeirada de sábado; acabavam dormindo no assoalho, perto da porta aberta para a servidão, pois Ramira os proibia de pisar na saleta de costura; na manhã de domingo acordávamos com os discursos de um e outro, que defendiam ideias amalucadas sobre uma revolução no Brasil. Os assuntos eram variados e cruzados: reforma agrária, pesca de tambaqui, festa a bordo de um navio, o mais novo prostíbulo de Manaus, o Varandas da Eva. Brindavam ao Varandas, e Corel, com a bagana apagada na boca, gritava, animado: "O Rosa de Maio ainda é o melhor!". Tinham esquecido a revolução e a reforma agrária, e recordavam as noites da juventude no Rosa de Maio, Lá Hoje, Shangri-lá. Iam embora quando nem mesmo eles se reconheciam, deixando no chão um monte de pontas de cigarro e palitos de fósforos, copos com bebidas misturadas e um azedume que impregnava a saleta até a faxina seguinte. O resto do domingo se arrastava, a casa ficava tão enfadonha que eu e minha tia íamos passear no balneário Quinze de Novembro. Ela aturava a esbórnia porque o irmão, desde a morte do meu pai, se tornara o "homem da casa".

No início de 1961, quando nos mudamos para o centro, o Morro da Catita ainda era formado de chácaras e casinhas esparsas no meio de uma mata que começava em São Jorge e se estendia até o limite de uma vasta área militar. Uma picada estreita ligava o Castanhal do Morro à estrada da Ponta Negra, em frente ao quartel do Batalhão de Infantaria da Selva. Quando tia Ramira precisava comprar tecido ou entregar uma costura a uma cliente no centro, andava pela picada até a entrada do quartel e esperava carona de um jipe ou caminhão militar. O trajeto demorava horas, mas ela se recusava a ir de canoa: não sabia nadar, tinha medo de morrer afogada no igarapé dos Cornos. Reclamava também do isolamento, da falta de luz elétrica, dos bichos que rondavam a casa, dos ouriços que caíam das castanheiras e quebravam com estalos assustadores as telhas de barro. Minha tia queria derrubar as árvores, o irmão não deixava: davam sombra e frutos e atraíam os animais que ele caçava. Ranulfo armava uma rede nos troncos, pendurava uma lamparina num galho e ficava lendo durante a noite; quando não chovia, amanhecia ali mesmo, ao relento, o livro aberto no peito nu, as folhas secas cobrindo parte do corpo. Os livros de tio Ran! Vinham de muito longe, do Sul, e ficavam empilhados no quartinho dele, lá nos fundos da chácara, nossa morada. Ele lia para mim um parágrafo ou uma frase longa, e se entusiasmava, esquecia que eu ainda era criança e não podia entender histórias complicadas, escritas com palavras difíceis; mesmo assim, continuava a ler em voz alta, e só parava para dar tapas nos braços e nas pernas, e então eu via o sangue dos mosquitos na pele morena. Lembro que, em plena tarde de um dia de semana, Ramira o encontrou lendo e fazendo anotações a lápis numa tira de papel de seda branco. Perguntou por que ele lia e escrevia em vez de ir atrás de trabalho.

"Estou trabalhando, mana", disse tio Ran. "Trabalho com a imaginação dos outros e com a minha."

Ela estranhou a frase, que algum tempo depois eu entenderia como uma das definições de literatura. E quando ele me dava uns livrinhos com desenhos, tia Ramira provocava: "Foram roubados de uma livraria ou comprados com o dinheiro daquela mulher?".

Cresci ouvindo meus tios brigarem por causa de Alícia, que tinha morado num bairro vizinho, o Jardim dos Barés. Uma história anterior ao meu nascimento que, no entanto, ainda era comentada no Morro da Catita e parecia não ter fim. Certa vez, eu e minha tia avistamos Alícia e Jano na rua da Instalação, saindo da Casa Vinte e Dois Paulista. Vinham abraçados e sorridentes em direção a nós; tia Ramira diminuiu o passo, ficou nervosa, me puxou pelo braço, quis voltar. Paramos numa atitude ridícula, e os dois se aproximaram, ela mais alta e mais altiva que ele, mas só Jano cumprimentou Ramira, com um sorriso, erguendo a mão. Vi o rosto maquiado de Alícia, senti sua mão espanar meu cabelo, os dedos perfumados roçarem meus lábios, e ouvi a voz dizer: "Como está grandinho, é a cara da mãe". Inclinou-se, me deu um beijo no canto da boca e se aprumou, repetindo: "A cara da Raimunda".

Eles se foram, e minha tia murmurou: "Que mulher insuportável. E como sabe fingir que gosta dele".

Quando Ramira anunciou de surpresa a compra de uma casinha na Vila da Ópera, o irmão reagiu como uma criança enfezada: "Queres morar perto do Jano, não é?".

"Eu e o meu sobrinho vamos sair daqui", disse ela, com calma. "Minhas clientes nem conseguem entrar no Morro. Lá no centro a clientela só vai aumentar."

Ele não se mexeu, pensando que era apenas uma ameaça. Mas, no dia em que Ramira fechou a máquina de costura e guardou moldes, revistas, carretéis, agulhas e panos, Ranulfo ficou olhando a arrumação com ar de derrota. Então ela me disse, alto: "Teu tio largou um ótimo emprego na Vila Amazônia... jogou o destino no lixo. No ano passado ainda brincou de locutor de rádio. Dois fracassos. Se ele quiser ficar aqui, pode arranjar um trabalho fixo e pagar o aluguel desta tapera".

Ele mesmo fez a mudança para a Vila da Ópera: encaixotou a máquina de costura, cobriu com panos surrados os móveis, a geladeira a querosene e o fogão, e transportou a tralha toda na caminhonete velha do Corel. Na carroceria, vi minha tia agarrada à máquina, o rosto aflito ao lado da cara zombeteira do irmão. Corel e Ranulfo carregaram tudo para dentro da nova casa, puseram cada objeto no lugar, e todos ficamos calados.

As cinco casinhas de madeira da Vila da Ópera, enfileiradas, se intrometiam como uma cicatriz num quarteirão de sobrados austeros; o acesso era por uma servidão de uns três metros de largura, e, à direita, um portão de ferro vedava a entrada de uma mansão moderna, cujo quintal cercava o pequeno pátio da nossa casa. A Vila fora erguida por operários que, em 1929, haviam trabalhado na construção de dois casarões geminados, e acabaram tomando posse do que tinha sido um canteiro de obras.

Tio Ran olhou os tabiques caiados com manchas de umidade, circulou teatralmente pela sala minúscula e resmungou: "Não vou morar aqui. Onde estão as castanheiras pra gente armar a rede? É muito apertado, mana. E triste demais".

"Onde vais dormir?"

Ele cutucou o amigo e perguntou: "Onde, Corel? Na carroceria da tua caminhonete? E onde vou guardar meus livros?".

Os dois começaram a rir, e logo tia Ramira entendeu a farsa. "Tu podes dormir no quarto do Lavo, na cozinha ou no pátio. Só não podes entrar no meu quarto e na saleta de costura."

Ele também entendeu.

Ranulfo fazia os trabalhos pesados e resolvia problemas com que a irmã detestava lidar. Em troca, podia dormir no chão da sala depois das noitadas extravagantes; passava dias sem aparecer, de repente chegava abatido, sem um centavo no bolso, e filava a boia que às vezes ele mesmo trouxera em estado bruto: queixadas, pacas e patos-do-mato, amarrados na carroceria da caminhonete de Corel. Tio Ran matava os animais com golpes de terçado e distribuía uns pedaços aos vizinhos. Comida para duas semanas. Arranjava bebida no bar do Sujo, onde pendurava a conta durante um mês e então mandava cobrar em casa. Recebíamos uma tira de papel de embrulho engordurado com a assinatura dele embaixo do total da dívida.

Muita gente em Manaus ainda lembrava das histórias e conversas de suas transmissões radiofônicas; quando criança, eu ficava acordado até meia-noite para escutá-las; tia Ramira fingia esconder o radinho de pilha, temendo a voz de demônio do irmão, mas ouvia tudo: o pessoal de uma chácara vizinha aumentava o volume de um aparelho poderoso. Eu tinha a impressão de que os moradores do Morro da Catita, do Jardim dos Barés, de Santo Antônio, São Jorge e da Glória se divertiam e choravam com o radialista falastrão. Lembro do Natal triste de 1960, quando ele chegou calado e, em vez de entrar em casa, trepou numa castanheira e ficou empoleirado lá em cima, fumando tabaco de corda e olhando para a ribanceira e para o igarapé dos Cornos. Fora demitido da rádio Rio-Mar: os padres que dirigiam a estação julgaram que seu programa semanal *Meia-Noite Nós Dois* se tornara insensato e obsceno demais. Mas tio Ran se orgulhava do único trabalho que lhe dera prazer e o fizera conhecido na capital e no interior do Amazonas.

"De qualquer forma", disse ele anos mais tarde, "depois do golpe militar iam acabar me demitindo: os censores dessa panaceia não iam aturar meus comentários políticos, muito menos minhas histórias de amor no meio da madrugada."

3

NA MANHÃ DE UM DOMINGO, Ranulfo dormia numa esteira de palha, quando um rapaz assobiou na porta de casa e entregou a minha tia um envelope e uma tartaruga. Ela abriu o envelope e leu o bilhete em voz alta: "Uma dádiva da Vila Amazônia".

Tio Ran se espreguiçou: "Dádivas não vêm só do céu, mana. Com um vizinho assim, não é preciso comprar nada: basta cozinhar".

"Jano já veio aqui. Entrou sem a menor cerimônia e ainda trouxe o cachorro. É um homem simples."

"Ele vai voltar, com ou sem cachorro. E, se não voltar, que mande bichos de casco."

"Não estamos caindo de fome."

"Eu estou. Agora mesmo pensava no que vou comer no almoço. Por exemplo, esse bicho. E pelo jeito é fêmea."

Ranulfo encheu a metade do tanque com água fervente e deixou a tartaruga deslizar para o fundo. Mordia o beiço, dava uns risinhos sufocados e olhava com um prazer estranho as patas agitadas no casco emborcado. Só parou de despejar água quente quando o bicho se aquietou.

"É melhor que furar o pescoço ou matar a pauladas", disse ele, ao notar meu espanto. "São métodos bárbaros, o sofrimento deve ser maior."

Pôs a tartaruga no piso da cozinha, pegou um terçado e um martelo e pediu que eu me afastasse: ia marretar. Decepou a cabeça e as patas, arrancou o casco, retirou as vísceras e cortou o peito para fazer picadinho. Na saleta, as mãos meladas de sangue segurando uma cuia cheia de ovos: "Se a cozinheira permitir, vou levar os ovos pra comer com açúcar".

Tia Ramira virou o rosto enojado, e eu fui limpar a cozinha, que parecia um matadouro. Depois ela fez a farofa com banha de tartaruga e preparou picadinho no casco, com salsa, coentro e cebola. Separou uma porção numa cumbuca e guardou na geladeira. Tio Ran não usou prato: enfiava a colher no casco, misturava picadinho com farofa, mordia uma pimenta e comia com prazer. De boca cheia, riu: "Dádiva da Vila Amazônia, essa é boa. Jano sabe negociar. O que ele quer de vocês?".

A irmã o repreendeu com uma expressão hostil; ele balançou a cabeça, desconfiado, e manteve a pergunta no olhar. Largou a colher e comeu com as mãos, debruçado no casco. Voltou para a esteira, roncou até o fim da tarde e foi embora levando a cuia.

No dia seguinte, na hora do almoço, tirei a cumbuca da geladeira e fui entregá-la a Jano. Naiá pediu que eu esperasse um pouco e retornou afobada: os patrões queriam me ver. Alícia notou que era minha primeira visita a sua casa. "Lavo é muito tímido", prosseguiu, dirigindo-se ao marido, "ficou órfão antes de falar 'mamãe'. E que mãe ele ia ter."

A sala do palacete, sóbria, com poucos móveis e objetos. Reparei na cristaleira, com vidro também nas laterais, miniaturas de soldados e de máquinas de guerra; ao lado da vitrola, uma estante com livros e discos. Na parede oposta, a fotografia de um casarão de frente para o rio Amazonas. O luxo maior vinha de cima: um estuque antigo com figuras de liras, harpas, cavaletes e pincéis. Fiquei observando o teto até ouvir a voz de Jano: "É uma pintura de Domenico de Angelis: *A glorificação das belas-artes na Amazônia*. Imitação da que ele fez para o salão nobre do nosso teatro".

Mundo não estava à mesa, Fogo jiboiava no sofá. Jano largou os talheres: "Adoro tartarugada, mas a doença me proíbe de comer carne gorda. Foi tua tia que preparou?".

Alícia falou antes de mim: "Ramira sempre foi cobra na cozinha e na costura. Cobra em tudo o que faz. Aliás, bem diferente da tua mãe". Levantou com o copo na mão e continuou: "Eu e tua mãe ficamos grávidas na mesma época. Ela era o avesso da irmã. Ramira sempre foi esquisita, morria de ciúme da tua mãe, de todos...".

"Alícia conhece muitas famílias da cidade", interrompeu Jano. "Se a gente deixar, não sobra ninguém, nem os mortos."

"Muitos mortos foram admiráveis." Ela riu, e me encarou: "Não queres provar a sobremesa da Naiá? A Naiá faz tudo. E ainda tem tempo para mimar meu filho".

"Todos têm tempo para ele." Jano se afastou da mesa. "Por isso ele não tem tempo para estudar, nem vontade de ir a festas ou jogar futebol."

"Não vais acabar de almoçar?", perguntou Alícia.

"Vou te mostrar a casa", ele se dirigiu a mim.

Fogo pulou do sofá e acompanhou o dono por um corredor que dava numa copa espaçosa; mais adiante, a cozinha e uma varanda aberta para uma quadra de cimento, e dois quartos contíguos, com portas e janelas pintadas de verde. Nos fundos, um quintal repleto de árvores e palmeiras que terminava num matagal. Descemos até o quintal, e Jano apontou a casinha branca do gerador, num canto, protegida por uma grade de ferro. Ao lado, uma cobertura de zinco abrigava um DKW preto, um jipe e um Aero Willys.

"Tens tempo para almoçar, Macau. Só vamos sair daqui a pouco", disse ele, olhando o rosto sonolento do chofer na janela do DKW. E assobiou para Fogo, que correu em sua direção, fazendo ruído na folhagem.

"É estranho... ele não tem amigos."

O cachorro saiu da vegetação com um calango na boca, o largou no cimento quente e malinou o réptil com a pata, até estraçalhá-lo; a cauda, separada do corpo, continuou saltitando; Fogo travou com os dentes o pedaço trêmulo e o devorou. Aí rosnou para o corpo mutilado do bicho e olhou para nós, numa pose de exibição.

"Não tem amigos no bairro, nem fez amizade na escola. Sei por que ele quis sair do Pedro II. Tirava notas boas, mas a disciplina atrapalhava a mania dele. Queria passar o tempo todo desenhando. É um vício, uma doença... O grandalhão fez aquela brincadeira com o meu filho, não é? Em vez de reagir, de brigar, tomou banho no lago e ficou sentado que nem um leso.

O diretor me contou que os alunos riram dele. Devem rir até hoje... vão rir sempre."

Pôs as mãos para trás, ficou na ponta dos pés, como se quisesse enxergar algo, mas era só um gesto de irritação. "Quero que Mundo ande por aí e largue essa mania de desenhar, desenhar... Ele dá umas escapadas, já descobri aonde vai. A mãe diz que não sabe de nada. Vem, vou te mostrar uma coisa."

Voltamos à sala, Naiá limpava a cristaleira e percebeu o olhar do patrão.

"Dona Alícia saiu", disse ela. "Foi visitar uma amiga."

"Por que não foi com o Macau?"

Naiá não parou de espanar, nem respondeu. Jano ficou olhando para ela, sério, sem piscar. De repente, disse em voz baixa: "Foi visitar uma amiga...". A empregada não se virou, nem demonstrou que o escutara. Então ele se dirigiu a mim: queria me levar ao quarto do filho, o último aposento do andar de cima. O assoalho do corredor, em madeira maciça, brilhava. Jano tirou uma chave do bolso, destrancou a porta, começou a tossir. Folhas de papel, pincéis, lápis, tubos de tinta, penas de pássaros, plantas ressequidas e sementes espalhados no chão; num cubo de vidro, cipós enrolados em forma cônica, e, nas paredes, desenhos com símbolos indígenas.

"Nenhum livro de matemática nas estantes. Só arte, poesia... Pior ainda: nenhuma fotografia de mulher, a não ser a da mãe. Meu filho não pode continuar assim."

Trancou o quarto, desceu a escada e da varanda da cozinha ordenou ao chofer que abrisse as portas do carro. Fogo saltou para o banco da frente, Jano me convidou para dar uma volta. Aonde íamos? O DKW subiu o beco Dona Libânia. Perto do Palácio da Justiça meninas de short e camiseta saíram da sombra dos oitizeiros. Lábios vermelhos brilhavam, depois sumiam. Viram o carro preto e avançaram, juntas, para a rua de pedras. Jano olhou para mim e riu secamente: "Macau, vamos passar pelo quartel da General Osório".

O DKW entrou na avenida Epaminondas e parou a poucos metros das sentinelas; no campo ensolarado da praça General

Osório soldados saltavam barreiras, corriam por caminhos em xis segurando uma baioneta; na cintura cantil e facão, mochila nas costas.

"Treinamento militar", disse Jano, saudando um oficial. "Falta isso ao meu filho... correr e saltar com coragem, que nem esses rapazes armados."

O tom da voz era de certeza, mais que de esperança. Ele ficou admirando os corpos verde-oliva com suas armas; agora rastejavam na grama seca e rala. Senti um pouco de medo e perguntei de novo aonde íamos, o que ele queria conversar. Bateu no meu ombro e sorriu. A autoconfiança. Não se importava com o fato de eu estar ali, contra minha vontade, presenciando exercícios militares, ou observando sua expressão de triunfo, como se comandasse os movimentos. Entrou no campo e trocou palavras com um oficial.

"Agora podemos ir", disse a Macau.

Parecia que tudo fora planejado. O carro passou pelo beco do Céu, pela praça Pedro II e seguiu pela Sete de Setembro. A Marechal Deodoro era um tumulto só: calçadas abarrotadas de camelôs e vendedores de frutas que batiam palmas, gritavam e avançavam sobre o DKW. Macau buzinava e gesticulava, tentando enxotá-los. No fim da rua, Fogo reconheceu o escritório do dono, saltou pela janela e ficou empinado diante de uma porta alta. O chofer esperou no carro, nós três subimos. Um cheiro de papel velho se exalava das estantes repletas de pastas e caixas com documentos.

"Não jogo nada fora", disse Jano. "A vida do meu pai está arquivada aqui. Ele veio de Portugal sem um tostão no bolso. Só coragem e vontade de ser alguém. Um homem religioso que acreditava na civilização, no progresso."

Na escrivaninha, a réplica do primeiro vapor da firma, o barco que inaugurara a linha para a Vila Amazônia.

Falei em abrir as janelas, ele não me atendeu: o mofo e a poeira na papelada não o incomodavam. Acendeu as lâmpadas, sentou na cadeira de assento alto em frente à escrivaninha. O corpo olhou para mim de cima, Fogo a seus pés. A luz fraca lhe aclarava só uma parte do rosto. Jano começou a falar enquanto manuseava um mata-borrão.

"Já és um rapaz, Lavo. Nossa conversa vai ser entre homens. Sou um homem doente mas que não desiste."

Então me fez jurar que não contaria nada aos meus tios. Insistiu: que esquecesse tudo o que ele ia me dizer naquela tarde. Eu não era amigo de Mundo? Talvez o único. O outro amigo era um reles artista.

Quem era esse outro amigo?

Ele deu um soquinho na perna e suspirou: "Ainda não conheces? Um vagabundo. Um pintor de trambolhos sem pé nem cabeça. Também faz esculturas... coisas tortas, tudo porcaria! Mundo vive enfiado na casa desse aproveitador, às vezes dorme por lá. Minha mulher pensa que o nosso filho vai ser um gênio".

Falava com o dedo apontado para a minha cabeça, como se o filho estivesse no meu lugar. A camisa branca foi escurecendo de tanto suor, o rosto ficou avermelhado; ele apoiou as mãos numa pilha de papel, meio absorto, fitando as janelas empoeiradas que vedavam o céu da tarde. Gritos de camelôs chegavam sufocados; eu prestava atenção na algaravia, quando um ruído me trouxe de volta à sala. Jano abrira uma gaveta e segurava um envelope. O olhar encontrou o cachorro no chão; ele balançou o envelope, brincando com Fogo, e recuperou um pouco de calma.

"Sei que tu és órfão, Lavo. Conheço os teus tios... O ex-radialista só pensa na farra, mas tua tia é uma mulher honesta. Sei também que vocês levam uma vida difícil", disse, com uma sobra de sorriso. E continuou, agora com voz ríspida: "Mas não é por essa razão que vou te propor uma coisa. As dificuldades existem para mim também, só que são outras. Minha saúde... meu filho... esse inferno moral. Quero que ele se encontre com uma mulher e desapareça da casa daquele artista. Uma mulher... velha ou moça, uma viúva, uma puta, uma mulher qualquer! E que nunca mais entre na casa do maldito. Pago um dinheirão por isso. Quero salvar meu filho, antes que seja tarde. Pensa nisso, Lavo. É um trabalho como outro qualquer".

Ficou à espera de uma palavra ou gesto de assentimento, sem pensar na minha humilhação ou vergonha. A luz fraca me protegia. O homem me oferecendo com a mão direita um envelope cheio de dinheiro, como se quisesse compartilhar comigo o fogo do inferno moral, que era só dele. Até os olhos amarelos de Fogo me acuavam. Senti-me diminuído, atordoado, perante aquele pai que não era o meu.

Ainda lembro do murro que Jano deu na mesa, reação ao meu silêncio ou à minha perplexidade. O salto do cachorro sobre um monte de papel velho. Fogo me encarou, expelindo um rosnado ameaçador. Os dois, diante de mim, exigindo uma resposta.

Lembro do silêncio opressivo, que abafava o alvoroço da rua, da minha caminhada ansiosa à casinha da Vila da Ópera, da voz poderosa de um homem enfermo, atormentado pela vocação artística do filho ou, talvez, por alguma outra coisa.

Nunca falei a Mundo dessa oferta generosa e infame.

Quando Jano nos visitou pela segunda vez, me puxou para perto da porta e cochichou, com um sorriso que parecia evocar sua oferta: "Vocês estão numa pendura danada, rapaz". E beijou minha tia com uma efusão calculada.

Percebera que nenhum móvel ou objeto novo entrara na nossa casa; as únicas novidades eram as revistas francesas e italianas que as clientes traziam para que a costureira copiasse modelos.

"Quem dera eu ganhasse um dinheirinho a mais! Ou um amigo nos emprestasse algum. Teu tio gasta tudo com mulheres!"

Jano insinuara alguma coisa? Tia Ramira disse isso logo que ele se foi, depois de deixar lembranças caras para nós dois: um corte de seda pura para ela, um de algodão para mim; deixou também uma sensação mais aguda de penúria. Ele era o visitante mais ilustre da Vila da Ópera, até os vizinhos ficavam na servidão para vê-lo sair. Uma vizinha veio puxar conversa comigo, disse que minha tia era metida a besta e avarenta que só: não pedia café, açúcar, farinha. Nada, nenhum favor. Antes recebíamos sobras de festa de aniversário: fatias de pudim de macaxeira com coco, ou travessas cheias de olhos de sogra e biscoito de castanha; Ramira nunca retribuía, talvez por orgulho, ou por temer que a vizinha, ao se tornar íntima, passasse a frequentar nossa casa e se engraçasse com Jano.

Macau, que às vezes aparecia de paletó branco, também era respeitado. Poucas clientes da costureira tinham chofer, e só uma, dona Santita Biró, estava sempre com pressa porque um Aero Willys preto, com chapa preta e números dourados, a aguardava. Era mulher ou amante de um alto magistrado, e isso provocava murmúrios. No entanto, Jano impressionava muito mais: possuía um palacete neoclássico, que atraía o olhar de turistas, e uma propriedade, longe de Manaus, muito comentada, a Vila Amazônia. Para tia Ramira, ele tinha sobretudo um nome conhecido, que crescera depois da Segunda Guerra e ainda reverberava com força de autoridade. Essa mistura de riqueza material e correção moral fazia de Jano um ser perfeito. "Isso é uma raridade", dizia ela. "A única falha desse santo homem foi cair no feitiço daquela mulher."

A mãe era o refúgio de Mundo, mas havia outro, que descobri por acaso na tarde de um sábado, quando fazia uma pesquisa para um trabalho de história. Eu observava o casario baixo e colorido do antigo bairro dos Tocos, na Aparecida. Mundo estava perto da igreja, diante de um gradil enferrujado que vedava o acesso a uma casa abandonada. O uniforme verde-amarelo dava um ar espalhafatoso ao corpo esguio; ele segurava uma pasta preta de couro, a mesma que usara na época do Pedro II. Curvou-se, pôs a mão entre as barras de ferro e ficou assim por uns segundos; quando se afastou, vi uma família de índios catando as moedas que jogara; moravam ali, entre o gradil e a fachada da casa em ruínas. Depois Mundo enfiou por uma quebrada e foi sair no beco da Indústria; só o alcancei num terreno baldio, entre um estaleiro e uma serraria, perto do igarapé de São Vicente. Olhava para todos os lados, como se alguém o vigiasse. Cheiro de óleo queimado, de madeira verde. As canoas embicadas na praia balançaram com a agitação dos catraieiros, que acenavam para ele; um gritou para o visitante, mas Mundo não deu bola: entrou no estaleiro, cuja rampa estava coberta de lodo, e reapareceu remando uma canoa vermelha.

Alguém conhecia aquele rapaz?

"Luti, o Capitão, deu umas voltas com ele", disse um catraieiro, apontando um flutuante.

"Aonde ele vai?"

"Chega sem avisar e sai remando lá pro lado de São Raimundo. Só volta no escuro."

Fui de canoa até o flutuante, onde quatro homens jogavam dominó em cima de um engradado de cerveja; o catraieiro assobiou para um gorducho baixote, só de calção, e bateu no meu ombro: "Luti, esse rapaz quer ir atrás daquele cara invocado".

"O Raimundo?", perguntou o outro.

A canoa de Mundo já havia desaparecido. Luti remou com rapidez no Negro, embicou para a margem direita e esperou acalmar o banzeiro de um barco de recreio. Quando tinha conhecido o meu amigo?

"Isso de uns dois ou três anos... Ele levava uma sacola cheia de papel. Diz que ia ver um artista, o mestre dele. Levei ele muitas vezes, depois arrumou uma canoa no estaleiro e foi sozinho. O sacana fez um desenho do meu rosto... minha mulher jogou fora, diz que parecia a cara do diabo."

No igarapé do Franco, passamos entre os barcos de uma feira flutuante. Depois da ponte, à esquerda, o canal se alargou, e surgiram as colinas de São Jorge, cobertas de casas de alvenaria e madeira. Numa ilhota no meio do canal, uma sumaumeira escurecia um sobrado branco. Luti levantou o remo e saltou para a beira. A canoa de Mundo estava emborcada na terra. Pedaços de tora amontoados no jardim, objetos estranhos fincados na areia.

Mundo, fardado, apareceu na varanda e caminhou com passos vagarosos em nossa direção. Reconheceu Luti e logo me perguntou: "Meu pai sabe?".

Um assobio fraco veio de algum lugar do jardim.

O olhar de Mundo varria as margens do rio à procura de alguém. "Foi Jano que te falou do ateliê?"

"Ninguém falou nada. Eu te vi na Aparecida, e o Luti me trouxe até aqui."

Seu rosto se recompôs: "Vamos voltar na minha canoa".

Luti recebeu uns trocados e partiu.

Um assobio mais nítido, e então surgiu um homem alto e descabelado, feições arredondadas, olhos miúdos. Descalço, só de bermuda, mãos amareladas de serragem. Abriu os braços num gesto exagerado, me abraçou e disse com voz grave: "Deves ser o amigo de Mundo, não é? Vamos entrar. Mais um jovem no ateliê do Arana".

Parou no jardim e indicou uma escultura espetada na grama: uma peça de madeira, fina e abaulada, cheia de furos circulares e cuias vermelhas. Arana pôs o rosto num dos buracos e fez uma careta: as crianças do bairro brincavam assim.

"Uma canoa furada", eu disse, quase sem querer.

"Muito mais que isso", ele observou. "É uma canoa lúdica. Fiz essa escultura com os meninos da beira do rio."

Até então, eu só conhecia os quadros da Pinacoteca do Estado, do Palácio do Governo, antigo palacete Schulz, e as pinturas italianas do teatro Amazonas. Agora me encontrava num ateliê com mesas, ferramentas de carpintaria, tornos e uma serra circular. Pedaços de toras revelavam formas de um felino, uma ave, um réptil; nas paredes, folhas de papel com desenhos de Arana. O que mais me atraiu foi uma série de objetos pintados com cores fortes: pequenas mulheres de barro, sentadas ou deitadas, que pariam peixes e serpentes. Tinham uma expressão estranha, todas de boca aberta, lábios grossos e vermelhos; olhavam para o alto; na cabeça, um véu de tule puído e manchado.

"Foi um cara adoidado que fez essas coisas", disse Arana.

"Um louco?", perguntei, dirigindo-me a Mundo.

"São objetos toscos", disse o artista, com desdém.

Mundo tocou a face de uma escultura e se agachou para observá-la de perto.

"Comprei essas peças só para ajudar o coitado, mas arte não é isso", disse Arana, enquanto subia para o mezanino. "Os vizinhos pensam que minha casa é uma marcenaria. Não sabem que um escultor dá uma nova forma à natureza."

Na passagem que contorna o mezanino, mostrou livros e revistas com reproduções das obras de seus artistas preferidos. Um vão estreito dava para o quarto amplo, onde só havia uma cama e um console, contrastando com a sala atulhada de objetos e máquinas. Da janela pude ver o edifício do Clube Militar e, mais perto, os dois canais do igarapé que se bifurcava. Tive a impressão de estar numa casa ilhada. Recordei as viagens de canoa com tio Ran no igarapé dos Cornos, de onde saíamos para o centro e outros bairros.

"Quando eu era criança, passava perto daqui mas não dava para ver a casa", eu disse.

"O matagal escondia tudo", disse Arana. "Derrubei algumas árvores e aproveitei os troncos para esculpir. Deixei a sumaumeira, que dá sombra e sorte."

Ficou pensativo e me observou com curiosidade: "Onde tu moras?".

"No centro, mas nasci no Castanhal, lá no Morro da Catita. Fui criado por uma tia... Ramira."

"A costureira? Faz muito tempo... Quer dizer, minha profissão me isolou neste ateliê."

Alguma coisa o deixara ressabiado; olhava para mim e entortava a boca, num trejeito que me pareceu cômico. De repente, bateu palmas: barulho de passos e uma gritaria aguda encheram a casa.

"Meninos do bairro", disse ele. "Agora vão merendar."

Devoraram o bolo de macaxeira, depois cataram manga, limparam o jardim, varreram e ensacaram a serragem espalhada no ateliê. Arana, de soslaio, acompanhava o trabalho. No fim, disse às crianças que podiam ir embora.

Já escurecia, Mundo precisava partir. O artista me deu um ouriço furado, cheio de castanhas, preso a uma haste vermelha. Chacoalhei o ouriço, fazendo sons de chuvisco.

"É um chocalho mesmo", disse ele, sério.

Percebi que não gostara do meu gesto. Abraçara-me, me dera um presente, se esforçara para agradar, mas senti nesse primeiro encontro uma ponta de hostilidade, ou antipatia mútua. Talvez fosse impressão falsa, pensei, vestígio das palavras de Jano.

Mundo tirou da pasta uma lanterna, e enquanto ele remava, eu focava a faixa de água na frente da proa. Restos da feira flutuante boiavam nas margens, onde palafitas se avolumavam na escuridão. Perto do cais da Aparecida, lhe perguntei como conhecera aquele artista.

"Foi no dia da morte do Chiado. Cheguei apavorado em casa, minha mãe também levou um susto quando eu falei que ele tinha morrido numa luta com um veterano."

Contou que, naquela tarde, Alícia, para distrair o filho, o levou à matinê do Polytheama e depois ao Castelinho da Booth Line; na volta, quando passavam pela Alfândega, foram atraídos por uma roda de estrangeiros que tiravam fotos de objetos espalhados numa esteira e os manuseavam. Mundo ficou curioso, quis se aproximar, a mãe o puxou pelo braço: coisa de mascate. Ele insistiu, e Alícia se afastou, apressada, Jano já estaria voltando para casa.

"Não parecia ter pressa, e sim medo", disse o meu amigo. "Logo ela, que nunca teve medo. Parecia nervosa, assustada. Me desgarrei e fui sozinho, entrei na roda, vi pela primeira vez o artista. Parecia um palhaço, ou um mímico. Fazia uns gestos malucos, gaguejava palavras em inglês... Acho que tentava traduzir o nome dos bichos esculpidos; fingia entender as perguntas, respondia com *yes* ou *no* e vendia os objetos. Aceitava qualquer moeda estrangeira, jogava o dinheiro num cesto de palha e embrulhava a peça numa casca de árvore. Fazia tudo ao mesmo tempo. Quando os turistas foram embora, fiquei sozinho olhando para aqueles bichos. Aí ele pôs as mãos nos meus ombros e perguntou com a maior naturalidade: 'Queres conhecer meu ateliê?'."

"Alícia sabe que vais à casa do Arana?", perguntei, lembrando o encontro com Jano.

"Minha mãe não se chateia com isso. Jano é diferente, desconfia de tudo. Me vigia o tempo todo, me persegue... No fundo, me despreza."

Deixamos a canoa no estaleiro. Ninguém na praia. Latidos da cachorrada, e o som de um rádio numa casa de madeira no terreno baldio. Passamos pela frente da igreja e mais adiante vimos uns vultos atrás do gradil da casa abandonada. Comiam sentados no chão. Choro de criança e vozes incompreensíveis. Mundo tocou no meu braço: se Jano visse aqueles índios, ia dizer que eram preguiçosos e vagabundos.

Apontou para uma esquina iluminada e barulhenta, queria passar no bar, tomar uma cerveja. Abotoou o colarinho, deu o nó na gravata, penteou-se. Disse baixinho: "Van Gogh e Matisse, rapaz. Brancusi... Arana tem reproduções de todos. Na próxima viagem ao Rio vou comprar esses livros".

No bar, quis saber se eu tinha gostado do artista.

"Parece um pouco antipático."

"Antipático e sabichão, não é? Ninguém gosta dele, assim, logo de cara. Depois ele deixa a gente à vontade, vais ver."

"Fez uma cara esquisita quando eu disse de onde vinha."

"Arana foi muito pobre", disse Mundo. "Antes, eu não conversava com ninguém sobre arte. Quer dizer, só com o teu tio, mas Ranulfo não é um artista."

"Conheces meu tio há muito tempo?"

Mundo me olhou de viés, ficou tamborilando na mesa. Eu ia repetir a pergunta, ele pegou o copo e disse com escárnio: "Vou brindar ao aniversário do meu pai. Hoje ele faz quarenta anos, mas deve comemorar só o tempo que viveu sem o filho".

Pagou a conta, e caminhamos pelas ruas da Aparecida; na calçada da Santa Casa ele parou e perguntou: "Teu tio?". E tornou a andar, sem responder. Perto do Conservatório de Música diminuiu o passo e insistiu para que eu entrasse em sua casa: "Tu ficas só um pouco. Vais conhecer as grandes amizades de Jano. Vale a pena ver de perto certas pessoas".

Carros estacionados nas duas ruas, e o palacete iluminado. Contornamos a fachada, Mundo preferiu entrar pelo beco; bateu no portão de ferro até aparecer Macau.

"Tua mãe anda atrás de ti", disse o chofer.

"Ela não sabe onde o filho se esconde?"

Mundo me puxou para um canto da cozinha, apontou os convidados e cochichou: "Aquele grandalhão ali é o Albino Palha... amigo e conselheiro do meu pai. Exporta juta, castanha e borracha. Se dependesse dele, exportaria até os empregados da Vila Amazônia. Palha é um solteirão... se derrete todo na frente dos militares. Olha como bajula os caras. Só falta pentear o bigode do mais alto, o coronel Zanda, que o Jano vive dizendo que é o preferido do Comando Militar da Amazônia. O outro é o tenente Galvo, ajudante de ordens do Zanda. Aquele esqueleto corcunda é presidente da Associação Comercial. Tem vários apelidos: Caveira de Bigode, Heródoto... Sabe de cor as datas dos grandes feitos da história. Quando fala, parece que está numa tribuna. O leso se considera um historiador, e a mulher dele, aquela vassoura torta, manga o tempo todo do seu amado Heródoto. Os outros são cupinchas e penetras. Minha mãe odeia essa gente. Já está bebendo...".

No centro da mesa um bolo confeitado, miniatura do palacete da família Mattoso, cercado por uma coroa de velas vermelhas e verdes. Mundo entrou na minha frente, cumprimentou o pai e foi logo beijar Alícia. Dei os parabéns a Jano e segui os passos do meu amigo; vários rostos nos encararam, e alguns focaram o corpo de Mundo.

"Lavo, teu tio ia se divertir neste jantar", disse Alícia, baixinho. "E, se ele ainda fosse radialista, a cidade toda ia rir de madrugada... *Meia-Noite Nós Dois*. Era engraçado."

Acenou para Naiá, fez um gesto com o polegar perto da boca e disse: "Uísque". Ia sussurrar, mas o som saiu alto.

Jano se afastou de Albino Palha e tocou no braço dela: "Não é melhor parar de beber? Nem no meu aniversário...". Olhou com avidez para o decote da mulher e se virou para o filho: "Nem no meu aniversário tu e a tua mãe se comportam. Vais ficar aqui com essa farda suja e as mãos imundas?".

"Deixa o menino em paz", disse Alícia. "Teus convidados querem conversar contigo. Eles te admiram, e tu precisas deles."

"Por que não conversas com as mulheres?", perguntou Jano. "Vão dizer que não gostas delas."

"Essas mulheres... só têm boca para comer e falar leseiras. Estou muito bem ao lado do meu filho."

Jano voltou para a roda dos homens, e escutei uma voz elogiar o novo general-presidente; a mesma voz recitou um poema em homenagem ao marechal morto: "Um escudeiro do Amazonas".

Mundo deu uma risada ferina: "Esse é o Heródoto. Quando ele se empolga, a festa acaba".

O orador, de terno e gravata, parecia sufocado: esticava o pescoço e soprava, os dedos enfiados no colarinho apertado que nem coleira; depois olhava para os lados a fim de atrair a atenção. Fazia loas ao marechal morto, e agora falava mais alto. Uma mulher se aproximou e beliscou o braço dele. O homem não parou: estava possuído pelos elogios, pela própria voz, indiferente aos beliscões e puxões da esposa, agora sem disfarce. Vassoura torta! Alta e esquálida, com um decote aberrante revelando a pele engelhada.

"Não te disse?" Mundo fez uma careta. "Um idiota de primeira. Nosso Heródoto."

O coronel Zanda emergiu de um círculo de oficiais, cruzou a sala e interrompeu o discurso de Heródoto com firmeza: "O senhor tem razão, o decreto do finado marechal vai atrair muitas indústrias para Manaus". Pôs a mão no ombro do orador e continuou: "Mas a morte do presidente não é o fim do mundo, muito menos do nosso governo. Temos grandes generais, o senhor não concorda?".

Heródoto baixou a cabeça: obedeceu, calou, desprendendo seu braço da mão ossuda da mulher. Mirou-a com raiva, se sentiu observado, se encolheu.

Alícia tomou um gole de uísque e olhou com fastio para a mesa: "Quanto apetite... parece um formigueiro faminto".

Os convidados avançavam nas travessas de peixe e carne. O tenente Galvo tentava equilibrar um prato com um monte de peixe cozido, mas o pirão deslizou na borda e escorreu. Naiá, atenta, passou o pano no assoalho.

"Grande lacaio e penetra", murmurou Mundo.

Jano e Albino Palha não se serviram. Encostado na parede, Palha fumava e olhava o amigo. Rosto frio e gestos ensaiados: cerrava as pálpebras quando tragava, depois acariciava o anel. Falava e se movia para o lado, perscrutando o ambiente; a cabeça e os ombros, enormes, diminuíam o corpo do outro. Pude escutar algo do que diziam: preço da juta... comprador de São Paulo... firma de Taubaté... Colégio Militar. Alícia os observava de soslaio, o copo vazio na mão direita. A conversa demorava, o barulho da mastigação e dos talheres abafava o cochicho deles. Ela foi até os homens, disse umas palavras e se afastou. Naiá acendeu as velas do bolo e chamou o patrão. Alícia virou as costas, e já ia sair da sala, quando o filho a interpelou: não queria ficar sozinho ali.

"Tens o teu amigo e Naiá... e teu pai, o aniversariante."

Convidou o filho a subir. Ainda com o copo na mão, abria a boca e mostrava os lábios carnudos e molhados, e piscava. Os dois ficaram parados, olhando um para o outro; então ela disse que estava um pouco tonta e ia para o quarto.

Jano viu a esposa caminhar até a escada; pareceu desnorteado, entrelaçou as mãos, constrangido. De repente perguntou por Fogo, e não recuperou mais a serenidade. O cachorro chegou atrás de Naiá, alguém apagou as lâmpadas, e a empregada começou a cantar parabéns. Quando Jano soprou as velas, procurei e não encontrei Mundo. Saí da sala naquele instante, me guiando pela luz da cozinha até descer para a quadra. Macau, sentado e de pernas esticadas ao lado da casa do gerador, o corpo encostado à roda do jipe, segurava um prato. Pegava a comida com as mãos e a devorava, sozinho no quintal.

A bronca que meu amigo levou do pai logo de manhã! Enquanto Naiá fazia a faxina, ele ouviu as ameaças: nada de férias no Rio; viagem, só para a Vila Amazônia; ia ver como os rapazes da idade dele se matavam de tanto trabalhar.

Alícia tinha pedido a Mundo que não respondesse: Jano acordara de mau humor, acusara a mulher e o filho de ingratos, jurara não comemorar mais nada, não queria festejar sua sobrevivência.

Depois da festa dos quarenta anos, eu o via de longe e hesitava em cumprimentá-lo. Ele acenava pela janela do DKW, sem olhar para mim. Novembro terminava quando o carro parou no fim do beco e Macau me chamou com um assobio. Espichei a cabeça para dentro, Jano acariciava as orelhas de Fogo.

"Em janeiro vamos para a Vila Amazônia. Tu vais conosco", disse, como se fosse uma ordem ou convocação.

ALGUÉM ACENDEU UM CANDEEIRO, e uma sombra de mulher manchou a janela telada. Podia ser tua mãe ou Algisa: o mesmo perfil anguloso, o pescoço alongado, o cabelo ondulando nas costas. Lembro que naquela noite de setembro o céu estava apagado, o aguaceiro do dia deixara a mata e a terra molhadas, e eu me escondi para ver quem ia sair da casa, se algum homem... Isso depois de meia-noite. Eu e tua mãe tínhamos brigado feio na festa de casamento de um homem que ela considerava um parente remoto: o último Dalemer da cidade, um boçal que nunca dera a mínima para as duas irmãs. Mesmo assim, Alícia quis ir à festança e teimou em usar roupa nova. Eu não tinha dinheiro pra comprar roupa cara, e tive de roubar um vestido de linho que Ramira acabara de costurar para uma cliente. Ficou folgado no corpo da tua mãe, mesmo assim ela o usou com anáguas da minha irmã mais velha, Raimunda, que também lhe emprestou um par de sapatos altos de bico fino. Algisa não quis ir à festa: aquele Dalemer não era parente próximo nem distante, não era nada. Esperei a chuva passar, coloquei uma tábua entre a entrada da casa e a rua de terra para que tua mãe não pisasse nas poças, e andamos devagar pela picada escura até a estrada da Ponta Negra. Tivemos sorte de pegar carona com um caminhão do Exército que ia até a Chapada e passava defronte do Bosque Clube. Lá pelas nove, Ramira nos surpreendeu no meio do salão e disse na frente dos convidados que Alícia roubara o vestido. Tua mãe nem teve tempo pra reagir: foi humilhada por Dalemer, que perguntou: "Como entraste no clube? Alguém te convidou?". Ela não respondeu: puxou minha mão e pediu com rispidez que a acompanhasse. Ouvi uns risinhos ao redor e reagi com uma coragem fingida e agressiva, dizendo sem pensar que ela podia ir embora, eu ia me divertir. Ela gritou: "Então fica com essas piranhas milionárias e nunca mais entra na minha casa". E, antes de sair sozinha do clube, esticou o dedo nas ventas de

Ramira e disse: "Um dia tu vais costurar pra mim, e ainda vou te dar uns retalhos de esmola". A voz raivosa acendia seus olhos de cigana, e ela parecia mais linda usando o vestido de linho roubado, cujo decote revelava a metade dos seios de mulher precoce. Ainda tentei detê-la, mas ela se desgarrou com gestos escandalosos, largou os sapatos e saiu correndo entre moças e mulheres que a olhavam com medo e inveja. Pensei que fosse mais uma briga das tantas que tivéramos nos últimos meses; pensei também que ela voltaria ao clube, mas a noite foi passando sem a presença de tua mãe. Ramira foi embora antes das dez, e parecia alegre por ter cativado uma mulher que gostara do vestido de Alícia. Mais uma cliente para minha irmã, que acabara de humilhar tua mãe. Decidi ficar mais um pouco e dancei com uma grã-fina que não sabia dançar. Estava banhada de um perfume tão forte que não senti o cheiro do seu corpo, e a deixei no fim do terceiro samba-canção; tornei a pensar em Alícia e comecei a beber. Ainda dancei com mais uma perna de pau e senti o mesmo perfume enjoativo, capaz de nausear um cavalo. Dalemer estava eufórico, bebia dançando ao som de músicas tocadas por homens tristes, sonolentos, desafinados. Um primo distante das duas irmãs... Tua mãe queria acreditar nisso. Saí daquele funeral e fui caminhando até o igarapé, onde acordei um canoeiro que me levou ao Morro. Fiquei escondido no matagal, enciumado, pensando se havia alguém, um homem dentro de casa: a vigília dos que se entregam a uma loucura mansa e melancólica, remoendo cenas e sussurros, dando mordidas no vento. No vão da porta apareceu uma moça segurando um candeeiro. Pela altura e pelo andar reconheci Algisa. Vestia uma camiseta até o meio das coxas, e agora uma trança grossa e comprida lhe caía nas costas. Pendurou o candeeiro no galho da pitombeira e com um pulo sentou numa mureta, balançando bem devagar as pernas, alisando a trança e depois esfregando os braços nus. Uns meninos que passavam mexeram com ela, assobiando e estalando os lábios. Ela pegou o candeeiro, parou perto da porta, como quem está com medo. Saí do matagal e gritei: "Fora daqui"; os moleques correram. Fui falar com ela: ergueu o candeeiro na altura dos ombros, uma parte do rosto brilhou sob a luz, e os olhos grandes e ansiosos me olharam como se pedissem socorro na noite insone, úmida, com poucas estrelas. "Que estás fazendo aqui fora?", perguntei. E logo em segui-

da quis saber por onde andava Alícia. Algisa, com a voz parecida à da tua mãe, perguntou: "Não foi pra festa contigo?". "Saiu sozinha do Bosque", eu disse. E desconfiei: "Tua irmã está lá dentro com alguém". Algisa espichou os lábios: "Vai lá e espia". Entrei, vasculhei a casa, aí percebi que alguma coisa tinha acontecido na vida da tua mãe. Observei a cozinha, fui até os fundos e vi uma geladeira nova, e voltei para o quartinho onde as duas dormiam e abri o guarda-roupa que eu mesmo encomendara de um marceneiro do Morro e senti o sangue ferver. "Quem é?", gritei. Algisa se assustou. "Como assim, quem é?" "O homem, o namorado de Alícia." Ela gaguejou: "Não tem homem nenhum, não". "Não? E a geladeira, as roupas novas? Por que ela mentiu pra mim? Vocês não têm dinheiro pra comprar essas coisas. Quem foi que deu?" Algisa ficou me olhando; depois foi até a cozinha, voltou com uma garrafa de cerveja, me ofereceu um copo e disse: "Minha irmã é a única mulher no mundo?". Essa era a tua tia, a outra Dalemer. Só paramos de beber na rede, e ela era fogosa que nem tua mãe, só que fingia ter medo, e morria de inveja da beleza de Alícia. Em algum momento da madrugada, olhei para Algisa e vi tua mãe, e murmurei o nome dela. Algisa reagiu com ciúme, e nós dois éramos um par acasalado e enciumado. Os dois com ciúme de Alícia. Então ela revelou que a irmã não ia dormir em casa, e estragou o resto daquela noite, que ia durar mais de trinta anos. Com quem Alícia andava? Algisa não respondeu, mas disse coisa pior: "Minha irmã... encontrou um rapaz rico, vai casar com ele". Foi então que, afogado no corpo da tua tia, que mal conheceste, comecei a odiar teu pai. Senti ódio e ciúme de Jano, e me arrependo de não ter contado tudo pra ti...

4

VILA AMAZÔNIA... o nome e o lugar sempre me atraíram. Nos fundos da chácara do Morro da Catita, essas duas palavras nunca foram esquecidas. Tio Ran dizia que era uma propriedade grandiosa, perto de Parintins, na margem do Amazonas: um casarão com piscina no alto de um barranco, de onde se avistavam ilhas imensas que pareciam continente, como a Tupinambarana.

Quando mencionei o convite de Jano, Ramira parou de costurar e fixou os olhos em mim com entusiasmo; depois eles foram esmaecendo e se perderam em algum devaneio. "Por pouco não visitei a Vila Amazônia... Teu tio me decepcionou. Quer dizer, enganou todo mundo. A verdade é que não conseguiu ficar longe daquela mulher..."

"Alícia?"

"Essa...", confirmou, mordiscando o canto da boca.

Eu desconfiava de algo que permanecia oculto nas discussões dos meus tios. Agora que ia visitar a propriedade, queria saber o que tinha acontecido lá. Por que tio Ran decepcionara tia Ramira? Por que enganara todo mundo?

Minha tia espetou a agulha num pano vermelho e revelou: "Ranulfo foi casado com Algisa, irmã de Alícia. O que esta tem de esperta, a outra tem de lesa. Um casamento besta, sem amor".

"Então nossa família foi aparentada aos Mattoso?"

"Um parentesco por tabela... e por pouco tempo. Já que vais viajar para a Vila Amazônia, acho que devias ficar sabendo de outras coisas."

Apoiou os cotovelos na máquina e contou a farsa daquele casamento efêmero. O casal passara um tempo na Vila Amazônia, e, depois que se separaram, Ranulfo nunca mais pisou na propriedade. Na época em que ele estava casado com Algisa, Alícia evitou intimidade com Ramira, a quem nunca convidara para ir a sua casa em Manaus ou à Vila. Jano não queria aceitar o noivado, dizia que Ranulfo era um devasso, péssimo exemplo de homem: não se aquietava nunca, vivia ao deus-dará, com uma rede e um saco de roupa, dormindo em qualquer lugar e com qualquer mulher. Mas, quando se casou com Algisa, virou do avesso: parecia um santo, fazia tudo pela mulher, dormiam numa casinha alugada por uma mixaria, lá na estância de Nossa Senhora das Graças, perto do Parque Amazonense. Foi no auge desse idílio que Jano propôs a tio Ran trabalhar na Vila Amazônia.

"No começo eu nem desconfiei", continuou minha tia. "Não achava que era uma armadilha... Pensei que podia ser uma oportunidade para o meu irmão, e para mim também. A mãe do teu amigo passou a lábia no Jano, falava que Ranulfo agora estava disposto a trabalhar. Teu tio empinava o peito e dizia: 'Olha, mana, minha vida de cigano acabou: de agora em diante vou ser um homem responsável. Um administrador!'."

Influenciado por Alícia, Jano apostou na conduta de tio Ran: ofereceu-lhe um salário razoável e dois por cento do lucro da exportação de juta. Cedeu ao casal um quarto espaçoso no porão da casa. No fim de cada semestre os dois passariam uma temporada de quinze dias em Manaus. Ranulfo concordou e partiu com a mulher para o Médio Amazonas.

Cinco meses depois, Ranulfo sumiu; Algisa voltou a Manaus num barco de recreio e foi morar com a irmã. Tia Ramira tentou se encontrar com a cunhada, em vão: Algisa não queria ver nenhum parente do marido; andava descalça e só de camisola pela casa, falando coisas absurdas, desconexas, xingando Ranulfo e todos os trabalhadores da Vila Amazônia; Alícia fazia perguntas, interessada, a irmã começava a contar um episódio e chorava. Passado algum tempo, Algisa se juntou com um regatão, um tal de Feliciano, e os dois se mudaram para Rio Branco. Jano os ajudou a recomeçar a vida: comprava à vista borracha e castanha de Feliciano, que prosperou, juntou dinheiro, e o casal foi morar em Minas Gerais. Algisa e o marido enviaram uma carta para Jano, agradecendo a ajuda, e nem tocaram no nome de Alícia. Ficaram em Minas, e ela nunca mais apareceu.

O sonho do salto social da minha tia não vingou. Dois meses depois do sumiço do irmão, ela recebeu uma mensagem de um barqueiro: Ranulfo viajava por Santarém, Oriximiná, Óbidos e Monte Alegre; ia seguir até Belém, e então voltaria a Manaus.

"Apareceu no Morro da Catita em novembro de 1955. Olhei para ele, magro, cansado, a roupa suja de graxa e gordura. Comecei a chorar, e ele me abraçou, me carregou até a beira do rio. Sentou no chão com pose de nababo, e disse com aquela voz que tu conheces: 'Mana, eu não ia trocar minha liberdade por dois por cento das vendas de juta. Aliás, nem por cem por cento de toda a produção da Vila Amazônia'. Aí eu disse: 'Mas que diabo, Ranulfo. Aguentaste cinco meses. Por que não ficaste mais? O lugar não era bom? O trabalho? Ou foi alguma mulher?'. Aí teu tio deu uma risada e repetiu num grito: 'Mulher?'. Conheço o meu irmão... não era um riso gaiato, era nervoso mesmo. Sabia que cedo ou tarde eu ia descobrir. Disse que a casa era ótima, o lugar era agradável, mas na época do corte da juta tinha acidente todo dia. Trabalhadores... Diz que cortavam a juta dentro d'água e eram mordidos por todo tipo de bicho. Chegavam na propriedade com ferimentos nos pés, nas mãos e nas pernas, e ele ainda tinha que aguentar os gritos da Algisa. Chamou a mulher de frouxa, diz que ela não podia ver uma gota de sangue. Empombava sem motivo, não deixava ele ir sozinho a Parintins, muito menos a Santarém, e um dia ele largou ela no porão da casa e foi embora. Atravessou o rio, foi conhecer Nhamundá, Faro... andar por aí..."

"O que ele fez na Vila Amazônia?", perguntei.

"Nada. Pura enganação. Não administrou coisa nenhuma. Pôs toda a culpa na Algisa e no capataz, um ex-cabo da Polícia Militar, que ele xingou. Diz que forçava os caboclos e japoneses a trabalhar dia e noite e só falava em aumentar a produção de juta."

Lembrei a minha tia que na infância eu escutava Ranulfo contar histórias de suas andanças pela Amazônia até chegar a Belém; na viagem de Belém a Manaus foi cozinheiro e maquinista de embarcação, e por pouco não ficou em Parintins; às vezes, logo no início do programa *Meia-Noite Nós Dois*, tio Ran suspirava: "Ah, Parintins, aquela ilha encantada".

"É, aquela ilha encantada", Ramira repetiu, com raiva. "Agora tu vais ver o que Ranulfo perdeu."

Ela não me deixou viajar de mãos vazias: me deu uns trocados, e no dia da viagem fez recomendações de mãe: mastigar a comida sem estalar os dentes e nada de assobiar antes da sobremesa, mania da infância que sobrevivera à sua rabugice. E, se pai e filho brigassem na minha presença, que eu saísse de fininho e fosse para o quarto. Andou nervosa pela saleta e se aproximou de mim: "O que mais me dói é que ele abandonou uma criança por lá. Já deve ser um rapaz".

"Um filho?"

"É, teu primo. Não conheço, nem o nome dele eu sei. Ranulfo nunca fala do filho, mas todo mundo sabe. Dá um jeito de ver esse rapaz."

Por orgulho, não me acompanhou até a porta dos Mattoso. Na sala, ouvi uns ruídos na escada. Fogo ficou rodeando, ergueu as patas diante de mim. Anda de bom humor, pensei, encarando os olhos amarelos; suas orelhas se retesaram, e, num lance rápido, ele virou o focinho para a escada: era Jano. Os outros vinham atrás. Mundo, entre Naiá e a mãe, se adiantou para falar comigo: "Ainda bem que vais junto", murmurou. "Não ia suportar essa viagem com o meu pai."

"Alícia não vem conosco?"

Mundo me olhou como se devolvesse a pergunta, e percebi que não queria falar sobre o assunto naquele momento.

Naiá chamou um táxi e abriu a porta da frente para o cachorro entrar.

"Macau já está no porto", disse Jano, pegando nas mãos de Alícia. E ficaram abraçados, fazendo carícias e cochichando no ouvido um do outro, numa intimidade que surpreendeu até meu amigo. Saí de perto, pensando que havia amor entre os dois. De repente ele ergueu a cabeça: "Mas já deixei... no mesmo lugar".

"Deixaste uns trocados. Temos despesas em casa", disse a mulher.

"Quanto?" Com impaciência, Jano tirou umas cédulas da carteira, as dobrou, e ela pegou o dinheiro com um gesto rápido e insolente; depois beijou o filho, se grudou a ele, o acompanhou até o carro. O marido ainda insistiu para que fosse junto: uma semana não era nada, ela podia ficar na varanda, na piscina ou no iate. Olhou-a com medo, o corpo rígido, vencido pela submissão. Alícia, que usava uma camisola azul, transparente, recuou para a porta da casa e cobriu os seios com os braços nus. Estava despenteada, o rosto sonolento da sesta, mas sua beleza prevalecia sobre o desleixo.

Enquanto o carro se distanciava, ainda a vi perto de Naiá, as duas acenando sem parar de rir. A meu lado, Mundo, sério, não olhou para trás.

O *Saracura* era um dos iates mais luxuosos de Manaus: casco de alumínio, seis camarotes com banheiro e uma saleta com ar-condicionado; uma escadinha interna conduzia à cabine de comando. Macau, de uniforme branco e quepe, foi até o táxi e carregou a comida preparada por Naiá; depois desatou as amarras, e o iate começou a descer o Negro, navegando perto dos Educandos. Na cabine, Jano buzinou: um som grave e demorado atraiu moradores da Baixa da Égua, que apareciam nas janelas e portas e acenavam para nós.

"Ele quer se exibir", disse Mundo.

"Ou te irritar", eu disse.

"Não, isso ele fez antes da viagem."

Descaiu a cabeça e tapou os ouvidos, até silenciar o berro da buzina.

"Tua mãe nunca acompanha Jano?"

"Ontem à noite ele perguntou mil vezes por que ela não

vinha e o que ia fazer sozinha em Manaus. Depois fez a pergunta para mim, e eu não respondi. Na véspera de cada viagem para a Vila Amazônia, ele insiste tanto que ela começa a beber e acaba dormindo na minha cama. Às vezes eu entro na discussão, mas ontem fiquei quieto, querendo entender... Quando eu era criança, nós íamos juntos. Aí ela não quis mais. Não aguenta nem ouvir falar daquele lugar, e fica chateada quando pergunto por quê. Acho que gosta de ficar sozinha. Não sei o que aconteceu... nem o que ela sente... Fica perto de mim, me defende das grosserias de Jano, e aí de repente se afasta, como se tivesse raiva de alguma coisa..."

Não falou mais; apanhou um caderno e um lápis e observou Fogo sentado a meus pés. Na boca do paraná da Eva, a metade do sol já havia sumido na imensidão. Mundo começou a desenhar; de relance, vi no papel o que prometia ser o focinho de Fogo, mas a imagem parecia monstruosa. Pouco depois, navegamos no escuro. Ele fechou o caderno, e já ia descer para a cabine, quando Jano surgiu na porta da saleta e ordenou: "Toma teu banho e vem jantar conosco".

"Não vou comer."

"Como?"

"Não vou comer aqui", repetiu Mundo, e desceu.

"Devias ter ficado na cidade. Tu e esse caderno com rabiscos obscenos."

Nervoso, Jano pisou na pata de Fogo, que se escondeu debaixo da mesa. Sentou, chamou o cachorro, ficou olhando o rio entre as faixas escuras da floresta. Pediu que eu levasse o jantar para o comandante; preparei meu prato e fui também comer na cabine.

"Amanhã, bem cedinho, a gente encosta em Urucurituba", disse Macau.

"Vamos demorar?"

"Meia hora. Depende da vontade do patrão."

Jano comia sozinho; atirava pedaços de carne para Fogo e falava alguma coisa. Mundo devia estar matutando, enfezado, ou desenhava. Um barco grande, à nossa esquerda, subia o rio.

Redes imóveis passaram perto, e só a cozinha, na popa, iluminada. O iate trepidou no banzeiro, e um sopro de vento úmido esfriou a cabine. De madrugada vi meu amigo dormindo no chão, a lâmpada acesa, lápis de cera e cadernos sobre o beliche.

Acordamos com uma agitação a bordo. Urucurituba. Um padre se separou de uma pequena multidão para receber Jano. Fogo foi atrás dos dois, a caminho da igrejinha na única praça do povoado. Mundo desapareceu nas ruas de terra que terminavam na mata. Ajudei Macau a carregar as caixas para o atracadouro. Depois ele assobiou, e, em fila indiana, homens e mulheres se apresentaram; ele mesmo se incumbiu de fazer o escambo. Café, sabão, sal, açúcar, latas de leite em pó e peças de tecido foram trocados por frutas, peixes e tartarugas. Macau devolvia as frutas podres, jogava na beira do rio os peixes menores e barganhava com os caboclos: "Sabem quanto custa um pacote de café? uma barra de sabão? Não sabem de nada, nunca viram dinheiro".

Em Manaus ele era mais submisso, falava pouco; agora o uniforme branco e o quepe aparentavam uma promoção qualquer. Dava ordens aos caboclos, selecionava os produtos, caçoava de todos; comprou com umas moedas uma rede de tucum e pôs os peixes na caixa cheia de gelo. Mundo chegou antes do pai: trazia sementes que apanhara na floresta; conversara com moradores, a última enchente inundara até a igreja, e ainda hoje viviam na escuridão. Quando Jano voltou, foi logo dizendo ao filho: "Estás vendo? O Macau encheu o iate de alimento e ainda ganhou uns fardos de malva. Tudo isso por umas caixinhas de ninharias. Vai aprendendo...".

"Aprendendo a enganar?", perguntou Mundo.

"A trabalhar", emendou Jano. "Foi isso que o Macau fez."

Mundo murmurou para mim: "Pensa que sou um idiota. Ele é que é louco, duas vezes doente".

Juntou as sementes e bagas secas e pôs tudo numa cesta de palha.

"Vais levar para o Arana?", quis saber.

"Na casa dele eu estaria aprendendo técnicas de pintura, aquarela, desenho... ouvindo coisas importantes sobre os artistas, ou folheando um livro de arte. Jano não se interessa por nada disso. Não pensa que o filho pode ser diferente dele."

"Mas gosta de música, tem uma coleção de discos, vai aos concertos no teatro Amazonas..."

"Ouve música clássica só para dizer que conhece essa ou aquela sinfonia ou sonata. Vive citando um maestro ou pianista famoso, uma orquestra... Não é difícil impressionar o coronel Zanda."

Ainda tentei convencê-lo de que Jano talvez não fosse apenas um colecionador de livros e discos, mas Mundo se arredou para a proa e ficou vendo os pescadores remarem depressa para a margem do paraná do Serpa. O vento morno sacudiu as canoas, os pescadores pularam para a beira, uma centelha riscou o céu. Um trovão explodiu no fim da manhã. Da cabine, Macau avisou que só ia chover à tarde. Sua voz, séria demais, me incomodou. Almoçamos em silêncio; o vento soprava com mais força, o iate trepidava, Jano e Fogo sentaram no canto da saleta. Mundo abriu uma cerveja e se isolou na popa. Levei um prato de comida para o comandante: ele agradeceu, mas ainda não ia comer. As mãos grandes agarradas ao timão, o cigarro apagado entre os lábios, os olhos atentos. Observei a carta náutica e perguntei se navegávamos no Rebojal. Ele assentiu e disse, com cara de desgosto: "É um lugar de água braba". Adiante, no trecho mais largo do rio, surgiram nuvens adensadas, e uma neblina viscosa cobriu as margens e a floresta, barrando a visão do horizonte. Na descida cega pelo Rebojal, ouvimos risos, murmúrios e música. Navegamos devagar na direção dos sons; no centro da névoa um vulto enorme e escuro oscilava. O holofote destacou um barco esverdeado, a proa embicada para a margem direita. Macau decifrou os sinais do outro comandante: "Um motor em pane, doutor Jano, vamos ajudar". O patrão não queria, Macau insistiu: o socorro era obrigatório, iam avisar a Capitania dos Portos, multar o iate. Multa pesada.

"Pago a multa. Vamos embora", ordenou Jano.

"Gente graúda. O dono do barco é o chefão dos comerciantes, seu amigo. Ali ninguém entende de motor."

Jano ainda relutou, fez uma careta: "Encosta naquela porcaria. É o jeito".

Era um barco cheio de meninas e com uns três ou quatro homens. Jano quis se esconder no camarote, mas alguém gritou seu nome. Mundo reconheceu a voz: coronel Aquiles Zanda. Animado, copo na mão, o corpo balançando com o banzeiro. Atrás dele, o rosto redondo do tenente Galvo. O ajudante de ordens não estava armado: usava uma camiseta verde com um emblema do Exército no centro do peito. Entre duas redes, meio escondido, um bigode numa cara chupada, Heródoto.

"Nossa máquina enguiçou", disse Zanda. "Pula pra cá, Jano. Traz teu filho. Vamos brincar um pouco."

Carregando uma caixa de ferramentas, Macau sumiu no porão do barco avariado. Seu patrão se encostou na amurada: viu o filho saltar para o convés, se juntar aos homens, beber com eles, mexer com as meninas. A que estava perto de Mundo vestia short e camiseta; morena e baixinha, ria de graça, que nem criança; parecia menos jovem que as outras, tinha peitos crescidos e era a mais assanhada: bebia, e agora rebolava diante dele. Ela deu o copo a uma colega, e então Jano presenciou a cena com que sonhava: o filho grudado ao corpo de uma moça; dançavam agarrados, de olhos fechados, as mãos de Mundo acariciando o pescoço, os ombros da garota. O coronel Zanda erguia o copo, chamando o amigo, que negava com um gesto. Jano suportou, feliz, o som alto da música e o cheiro de óleo queimado. Sorria apalermado para mim, como se eu fosse cúmplice, sem conseguir ver na esbórnia uma provocação alucinada.

Macau reapareceu, as mãos sujas de graxa; tomou um trago e esperou a ordem da partida. Meu amigo ria sozinho, e já cambaleava quando largou a moça e agarrou outra, depois duas, uma de cada lado, apontando a barriga do coronel e gargalhando. O tenente Galvo segurou com força os braços de Mundo: "Não é assim que se brinca, rapaz".

"As putas gostam", gritou Mundo, arrotando na cara dele.

Eu e Macau o arrastamos para o iate, enquanto ele berrava: "As putas, vocês e as putas...".

"Não foi nada", disse o coronel a Jano. "Os jovens começam assim. Depois aprendem a beber."

Mundo se debruçou no parapeito do convés e vomitou entre os dois barcos. Ainda babando, esticou os braços e deu um cotoco com as mãos apontadas para a cabeça de Zanda. O coronel deteve o ajudante de ordens e cravou um olhar sério em Jano. O iate se afastou, a música foi sumindo, o rosto da menina ainda procurava o corpo de Mundo.

Na saída do rio Urucará, o ar abafado nos lançou num torpor, uma ondulação na água cresceu com rapidez: a chuva espessa ocultou a floresta e o horizonte. Macau acendeu o holofote e navegou próximo da margem esquerda. De vez em quando Jano levantava para ver o filho estirado na popa, debaixo do aguaceiro. Dava uns passos na saleta, mordia os lábios, perguntava: "De onde vem essa revolta?". Não se dirigia a mim: era como se ele mesmo tentasse responder à voz rouca e inútil, sufocada pelo barulho da chuva.

No fim da tarde, um sol ralo iluminou o casario baixo de Parintins, que se alastrava na ponta da ilha de Tupinambarana; passamos perto da rampa do Mercado, do porto e da praça da Catedral. O iate contornou a boca do Macurany e do Parananema, rios rasos naquela época do ano, quando o gado era transportado para os estirões e ilhas formados pela vazante. No alto de um barranco, um casarão cinzento, erguido sobre arcos sólidos, dava para o rio Amazonas e a ilha do Espírito Santo; Jano, de braços abertos na proa, respondia aos acenos das empregadas. Tinha a estatura de um pequeno deus, a confiança de um ídolo.

Mundo ficou deitado na popa. Não quis me acompanhar: que eu fosse sozinho, ele ainda não ia subir, nem ia jantar com o pai.

Um gramado cobria a encosta até o atracadouro. Jano me esperava entre o quintal e a varanda. Disse que não censurara a bebedeira do filho: sempre quisera vê-lo dançar e beber com mulheres. O problema era a revolta... Ele não podia ter insultado os militares.

"Ainda bem que meu pai não conheceu esse insolente", prosseguiu, caminhando até a beira da piscina.

"Não conheceu o neto?", perguntei.

"Viu o bebê e ficou feliz por eu ter um herdeiro, mas não conheceu o menino nem o rapaz."

Azulejos verdes e vermelhos desenhavam um mapa de Portugal no fundo da piscina, em cujas paredes estavam gravados nomes de cidades, de reis e rainhas desse mesmo país.

"Meu pai dizia que essa decoração era para que se mergulhasse na sua pátria", disse Jano. "Nunca mergulhou, não tinha tempo para saudades."

Na parede da sala, um mosaico de azulejos azuis e brancos ilustrava a Santa Ceia. Os azulejos e vários objetos de porcelana e prata eram portugueses. Depois Jano me levou à cozinha e aos seis quartos enfileirados na lateral do casarão. Perguntei por que havia tantas pinturas de são Francisco Xavier, feitas por um mesmo artista português. Ele explicou que, no fim da Segunda Guerra, seu pai mandara trazer aquelas imagens para decorar as casinhas dos empregados japoneses. Queria que todos adorassem o santo, mas eles não gostaram da ideia e as devolveram. No quarto de Mundo, onde também dormi, dois desses quadros estavam em paredes opostas.

Era um quarto maior que a sala da Vila da Ópera. Um mosquiteiro de tule envolvia as camas, e o vento do rio arejava um ambiente que ainda cheirava a mofo. Da janela eu podia ver as ilhas entre as margens do Amazonas e, à esquerda, a boca do paraná do Ramos, que sobe até o rio Andirá.

Na noite da chegada, Mundo me acordou para dizer que havia encontrado um índio velho e doente. Um artista. Acendeu a luz e mostrou uma pintura em casca fina e fibrosa de madeira: cores fortes e o contorno diluído de uma ave agônica. Tirou da parede os quadros, os enfiou debaixo da cama e num dos pregos pendurou a obra do índio. Disse que aquelas imagens em fundo preto tinham provocado pesadelos em sua infância. Aliás, tudo naquela casa era detestável: o ambiente, a decoração pretensiosa, as cadeiras de espaldar alto, as toalhas vermelhas de Alcobaça, a bajulação das empregadas. "Nem vou entrar na sala, Lavo. Tu podes ficar grudado no homem... ele não vai te morder."

"Vou passar uma semana grudado no teu pai?", perguntei.

"Amanhã vou almoçar com vocês", ele assentiu a contragosto.

No dia seguinte, às onze, Jano já estava sentado à cabeceira. Duas empregadas poliam a Santa Ceia enquanto a cozinheira trazia para a mesa travessas de prata. Ainda esperamos alguns minutos por Mundo, que não apareceu. Jano notou minha ansiedade, mas fingiu ignorar a ausência do filho. Disse que dava muito trabalho plantar a civilização na Vila Amazônia. Antes, todo mundo comia com as mãos e fazia as necessidades em qualquer lugar. "Tive que reconstruir quase tudo, Lavo. Temos que construir tudo o tempo todo. A Amazônia não dá descanso. Trabalhar... é isso que meu filho não entende."

A cozinheira catou as espinhas do peixe e serviu duas postas para Jano; de vez em quando vinha ver se ele queria alguma coisa. No fim do almoço, perguntou pela patroa: fazia muito tempo que dona Alícia não vinha à Vila.

"Acho que não vem mais... nunca mais", lamentou Jano, olhando para a cadeira vazia do filho. "Agora vamos conhecer a propriedade."

No armazém, a juta ia passar pela prensa mecânica para depois ser enfardada e transportada para o batelão *Santa Maria*, atracado no paraná do Ramos. Em 1945 o velho Mattoso comprara a propriedade de uma firma japonesa. Oyama, o pioneiro, homem lembrado por todos, trouxera da Índia sementes de juta. Viera com a família em 1934; mais tarde chegaram dezenas de jovens agrônomos de Tóquio, passaram uns dias na Vila Amazônia e viajaram para o rio Andirá, onde fundaram uma colônia. Tinham construído um pequeno hospital, uma escola agrícola e Okayama Ken: uma vila onde até hoje moravam os trabalhadores mais antigos. Durante a Segunda Guerra foram perseguidos e presos; alguns conseguiram fugir e depois voltaram. Tiveram filhos com mulheres daqui: jovens mestiços, metade índios, metade orientais, trabalhadores e forçudos.

Ainda havia vestígios daquela época: ruínas de um hospital, de casas cobertas de telhas e do *kaikan*, um pavilhão enorme, todo de madeira, erguido por um mestre de obras também japonês. Era usado para reuniões e para festejar o aniversário do imperador. Os filhos dos japoneses davam um duro danado, em poucos anos tinham feito muitas coisas, trabalho de um século. Na roça deles tinha tudo: milho, mandioca, feijão, guaraná, cacau... Entravam na água e cortavam a juta, eram corajosos e disciplinados.

Vi vários deles, magros e tristes, na ilha das Ciganas, em Saracura, Arari, Itaboraí, e até no paraná do Limão. Cortavam juta com um terçado, secavam as fibras num varal e depois as carregavam para a propriedade, onde eram prensadas e enfardadas; na época da cheia, o bagaço da juta alimentava os porcos e o gado. A maioria dos empregados morava em casebres espalhados em redor de Okayama Ken; quando adoeciam, eram tratados por um dos poucos médicos de Parintins: doutor Kazuma. Único japonês que não fora perseguido durante a guerra, seu nome era pronunciado com veneração: Kazuma San. Uma vez por semana visitava os trabalhadores da propriedade, e um dia almoçou conosco. Era um homem de uns setenta e cinco anos, alto e muito magro, o rosto acobreado de tanto sol, e olhos vivos atrás de lentes espessas. Agradeceu, quase sem sotaque, os medicamentos que Jano trouxera.

"Sem isso não podemos fazer grande coisa", disse. "O senhor toma a insulina todos os dias?"

"Quando esqueço, Naiá lembra. Cuida bem de mim, aprendeu a aplicar injeção e encontra o músculo até de olhos fechados. O problema, doutor Kazuma... não sei dizer... mas, cada dia que passa, fico mais enervado. Minha vida..."

O médico não fez nenhum comentário: virou o rosto para o rio, comeu pouco, calado.

Depois do almoço, os dois foram para a varanda. E só mais tarde, o sol fraco, o doutor Kazuma saiu para visitar as famílias, de casa em casa. Eu e Mundo o acompanhamos. Examinava crianças e velhos, conversava com eles e lhes dava remédios. Os moradores iam atrás, em fila; pediam conselhos, mostravam infusões feitas com casca de árvore e perguntavam se serviam para reumatismo, doença de pele, sangramento. Dentes de boto enrolados no pescoço das crianças curavam diarreia? Ou então diziam: "Sinto dor no espinhaço"; "Meu irmão não consegue andar"; "Minha filha está buchuda"; "Meu avô não enxerga mais a luz do mundo". E o médico, calmo: "Vamos ver isso, vamos cuidar de todos". Entramos em vários casebres cobertos de palha, chão de terra, paredes barreadas amarradas com cipó. Num deles, o mais distante do casarão de Jano, um velho gemia, deitado na rede.

"Não levanta mais", disse sua mulher.

Era um casal de índios, os filhos tinham ido morar em Manaus. O doutor Kazuma conhecia a enfermidade do homem, auscultou seu coração, ficou sério. A mulher entendeu. Mundo olhava para o doente com fascinação; cutucou-me e apontou os objetos pendurados na parede. O médico murmurou: "É o seu Nilo, o mais velho da Vila Amazônia".

Mundo falou em comprar os objetos, a índia não quis receber o dinheiro: o patrão era bom, dava comida, roupa, remédio. Meu amigo insistiu e pagou o que ela não sabia ou não queria cobrar. Continuou ali, perto da rede, olhando para o doente e conversando com a mulher. Não voltou para o casarão; de manhãzinha, me acordou com estas palavras: "O velho acaba de morrer". Sentou no chão, pensativo, e começou a desenhar.

Anos depois, recebi da Alemanha uma pequena pintura em chapa de alumínio, com uma cópia ao lado, em papel. Na cópia, o rosto tinha outra expressão: uma face se esfumara, e nela se formaram cavidades. O título da obra: *O artista deitado na rede*.

No meio da manhã, alguns trabalhadores saíram do armazém para velar o corpo do velho; em seguida chegaram barcos e canoas de Parintins e de outros lugares. Jano viu tudo de longe; permitiu que os empregados fossem ao enterro, e sabia que o filho estava por ali, que preferia ficar no meio daquela gente. Da varanda, assistiu ao ritual dos mortos, meio indígena meio cristão; no início da tarde, Mundo entrou numa lancha e acompanhou o féretro fluvial até Parintins.

"Por que não foi enterrado aqui?", Jano me perguntou. "Ele e a mulher sempre viveram de favor. Antes esses índios eram tratados por curandeiros, vigaristas do corpo e da alma. Nós pagamos o doutor Kazuma, mesmo assim continuam brutos e ingratos. Esquecem nosso esforço, nossa dedicação. São como crianças... Um dia rezam para Nossa Senhora do Carmo, outro dia esquecem a santa e a Igreja. A fé dessa gente não está em lugar nenhum."

Mundo só entrava no casarão para dormir. Uma noite, contou que almoçara bodó cozido com dois índios do rio Andirá que lhe ensinaram a pronunciar na língua deles palavras como *pássaro*, *céu*, *horizonte*, *terra* e *morte*. "Estão todos bebendo", murmurou. "Bebendo e morrendo." Passou o resto da noite desenhando, já nem fazia perguntas ou olhava para mim: apenas repetia as palavras que aprendera, e evocava a conversa com os índios como se estivessem ali no quarto, juntos, assombrados na escuridão.

O único dia em que almoçou conosco foi um desastre. Sentou na outra cabeceira, de frente para o pai, e começou a comer com avidez. O ruído da sua mastigação me dava asco. Eu quis falar, mas não consegui. Na porta da cozinha, Macau, para bajular o patrão, contou uma piada. Ninguém riu. Jano quebrou o silêncio: perguntou à cozinheira onde estava *aquela* mulher.

"Na beira do rio, lavando roupa."

"E o menino... o filho dela?"

"Está lá, ajudando a mãe."

"Traz os dois aqui."

Mundo parou de mastigar.

Uma mulher morena apareceu no vão da porta, de mãos dadas com um menino, quase rapaz. A roupa de morim, molhada: florzinhas vermelhas em fundo branco. O cabelo preto e liso escorrendo nos ombros nus, as mãos e os braços cheios de areia ressequida. Feições finas, e cansadas. Mãe e filho, juntos na soleira, somavam altivez e beleza. E aqueles olhos, os quatro, que não baixavam, me recordaram os olhos de Naiá.

"Repara bem nesse moleque", Jano se dirigiu a mim.

Encontrei os olhos escuros e vivos num rosto harmonioso, a testa alta, o cabelo grosso, o nariz arrebitado. O garoto sorriu.

"Teu tio veio trabalhar aqui, e olha só o que ele deixou na propriedade. Deve ter outros espalhados por aí, em Parintins, Santarém, por todo o Amazonas. Esse aí é dele, alguém duvida? Teu tio... Até com a nossa empregada lá em Manaus ele andou se enxerindo."

Com um gesto de Jano, o rapaz e sua mãe foram embora.

Mundo jogou os talheres no prato e levantou bruscamente, gritando com o pai: por que tinha feito aquilo? para humilhar o rapaz e a mãe dele ou para se exibir?

Saiu correndo em direção à varanda e desapareceu no quintal. Jano demorou um pouco para perguntar: "O que deu nele? Que diabo aconteceu?".

Não parecia perplexo nem indignado. A voz tinha um tom de serenidade forçada. Jano queria me demonstrar autocontrole, superioridade, e até complacência com Mundo. A presença do filho de Ranulfo talvez tivesse irritado meu amigo. E decerto incomodara seu pai, por conta do ciúme que ainda sentia de tio Ran.

Na véspera da nossa viagem de volta, Mundo me convidou para almoçar em Parintins. Macau nos deu um recado: que chegássemos antes da sete. E acrescentou: "O patrão quer vocês dois na mesa. É o último jantar".

"Manda teu patrão à merda", disse Mundo.

Macau deu um sorriso malandro e bateu continência.

No barco, meu amigo murmurou: "O último jantar...".

Almoçamos no Barriga Cheia, na rampa do Mercado: feijão com jerimum e maxixe, peixe frito, arroz e farinha. Depois jogamos sinuca com práticos e carregadores do porto. No meio da tarde, Mundo quis ir sozinho até o centro para pagar uma dívida; demorou quase uma hora, e chegou sorrindo, com algum segredo no rosto. Um freguês do restaurante avisou: o pessoal do Boi Vermelho já estava trabalhando para o festival de junho.

Caminhamos na direção da Ribanceira e entramos num galpão barulhento, lotado. Todos trabalhavam. Esqueletos de barcos e de animais cresciam ao lado de uma marcenaria, e das vigas da cobertura pendiam seres mitológicos da floresta. Os pequenos objetos esculpidos pelo índio velho agora eram volumes enormes. Mundo já conhecia algumas pessoas, e logo se enfiou numa roda para opinar sobre as cores, o acabamento e os encaixes das peças. Fazia isso com ímpeto, como se estivesse no ateliê de Arana. Observei a multidão agitada, as alegorias e fantasias, e lembrei das festas de São João no Morro da Catita, dos trajes costurados por tia Ramira, e de um dos bois, o Corre-Campo, girando e dançando no meio da quadrilha das crianças. De repente, um grito reverberou, e várias vozes puxaram uma toada com batuques em chapas de zinco, pau oco e latas. Agora muita gente dançava e cantava em homenagem ao artista morto, um dos fundadores do Boi Vermelho. As vozes e batuques foram aumentando, o chão trepidava, parecia que a metade da população de Parintins estava ali. Subi num banco para assistir à dança, com seus passos ensaiados ao redor de animais de madeira que se moviam lentamente. Estava absorto diante do espetáculo quando senti uma fisgada nas costas e vi uma máscara vermelha vazada por um olho amarelo. Mundo soltou uma gargalhada e estendeu os braços, mostrando garras de ossos. "Toada do Varre-Vento", berrou. E, sem que eu perguntasse, disse que ia ficar no galpão até o fim do ensaio.

O sol caía na floresta, detrás da ilha das Ciganas. Parintins, silenciosa: só o barulho dos barcos navegando rio abaixo. Voltei de canoa à Vila Amazônia. Macau preparava o iate para o embarque; na varanda, Jano conversava com o capataz.

Às sete me chamou para jantar. Sentei de costas para a Santa Ceia e de frente para o Amazonas, onde a ilha do Espírito Santo escurecia como uma profusão de sombras. Jano cortou uma posta de pescada e não comeu. O ruído do gerador abafou a gritaria dos sapos. O silêncio do homem dava medo. Perguntei sobre a situação da propriedade.

"Razoável", respondeu, esmigalhando um pedaço de peixe.

O enfardamento da juta estava no fim, e ele ainda comprara duas toneladas de borracha de um seringalista de Santarém. "Uma família antiga... americanos que fugiram da Guerra de Secessão e se fixaram no Pará. Os herdeiros venderam o seringal para uma família inglesa, e hoje todos são brasileiros... caboclos com sobrenome inglês."

Da porta da cozinha, Macau informou que o iate estava pronto.

"Se não chover, a gente sai cedinho", disse Jano.

Avisara que queria o filho à mesa na última noite: por onde andava?

"Parintins", eu disse. "Visitamos o galpão do Boi Vermelho. Ele ficou por lá, trabalhando."

"Vadiando, isso sim." Afastou o prato, virou o corpo para trás e percebeu a sombra de Macau. "Boi-bumbá... uma asneira. Começam a vadiar nesta época. Em março pedem dinheiro para o festival, e em junho ninguém trabalha mais."

Ficou calado o resto do jantar, olhando de soslaio para o relógio. Tomou os comprimidos, saiu da sala. Eu o vi mais tarde, caminhando com Fogo em redor da piscina; depois os vultos se juntaram na varanda. Noite sem luar, uma linha sinuosa clareou o rio. Os barcos que vinham de Parintins se aproximavam do atracadouro. Macau acendeu o holofote do iate, para que o patrão pudesse descer até a margem. Os empregados davam boa-noite e seguiam para a vila Okayama Ken. O foco iluminou as águas agitadas pelo banzeiro. Macau esperava uma ordem, que veio com um grito: "Vai agora à cidade e traz meu filho para cá".

Fogo latiu, os olhos faiscaram.

Macau saltou do iate, foi até Okayama Ken e voltou com três empregados; subiram num bote, o ronco do motor perturbou o silêncio. Mundo vai passar a noite no galpão, pensei. Vai atrasar a viagem e é capaz de entrar aqui com a máscara vermelha...

Antes do amanhecer, acordei com os passos das empregadas que saíam do porão; o gerador foi desligado; na varanda, Jano esperava o filho.

O silêncio do patrão que Macau, suado e derrotado, teve de suportar. "Andamos por toda a cidade, doutor Trajano. Os empregados conhecem tudo, e nem sombra do Mundo." Estalou os dedos, entrelaçou as mãos, não sabia o que fazer. Recuou devagar e se apoiou na mureta.

O nervoso, a ânsia ou o ódio que vi no rosto de Jano quando entrou no quarto do filho! Pisou na roupa suja embolada no chão, abriu as janelas, apanhou as folhas de papel espalhadas sobre a cama, observou os desenhos franzindo a testa: "Olha a arte do teu amigo".

Eram desenhos a lápis das casinhas de Okayama Ken, do armazém e do casarão. Fachadas e perspectivas. No rodapé de cada folha estava escrito: "Propriedade do imperador Trajano". Devolvi as folhas, que ele rasgou uma por uma; foi até a parede, arrancou a pintura de Nilo e a furou com uma caneta. Saiu do quarto e se dirigiu à casa do capataz. Só o vi depois de meio-dia, o semblante engelhado de sono e cansaço. Conversava com o capataz, e estranhei que mal falou comigo. Macau veio me dizer que estávamos de partida e que almoçaríamos a bordo.

"Mundo apareceu?"

Ele escondeu o rosto com as mãos e deu uma risada: "Não conta pra ninguém, rapaz. Mundo já está em Manaus".

MAIS DE UM MÊS SEM BEIJÁ-LA, sem nem mesmo tocar em seu corpo. Não a via nos lugares dos nossos encontros, ela não respondia aos meus recados, se esquivava. Num sábado depois do almoço, conversei com minha irmã e meu cunhado, disse a eles que não acreditava naquela história de casamento, e Jonas me falou assim mesmo: "Só tu não acreditas. Deves perguntar a Alícia". Minha irmã Raimunda concordou e à tarde me acompanhou à casa da tua mãe. Ninguém na rua de terra, o bairro parecia deserto. Raimunda entrou, e eu esperei até o fim da tarde, quando saíram juntas, de mãos dadas. "Aqui está a noiva", disse minha irmã. Agarrei Alícia pelos braços, e fomos ao Castanhal. "Mentira tua", comecei a dizer. "Esse anel de noivado, o dia do casamento, tudo mentira." Ela jogou a cabeça para trás, rindo, sentou no chão coberto de folhas secas, se deitou, dizendo: "Vai ser na matriz, na catedral, fim de outubro". Mesmo assim, eu não acreditava: é uma tapeação, ela quer me provocar, pensei. Repetiu: "Na catedral... Vai lá na taberna do Saúva e pergunta aos teus amigos... pergunta ao arcebispo de Manaus". "Por quê? O pai dele é aquele ricaço português, não é por isso? Um viúvo milionário que tem só um filho, e esse sujeito se apaixonou por ti, e tu pensas que isso vai ser tua salvação... Fala, é por isso?" E até hoje não sei decifrar sua expressão, porque ela não ria mais, e era difícil perceber algum sentimento no rosto trancado: nem ternura nem arrependimento, talvez uma ponta de dor ou desespero, não sei... Continuava deitada, vendo uma canoa deslizar no igarapé dos Cornos, e ao nosso redor crescia a sombra do entardecer, e além do rio as casas e a igreja da Colina ainda eram visíveis. Então, sem olhar para mim, ela desabotoou a blusa e mostrou os seios morenos. Escurecia na mata do Castanhal. Os olhos: o olhar me convidando, e a saia deslizou até os tornozelos, e nossos corpos se enlaçaram, e eu senti seu cheiro morno e escutei um soluço, um espasmo e depois o choro, os braços amolecidos, as pernas inertes, o corpo todo entregue à convulsão do choro. Beijei a boca, os lábios molhados e salgados, e continuei beijando e acariciando o corpo trêmulo, que não reagia. Ela não queria. Disse: "Hoje não, Ranulfo... Depois... depois do casamento". Então é verdade, eu disse pra mim mesmo, e perguntei: "Quer dizer que vais mesmo casar com aquele idiota?". Ela disse sim com os olhos, um sim verdadeiro com o olhar que eu conhecia. Esperou o sol desaparecer e a escuridão surgir neste lado do mundo: só o contorno impreciso e a sombra imensa das árvores e os sons dos insetos e, longe do Morro, o clarão da Colina. Então a voz da tua mãe me cortou por dentro. A voz, as palavras que eu não esperava e pensava nunca ouvir, e que eram mais absurdas que a notícia do casamento. Ela sentiu isso: que eu parecia surdo ou que alguma coisa em mim se recusava a ouvir as duas palavras pronunciadas bem perto do meu ouvido: "Estou grávida". E logo em seguida, mais forte, sem medo: "Prenha, grávida". Não havia luz para ver o rosto, os olhos, a nudez de um corpo quieto, parado, sem entrega. Senti o ciúme crescer como uma loucura destruidora e explosiva, enquanto minha imaginação repetia as duas palavras: "prenha, grávida", até eu perguntar com fúria se ela passara a noite do último sábado com aquele idiota. Puxou a saia até a cintura, abotoou a blusa, sentou. "Quer dizer que tu já namoravas o filho do português antes da festa de Dalemer. Quando foi? onde?" "Foi por acaso... um encontro na Casa Colombo, eu olhava as vitrines, e Trajano estava comprando." "E depois?" Ela moveu as mãos, começou a fazer uma trança, e eu podia perceber os olhos grandes me fitando no escuro, as mãos ondulando na cabeça, e senti o cheiro de perfume que ela agora usava, e a voz perguntou: "Bora tomar uma cerveja em casa? Tem uísque também. Tudo que peço ele dá em dobro. Meu noivo, Ranulfo... trabalha com o pai, não precisa roubar...". "Cerveja? uísque? ele te dá tudo?", gritei, e empurrei o corpo. Tua mãe ficou deitada, e abri a blusa dela arrancando os botões, ela deixou, queria, e ainda disse: "Depois do casamento", e ela mesma tirou a saia, se ergueu e me derrubou, e disse: "Vou ficar em cima de ti... tem muita formiga-de-fogo neste matagal...".

5

O DEBOCHE DE MACAU o tornava menos servil e parecia dizer: Mundo é um sacana que enganou todos nós.

Na viagem de volta, Jano ficou remoendo a ousadia do filho. E, diante do homem ultrajado, eu não sabia o que dizer. De manhã cedo o encontrava na saleta, repetindo: "Propriedade do imperador...". Subia até a cabine, perguntava a Macau como Mundo fugira e se tinha alguma lancha veloz no porto. O outro balançava a cabeça: um mistério, patrão, mas ia descobrir.

Jano rondava pelo iate, sempre de calça comprida, cinturão, camisa de linho, meias e sapatos pretos, como se estivesse na cidade. Também na Vila Amazônia usara a roupa de trabalho. Lembrei do passeio à ilha do Vale, depois da serra de Parintins. Macau me acordara cedo: íamos descer o rio Amazonas, até a fronteira com o Pará. Quatro vira-latas amarrados em correias latiam na proa. Navegamos primeiro no Parananema: Jano queria ver as fibras longas, com mais de três metros, amolecidas e descascadas, secando nos varais. Os cães saltaram e correram para a várzea, farejando bichos. "Camaleões, uma praga. Acabam com a plantação", dissera Jano, segurando a coleira de Fogo, que estava perturbado com a cachorrada solta. Mais tarde, na ilha do Vale, uma plantação extensa e uniforme parecia uma serra coberta de flores amarelas. Enquanto o iate contornava a ilha, Jano explicava os detalhes sobre o plantio, o corte e a secagem da juta e da malva. Eu ouvia com interesse, o que bastava para aumentar seu entusiasmo, que ele não partilhava com a mulher nem com o filho. Na volta, quando já víamos a Vila Amazônia no alto do barranco, me perguntara de chofre: qual ia ser o futuro da propriedade? e se fosse abandonada, saqueada, destruída? Falara com voz sincera, exaltando a beleza da paisagem e revelando que, se dependesse só dele, passaria o resto da vida ali, morreria na varanda, abraçado à visão do rio e da floresta. Era isso o que mais queria, se Alícia estivesse a seu lado.

Agora, ao vê-lo assim, suado e nervoso, mudando de lugar o tempo todo e murmurando palavras que me escapavam, temia que me abordasse para conversar sobre o filho. Depois do almoço ele dava trégua à agitação e tirava um cochilo. Não parecia estar no iate, e sim em sua casa, em Manaus: sentado, pernas e pés juntos, tronco ereto, a cabeça oscilando, como se fizesse um não em câmera lenta. Despertava como quem leva um susto, ia lavar o rosto e retomava sua ronda, que me deixava mareado. Eu esperava o fim da tarde com ansiedade; mal escurecia, entrava no camarote para ler, mas ficava pensando nos dois: Mundo e seu pai. Quando não conseguia dormir, subia ao convés e via o vulto sentado na popa, o focinho de Fogo no colo; Jano não se voltava.

Perto da ilha de Marapatá, a meia hora de Manaus, ele parecia menos agitado, e veio me oferecer vinho do Porto. Agradeceu minha companhia no iate e disse que caíra numa armadilha, pois Mundo se animara para viajar quando soube que eu iria junto.

"Pensei que tua presença ia estimular meu filho, mas não adiantou. Ele ficou comovido com a morte daquele índio. Ignora a Vila Amazônia, cresceu com essa repulsa... Se eu tivesse outros filhos! Por isso invejo a sorte de alguns proprietários da região, homens e mulheres que criaram homens e têm herdeiros. Enquanto eu vou morrer sem herdeiro, Deus não me deu um."

Cheirou o gargalo da garrafa e pôs mais um pouco de vinho na minha taça.

"Nem esse prazer posso ter", disse ele, alisando a garrafa. "Mas Mundo pode. Esse e outros..."

"O maior desejo dele é ser artista."

"É um equívoco", disse Jano, firme. "E eu queria estar vivo para presenciar o resultado desse equívoco."

"Mas é a vocação de Mundo. A única coisa que ele quer fazer."

Riu com ironia e repreendeu o cachorro, que rosnava.

"Uma grande vocação artística não depende apenas de uma escolha. Além disso, Mundo pensa que a revolta é uma façanha."

Suspirou, ergueu a cabeça para ver a orla dos Educandos. Voltou-se e perguntou se eu já tinha escolhido uma profissão, uma carreira.

"Talvez direito", respondi timidamente.

"Quer dizer que daqui a uns anos tu vais trabalhar num escritório de advocacia."

"Vou ver se consigo fazer um estágio."

"Conheço juízes em todos os tribunais", disse ele, com uma voz que me lembrou a do encontro no escritório da Marechal Deodoro. "Sem um pistolão é muito difícil prosperar neste país. A verdade é essa, Lavo."

No Manaus Harbour, chamou um táxi e ordenou que Macau me deixasse em casa.

"O senhor não vai conosco?", perguntei.

"Vou trabalhar", respondeu, seco, apertando minha mão.

À noite, quando passei na casa de Mundo para falar com ele, não havia ninguém na sala. Lá de cima vinham vozes, e na cozinha encontrei Naiá lavando a louça do jantar.

"Teu amigo está no quarto", disse ela. "Os pais estão discutindo. Sobe e aproveita, dá pra ouvir muita coisa."

Parei perto da porta do quarto do casal, escutei primeiro a voz de Jano: "Não herdou uma gota do meu sangue. Mentiu para o piloto do avião, tirou vantagem da minha doença. É um covarde".

"Meu filho viajou sozinho, sentado no meio de caixas e cartas. Desembarcou no porto da Panair e veio a pé para casa", disse Alícia. "Isso é coragem, não covardia."

Jano mudou de tom: "Faz muito tempo que não vais à Vila Amazônia. Não conheces os viveiros de peixes e tartarugas, o orquidário, a plantação de cacau, não viste a reforma da vila Okayama...".

"Nada disso me interessa: nem viveiros, nem plantações,

nem Okayama. Nunca mais ponho os pés naquele lugar. E, se me mostrares um mapa da região, não sei dizer onde fica. Mas sei de cor o nome de cada rua ou restaurante de Copacabana. Parece que estou vendo... Só Deus sabe."

"É... só Deus sabe que, sem a juta e a castanha, teu apartamento em Copacabana não existiria. Tu não mereces passar férias no Rio. Muito menos o nosso filho..."

"Jano, querido."

"Não mereces..."

"Jano, Jano..."

A voz ficou baixa, sumiu. Girei a maçaneta da porta de Mundo, perguntei se ele queria ir ao cine Guarany.

"Hoje não, Lavo. Entra. Pena que chegaste no fim da peça. Começou antes do jantar. Estou assistindo há mais de uma hora... quer dizer, ouvindo, mas posso imaginar os gestos dos atores na cama, a expressão de cada um..."

"Como voltaste de avião? Podias ter me avisado."

"Não te convidei porque Jano ia ficar com raiva de ti. E só cabia uma pessoa no meu plano: eu."

Então contou como havia embarcado num hidroavião, o Catalina do Correio Aéreo Nacional, que fazia escala no porto de Parintins. Persuadira o comandante a deixá-lo ir até Manaus. Chorando, dissera que Jano era um grande amigo do coronel Zanda e que ele, Mundo, tinha urgência para chegar: o pai estava muito enfermo. Entrou no hidroavião com a roupa do corpo, carregando os objetos e desenhos feitos pelo índio velho e as sementes e plantas que catara durante a viagem.

"Chorei tanto que parecia que meu pai estava mesmo morrendo. E queria muito que a mentira fosse verdade", disse com voz mansa, nenhum sinal de remorso. "Não podia vir com ele, a volta ia ser um pesadelo. Agora quer me proibir de passar férias no Rio, assim castiga também minha mãe. Mas Jano não vai conseguir, ela é muito mais forte. Até agora foi uma atriz sóbria. Quando começar a beber..."

No início de fevereiro, mãe e filho, acompanhados por Naiá, viajaram para o Rio de Janeiro. Ainda lembro dos resmoneios de tia Ramira: uma crueldade... deixar um homem doente sozinho...

"Mas Jano tem a companhia do Macau", argumentou tio Ran. "Isso sem contar o magnífico Fogo."

Essas férias no Rio eram dias melancólicos para Ranulfo, que esperava a volta de Alícia como um lobo famélico, rondando a praça com passos ansiosos, os olhos procurando luz no quarto de Mundo. Quando Corel e Chiquilito iam filar o almoço na Vila da Ópera, meu tio falava da ausência de Alícia, o rosto exasperado, como se debatesse com um exército de carapanãs. Os amigos mudavam de assunto, discutiam política, mas eram ideias de cachorro, poeira de ideias. Tio Ran se enfezava, os mandava à merda, exigia o nome da mulher na mesa senão encerrava a comilança.

A casa sem Alícia também ficava triste, as janelas dos quartos fechadas, e só uma lâmpada acesa na varanda da sala. Não havia jantar com jogatina, nem Naiá preparava tambaqui na brasa aos domingos. De noite, ao passar em frente ao palacete, eu escutava acordes de uma sonata de Mozart, e imaginava Jano e Fogo apaziguados na solidão, sob o teto pintado por Domenico de Angelis.

Na manhã de um sábado, vi Macau e o patrão no porto da praça dos Remédios, onde o *Santa Maria* estava atracado. O calor era de rachar, e, no meio da gritaria de peixeiros, ambulantes e carregadores, Macau contava as caixas e fardos que iam ser levados para o depósito da firma. O cheiro de juta e castanha me remeteu à Vila Amazônia, lembrança que se misturou com a do meu amigo e a mãe em Copacabana. Jano é o elo entre esses dois mundos, pensei, enquanto me aproximava. O suor escorria da testa franzida e gotejava na sua camisa molhada. Ele disse que aproveitava a ausência da mulher para vigiar o transporte dos produtos. Assim não ficava sozinho em casa e ainda evitava o roubo, pois ali a gatunagem fazia a festa. O chofer concordou com a cabeça, sem parar de inspecionar.

"A juta vai ser exportada para São Paulo, Argentina, África do Sul e Alemanha", disse Jano, enxugando a testa. "Li teu nome na lista de calouros da faculdade de direito. Alícia vai se orgulhar do amigo do filho."

"Quando eles chegam?"

"Amanhã... amanhã sem falta", exclamou, erguendo a cabeça e sorrindo, a boca aberta para o céu. Um sorriso rasgado.

Naiá e Alícia voltaram arroxeadas de tanto sol; Alícia, a pele descascada, exaltava as delícias do Rio. "Ah, o nosso apartamento no edifício Labourdett! No coração de Copacabana, Lavo. A gente não está apenas na avenida Atlântica, a gente flutua no oceano, os olhos brincam com o mar. Entendes?"

O edifício Labourdett fazia parte do refrão das férias. Assim como o Iate Clube, o Country, os restaurantes chiques, os passeios e as compras. Muitas compras: caixas de sapatos, vestidos, objetos de decoração. A sala estava atulhada de pacotes, e as visitas invejavam tanto esbanjamento. Uma delas, a dona Santita, parceira do carteado e cliente de Ramira, perguntou: "Tudo isso foi comprado com o dinheiro da juta?".

"Muita gente esbanja e nem sabe de onde vem o dinheiro. O teu vem de onde?", disse Alícia.

Abria os pacotes sem parar de beber uísque; dizia com ar de surpresa ou decepção que não sabia por que comprara aquele abajur horroroso, ou o colar de velha, ou o casaco de veludo grená — quem ia usar aquilo num clima tão quente? Naiá empilhava os objetos, guardava os que agradavam à patroa, separava os mais feios para o Lar da Criança Pobre. Parecia outra Alícia. Falava com sotaque carioca, afetado, que não ecoava apenas os prazeres do Rio, mas também o prazer mais íntimo em contrastar o esplendor da metrópole com o marasmo da província. O sotaque ia perdendo força à medida que a vida manauara se tornava áspera e até hostil. Os vexames que ela dava durante o carteado, quando perdia e o marido se recusava a pagar, as brigas deste com o filho, as intrigas inventadas ou insinuadas sobre a vida dela, a inveja que via no olhar de todos, tudo isso a distanciava do Labourdett com sua varanda para o oceano. Poucas semanas depois do Carnaval, ela voltava a ser a Alícia que conhecíamos. Mas não escondia a ninguém que um dia iria embora para sempre.

"Vou e não volto nunca mais. Nem morta", ela disse numa noite de azar. Jano já estava dormindo, os parceiros tinham acabado de sair, Naiá recolhia fichas, cartas, copos e garrafas. Alícia, tensa e rouca, suava tanto que a blusa lhe moldava os seios. Quando me viu descer a escada com Mundo, se apoiou no corrimão e repetiu: "Nem morta. E digo isso sem juras nem promessas. Vou embora com meu filho e os livros... teus livros de arte, querido".

Ao ver a mãe bêbada, Mundo voltou lá para cima e disse: "Não entre no meu quarto. Vá dormir com o meu pai".

Ela lançou um olhar de súplica para o filho e sentou no degrau mais baixo: "Naiá, prepara um café... estou zonza... Que noite horrorosa... Minha gargantilha de ouro se foi...".

Naquela noite, enquanto Alícia dilapidava joias, Mundo me falava de Alexandre Flem, um artista que encontrara no Museu de Arte Moderna. Em seguida mostrou o material de desenho e pintura, e os livros de arte comprados na Leonardo da Vinci. Quem, no ginásio Pedro II e depois no Brasileiro, não o invejava, quando os jornais publicavam a fotografia dele atrás de Alícia na escada do *Constellation*, ela com óculos escuros e um riso de meio palmo no rosto? Mundo era um dos poucos que podiam estudar alemão com Gustav Dorner ou com Frau Lindemberg, e francês com a mulher do cônsul da França. E só ele podia pagar pelas aulas particulares de inglês com mrs. Holly Hern, numa das chácaras da Vila Municipal.

Minotauro e Delmo ficavam roídos com essas regalias, mas por razões diferentes. Até o último ano do colegial comentavam a cena que humilhara meu amigo.

"Será que ele ainda se lembra que nós tocamos fogo no rabo dele?", perguntava o Delmo, cutucando o outro, que dizia: "Mundo é um lesão. Devia abocanhar a fortuna do pai dele".

Delmo, filho único de um grande comerciante de ferragens, queria ocupar o lugar do pai: para que estudar, se podia começar a trabalhar como patrão? Minotauro, corpanzil de cabeça pequena, ia pelejar por uma vaga no Departamento Estadual de Segurança Pública. Em dezembro de 1969, na despedida dos veteranos, ele se exibiu na arena do ginásio, violento e arrogante, esmurrando os calouros, obrigando-os a engolir terra e chumaços de capim cheios de formigas.

Em março, quando eu já estudava na faculdade de direito, tio Ran condenou minha opção; esperava outra coisa de mim. "Devias passar a vida lendo e vivendo por aí, sem profissão. Vais acabar que nem tua tia, trancado numa saleta e rezando pra conseguir um cliente... Ou então correndo de uma vara pra outra."

"Não sei se é exatamente essa a minha vocação, mas posso escrever, redigir processos, defender e acusar..."

"Acreditas em vocação? Eu não tenho vocação pra nada, vivo inventando... Inventa, rapaz. Ou então procura alguma coisa. Mundo está procurando, por que não fazes o mesmo?"

"Bem ou mal, Mundo continua estudando no Brasileiro."

"Ele vai cair fora. Só está adiando pra tapear o pai." Enganchou os dedos no meu pescoço e sussurrou, como se contasse um segredo: "Vais enlouquecer redigindo processos. Os graúdos vão te engolir, Lavo. Todo processo é enganador, uma mentira. É melhor escrever, pintar, ser artista".

Na tarde em que Minotauro e Delmo passaram pela Vila da Ópera, como para selar o desfecho da amizade do Pedro II, tia Ramira os examinou com olhos de costureira, e, enquanto folheava uma revista de moda, fazia perguntinhas inocentes: "Onde moram? Já escolheram a profissão? Onde os pais de vocês trabalham?". Depois nos serviu uma torta de cupuaçu com biscoito champanhe e castanha, e se afastou da mesa para observá-los de soslaio. Quando foram embora, ela notou que Delmo carregava o rei e sua coroa na barriga. "Como esse Delmo é ignorantão, Lavo. Viste como riu dos teus livros? Me matei de trabalhar para comprar dicionários, códigos e esse tal de direito romano, e o idiota faz pouco. Não é o pai dele que vende arame farpado e martelo?"

Quando podia, Ramira dava alfinetadas com a voz. Disse que o outro ia ficar desdentado, mas isso não faria diferença: ele não mastigava, devorava tudo, tinha ânsia de animal. A roupa remendada do Minotauro, os dentões escuros e apodrecidos e o lugar onde morava — um barraco sem endereço no fundo do Buraco do Pinto — a impressionaram. "Quando chove, o que acontece com a família dele?", se perguntou, talvez pensando no risco da nossa própria família, que vivia na corda bamba.

Novembro e dezembro eram meses melhores: Ranulfo ganhava comissão sobre as vendas no empório da Booth Line, e Ramira costurava para as festas de fim de ano e para os foliões dos bailes carnavalescos; era nesse período que ela poupava para o que viria depois, e uma relativa bonança durava até abril ou maio; daí em diante, descaíamos que nem urubu balado. Julho marcava o começo da penúria, que tio Ran, com um tanto de superstição e outro de sarcasmo, associava "às chamas do verão". "Rio baixo, bolsos vazios. Vamos ter que ralar mandioca, hein, mana? As tuas mocinhas não debutam em agosto?"

Mesmo assim, trazia os amigos para almoçar; a irmã o puxava para a cozinha e engrossava: "Não sobra comida nem para os gatos, e tu ainda apareces com esses marmanjos?".

"Esses marmanjos não sentem fome, só sede, mana. Uma cachacinha com jaraqui frito, e estamos no céu."

Dias depois, Ramira recebia uma cesta cheia de delícias importadas pela Booth. Sabia que Ranulfo metia a mão no empório dos ingleses, mas não devolvia nada: escondia os pacotes de biscoito e as latas de toffee, e os oferecia às clientes. Com o tempo, ela foi ficando mais sovina e o irmão mais perdulário, atitudes que convergiam para a expectativa de cada um. Minha tia se pelava de medo do futuro, enquanto tio Ran torrava tudo, pedia dinheiro emprestado às mulheres e vivia dizendo que elas lhe deviam não sei quantas noites de amor. Os quitutes que surrupiava serviam de agrado às namoradas, acalmavam a irmã e ainda sobravam para mim. "Nada de poupança, Lavo. Dinheiro guardado é prazer adiado."

Na segunda semana do mês Ranulfo já estava cheio de dívidas; na terceira, quando ele vinha comer em casa, Ramira trancava o aparador, com medo de que o saqueasse. No auge da dureza, meu tio nos surpreendia mostrando cédulas novas, que contava na nossa presença, assobiando e rindo; depois jogava sobre a mesa de costura duas ou três notas de valor alto, hipnotizando tia Ramira, que nem lhe perguntava como conseguira o dinheiro. Mal o irmão ia embora, ela apanhava as cédulas e as escondia no quarto. Como o laço de Ranulfo com Alícia não era de todo clandestino, notícias do palacete de Jano chegavam pela língua dele. E que língua! Mas um assunto de que tio Ran se esquivava sempre era o do filho na Vila Amazônia. Irritava-se quando a irmã lhe perguntava se não ia visitar a ilha. E a ilha, para ela, significava "o filho que tu abandonaste".

Certa vez, quando contei a Ranulfo que conhecera o menino e sua mãe, ele disfarçou, represando a raiva. Depois, com malícia e ódio na voz, disse que Jano sempre encontrava um jeito de humilhar as pessoas.

"Mostrou os dois pra todo mundo, não é? E o que disse? Parece que estou vendo o covardão me acusar. Ele não sente ciúme só de mim... tem ciúme do filho dele, do filho comigo. Sabe o que Jano está armando? Mundo vai sofrer o diabo... E o diabo é que ele tem força para enfrentar o ardil do pai. Nós dois vamos enfrentar Jano."

Alícia é que revelou o ardil, que teria consequências desastrosas na vida de Ranulfo. Uma tarde, lá pelas três, ela apareceu de surpresa: com uma blusa de seda vermelha, decote em V, profundo, shortinho branco apertado, as bochechas da bunda em relevo. Entrou sem bater palmas e se dirigiu a mim: "Soube que aproveitaste bastante o passeio à Vila Amazônia. Jano conversou contigo, não é? Ele tem um pistolão, pode arranjar emprego para ti, um estágio num desses tribunais".

Foi até a saleta, onde abriu um pacote: "Ramira, comprei este brocado suíço. Não é lindo?".

Minha tia olhou maravilhada para o tecido e alisou o bordado de seda com a ponta dos dedos.

"Quero um vestido para ir a um recital no teatro Amazonas daqui a um mês."

"Claro."

"Jano me inscreveu na Liga de Voluntárias para o Progresso. Acredita em filantropia, mais uma qualidade do meu marido. E mais trabalho para ti, Ramira. Vou precisar de um tailleur para ir a um jantar beneficente; hansenianos. Naiá vai trazer o dinheiro do feitio. O tecido que sobrar é teu."

As duas mulheres ficaram frente a frente, caladas. A voz, as palavras, a audácia, o decote e o short de Alícia, tudo enervava tia Ramira, que baixou os olhos e continuou a costurar.

"Então, vais aceitar o emprego?", Alícia me perguntou.

"Não quero trabalhar num tribunal", eu disse.

"Deve ser influência do teu tio. Ainda bem que ele está chegando, não gosto de esperar."

Minha tia olhou para mim; entendeu que eles tinham marcado um encontro. Ranulfo ganhou um abraço da visitante; na verdade, um acocho demorado.

"Queres almoçar?", Ramira perguntou ao irmão.

Ele nem respondeu; pôs um cigarro na boca e foi com Alícia para perto da porta. Sentaram num banquinho, conversaram em voz baixa. Podiam até recitar poemas sem ser ouvidos, mas o nome de Mundo escapava do cochicho, como um estalo. Os vizinhos passavam pela servidão, encaravam o casal e riam. Tia Ramira murmurava seus medos: alguma vizinha podia contar para Macau! O chofer ia abrir a boca... Se Jano aparecesse, fazia um escândalo, ela perderia clientes. A cidade era cheia de matagal, por que os dois iam se lamber justo ali?

Eu aguçava os ouvidos, de olho nos lábios vermelhos da mulher. Quando Alícia cruzava as pernas, enfiando os dedos nos fundos da carne para afrouxar o short, Ranulfo lançava um olhar que a fazia sorrir. Ela enxugava com a língua o suor do beiço, e ele continuava a fumar com avidez. O desembaraço e a ansiedade deles aumentava cada vez mais, e eu via meu tio se deixar envolver, servil e apaixonado.

Mundo era o centro da conversa, sem dúvida. Escutei algumas palavras de Alícia: "Jano quer que ele more e estude no Colégio Militar..."; "A disciplina..."; "Um sonho besta do meu marido...".

Então meu tio falou mais alto: "Internato? Colégio Militar? Ele está louco?".

"Jano acha que é a melhor saída para o nosso filho."

"Saída?", protestou Ranulfo. "Esse é o sonho besta do teu marido?"

Apagou o cigarro no assoalho e se ergueu, dando um soco no batente da janela: internato, Colégio Militar! Ela e o marido iam destruir o sonho de Mundo. Em que tempo e país viviam eles? Mundo ia fugir: ou ela não conhecia o filho?

Alícia levantou, o olhar demorado o desarmou antes mesmo de ela dizer: "Toda mãe conhece pelo menos um homem na vida: o filho. Ainda não conversei com Mundo sobre o internato. Não é isso que me preocupa, ele vai decidir. Outra coisa atormenta meu marido: há muito tempo ele me alerta sobre um artista... Jano não tolera esse sujeito".

"Já falei pro Mundo quem é esse Arana, mas ele ainda não se convenceu...", sussurrou Ranulfo. Olhou com expressão severa para a saleta, como se reprovasse a presença da irmã.

Minha tia foi para o quarto, mas deixou a porta aberta. Alícia virou a cabeça, notou que eu escutava a conversa e riu: "Teu sobrinho tem ouvidos de cachorro, não perde uma palavra".

"E o pior é que acredita na palavra da Lei", disse ele. "Amanhã quero conversar contigo, Lavo. Passa no bar do Cabaré na hora do almoço."

Os dois ainda ficaram uns minutos na entrada da Vila da Ópera; depois caminharam em direções opostas. Ouvi a voz de tia Ramira: "O que ele quer conversar contigo?".

"Deve ser sobre Mundo."

"Essa indecente não veio encomendar vestido... Veio atrair meu irmão para alguma armadilha."

Não se dirigia a mim: falava sozinha, ou com a máquina de costura.

6

NO BAR DO CABARÉ, na Frei José dos Inocentes, tio Ran comeu os olhos de um peixe frito, chupou a cabeça e a mastigou com gana. Esfregou as mãos gordurosas na toalha, acendeu um cigarro.

"Qual é o assunto?", perguntei.

"Alduíno Arana", disse ele, soprando fumaça no prato para espantar as moscas.

"O artista?"

"Esse mesmo. Aliás, os três: o menino Alduíno, o artista e o Arana. Três numa só pessoa. É o maior artista deste nosso fabuloso hemisfério, mas só ele pensa assim. Pega um dinheirinho que a tua tia muquirana esconde, e eu mesmo faço uma obra de arte e te vendo por uma pechincha. Depois tu revendes a obra-prima no Manaus Harbour."

"Não gosto muito do Arana, mas ele tem boas ideias..."

"Ótimas ideias", ele interrompeu, apontando para um sobrado de putas no outro lado da rua, onde duas mulheres regateavam a compra de peixes.

"Estás vendo aquele peixeiro? Prega numa parede o tabuleiro dele com peixe e tudo; depois decepa umas cabeças, faz uma pirâmide no chão e mela com tinta vermelha. Arana chamaria isso de arte... Mas isso é coisa do passado. Agora ele está trocando as formas ousadas por pinturas do pôr do sol. Deve estar possuído pela nossa natureza grandiosa."

"Mundo acha que ele faz uma arte revolucionária."

"Conheço a revolução dele." Tio Ran soltou uma gargalhada e começou a tossir, até lagrimar. Pediu outra cerveja, ficou observando o peixeiro bater de porta em porta: os olhos e as escamas brilhavam no tabuleiro, os maços de cheiro-verde, murchos, e os tomates, amarelados. O peixeiro virou o rosto para a nossa mesa, meu tio o cumprimentou.

"Ele vai morrer na porta de uma casa da Frei José dos Inocentes antes de vender a última fiada de sardinhas. Vai cair durinho, de pés inchados, estorricado pela insolação. Mas um artista como Arana está mais interessado na beleza dos peixes mortos, no efeito visual do tabuleiro e no preço da obra. Eu e Arana fizemos as maiores sacanagens no Castanhal e nas ruas cheias de lodo do Jardim dos Barés. Demos calote nos mesmos botecos, tabernas... mas ele foi muito mais longe. Sou um reles larápio comparado a meu ex-vizinho."

"Vizinho? Ele morava no Morro da Catita?"

"Isso. Depois, viramos inimigos para sempre."

Atirou os restos do peixe para um vira-lata que rondava a mesa. O cachorro se aproximou, voraz, e foi empurrado para a rua, junto com os restos e a farinha. Ranulfo riu da porcaria que fez, e especulou: "É um faminto, não reage, não se vinga. Vai atrás do que é seguro, e o mais seguro é a sobra do peixe. Tens pena desse vira-lata covarde?".

Inclinou o corpo e enxotou o cão com a faca: "Tua tia tinha pena do Arana. Ela morre de pena dos crápulas, menos de mim, é claro. Nós íamos pescar no igarapé dos Cornos, depois ele ia catar sorva, ouriço de castanha e azeitona doce no Castanhal; vendia essas porcarias na calçada das lojas do centro. 'Coitado desse moleque, só não é mais pobre porque é um só', Ramira dizia. O coitado dava um peixe pra ela e virava um santo. Depois ele se aproximou do Pai Jobel, o louco do Morro da Catita. Pai Jobel morava na mata do Castanhal; andava nu, subia o morro de braços abertos, entrava na igreja de São Francisco e pregava no púlpito. Alduíno Arana tirava o louco da igreja, e os dois santos saíam abraçados. Só que um dos santos, o Jobel, era escultor. Ninguém se interessava pelas caboclas de barro que ele fazia, umas mulheres socadas que pariam bichos. Jobel pintava as estatuetas com figuras geométricas tortas... figuras vermelhas, amarelas, azuis. O padre Tadeu gostava dele, dava tinta e pincel pra ele trabalhar. Objetos lindos, que nem peças marajoaras. Arana comprava tudo por uma mixaria e ia revender aos turistas. Deve ter uma coleção dessas estatuetas na casa dele. O sacana começou a copiar essas mulheres, só que elas foram crescendo, os animais que pariam viraram monstros... e o Arana virou artista. Depois ele se interessou por outras mulheres".

Ergueu a garrafa vazia e assobiou para o dono do bar. Bateu na mesa com a garrafa: "Mulheres de verdade! E todas viúvas. A que levou o golpe foi Luciete Velina, que era cheia de propriedades. E não tinha filhos! Uma ricaça... dona de terrenos e casas em São Jorge. Quando teus pais morreram, Arana já estava enganchado com a mulher, desfilava com ela, os dois iam à missa, aos melhores restaurantes, até ao Bosque Clube e ao Guanabara Clube de Campo. Ele conheceu políticos e pintou o retrato de um chefete... um populista cassado pelos militares em 1964. Cassado por gatunagem das grandes, não por ser comunista ou subversivo. No Dia de Finados, Alduíno ia com a viúva para o cemitério da Colina, e os dois rezavam pela alma do marido morto. Se o morto desconfiasse... Não se casaram, ela arregou, os irmãos e sobrinhos iam guerrear. Mas conheceram o Rio e São Paulo... viajaram pelo Nordeste. Ela até comprou uns quadros de artistas brasileiros para Arana. Depois viajaram de navio pela Europa e, quando voltaram a Manaus, foram morar na casa da ilha, uma das melhores propriedades da mulher. Arana soube retribuir, pintou vários retratos da Luciete, em todas as idades: menina, moça, esposa e viúva. Pintou o retrato do finado, pintou o diabo! Até no banheiro da casa dela tinha um rosto pintado por ele. A viúva jurava que era uma prova de amor. O tempo é engenhoso e fez das suas. Luciete Velina morreu e deixou a casa da ilha pro Alduíno Arana. Isso foi no começo de 1955, antes de eu ir pra Vila Amazônia. Ele deve ter algum talento, mas o charlatão é mais genuíno que o artista. O artista, mesmo, é o louco Jobel. Foi recolhido depois das diabruras que fez na igreja. Teimou que estava apaixonado por Nossa Senhora da Conceição, beijava e abraçava a estátua da santa. Aí os fiéis empombaram com ele, e até tua tia ficou fula da vida. Jobel ficou mais de dez anos trancado no hospício. Morreu por lá. Não tinha família, ninguém... Um doido sozinho no mundo. Fui várias vezes ao hospício, levava barro mole, tinta e retratos de santinhas. Ele adorava as santas, era um apaixonado de verdade...".

"Mundo não sabe disso", eu disse.

"É que ele está cego, mas um dia vai saber quem é esse Arana. Agora o que eu quero mesmo é afastar Mundo de Jano."

Chamou o garçom, pendurou a conta e levantou: tinha um compromisso no meio da tarde.

Algum emprego?

"Que porra de emprego!? Não tem emprego nenhum, rapaz", ele desdenhou.

Na praça Pedro II, em frente a um cabaré antigo e arruinado, catou uma manga no chão, deu uma dentada e chupou até o caroço, lambuzando as mãos e a boca. Perto do coreto, gritou: "Diz pro Arana que eu conheço muito bem a história dele".

Arrancou uma flor do canteiro e a ofereceu a uma puta sentada num banco. Os dois foram até o coreto e começaram a dançar agarrados no meio da praça.

No ateliê vimos uma jaula construída com sarrafos. Ajoelhado, Arana chamuscava com uma tocha bichos de madeira; rosto vermelho e melado de suor, mãos enegrecidas, o artista parecia realmente inspirado naquela tarde. Levantou-se, apagou a tocha, tirou o avental e abriu os braços no meio da fumaça. "Pensei que ias ficar no Rio", disse. "E quando não estás em Manaus, teu amigo some."

"Trouxe uns desenhos que fiz durante as férias", disse Mundo. "Mas antes quero mostrar os objetos de seu Nilo... um índio de Parintins."

Arana saiu da jaula, manuseou as peças. Disse que os Ticuna também faziam esculturas como aquelas. Leveza na forma, pássaros que pareciam voar livremente. Num tom professoral, acrescentou que muitos artistas da Europa haviam imitado a arte indígena e a africana. Mas o verdadeiro trabalho do Nilo era outro.

Tirou de uma caixa pequenos objetos de madeira que o índio esculpira duas décadas antes: um rosto desfigurado, ou com expressão dilacerante; homens e mulheres juntos, numa expressão de pavor.

Mundo lhe pediu uma daquelas peças antigas.

"Um dia, quando começares a trabalhar de verdade."

"Já comecei... e um artista lá do Rio gostou do meu trabalho."

Contou que no Rio frequentara um curso de gravura, visitara museus e galerias, e conhecera Alexandre Flem, um artista que morava em Berlim e estava participando de uma exposição na cidade. Com Alex aprendera novas técnicas, e se impressionara com os materiais que usava em quadros-objetos. E fora Alex que o levara para ver um trabalho estranho: as pessoas entravam numa tenda, vestiam uma capa de plástico cheia de dobras e passavam a girar, gritar, e tentavam se libertar de muitas coisas.

"O corpo participa da obra, faz parte da arte", disse Mundo, animado.

Arana ouvia com atenção forçada. Não fez nenhum comentário. E quando Mundo mostrou os desenhos de rostos de moradores de um morro carioca, Arana olhou para as folhas de papel e, depois de uma observação apressada, cruzou os braços e ficou calado. O silêncio me irritou. Então eu disse que não entendia de arte, mas tudo me impressionara: as cores, as figuras humanas, a perspectiva, a luz.

"Dá uma visão das pessoas e do lugar", concluí, com entusiasmo.

"É o teu tio que te ensina a ver uma obra?", perguntou Arana. "Ele é bom de farra e de bebida, mas de arte... duvido."

"É verdade, mas Ranulfo conhece o passado de muita gente. Além de farrista, é falastrão. Ele mesmo diz isso."

Mundo percebeu meu olhar furioso e quis mudar de assunto, mas não sabia como.

"Vamos esquecer o falastrão e ver uma coisa séria", disse Arana, acendendo todas as lâmpadas.

No chão da jaula havia uma floresta em miniatura com lascas de ossos de animais e pedaços de minérios. Num dos cantos, vi um crânio, arcos de costelas, rosários de vértebras. Uma ossada. Mundo também notou: era um esqueleto de macaco?

"Macaco? De jeito nenhum", protestou Arana. "Despojos do nosso povo... índios e caboclos. Peguei num cemitério abandonado na cachoeira do Castanho. Quando o rio sobe, os túmulos desmoronam, e na vazante, as ossadas aparecem na praia. Quando vi isso, a ideia da obra surgiu inteira na minha cabeça. A natureza, sozinha, não serve para muita coisa. A ossada de seres anônimos é mais que um símbolo."

Espalhou a ossaria em volta da floresta em miniatura e ficou pensativo, como se esperasse algo.

"Mas não são anônimos", observou Mundo. "Não tinha uma inscrição na lápide? O nome do morto?"

"Nada. Tudo foi apagado pelo tempo", respondeu Arana.

Mundo andou pela jaula, depois parou e segurou nos sarrafos, o olhar vago e melancólico; então abriu as mãos e esfregou os dedos escurecidos pela madeira carbonizada.

"É isso mesmo", se empolgou Arana, a voz bastante afetada e a expressão meio idiota. "Vocês querem saber quais são os temas secretos deste trabalho? Devastação e morte. A floresta queimada é a humanidade morta."

Passara o último mês trabalhando dia e noite: a obra ia ser exposta na Bienal de Artes, e depois em galerias do Rio e de São Paulo. Orgulhava-se disso, vivia pensando nos eventos. Mundo perguntou qual era o título.

"A dor das tribos... A dor de todas as tribos. Não é sugestivo?"

Arana acendeu a tocha e continuou a chamuscar os animais de madeira, movendo-se na jaula, abrindo os braços e contorcendo a boca. Tive vontade de rir; Mundo permanecia sério. De repente Arana estacou e pediu desculpas: agora queria ficar sozinho. "Hoje o santo baixou", prosseguiu, o rosto iluminado pela tocha. "É um dia de grande inspiração."

Quando saímos do ateliê, Mundo disse que se decepcionara

com o silêncio de Arana sobre os seus desenhos. "Ele foi grosso com Ranulfo", murmurou. "Acho que Arana é louco..."

Pensei nas ossadas, no saque dos restos mortais daqueles seres anônimos. Tentei comentar isso com o meu amigo e revelar o que Ranulfo dissera sobre Arana. Mundo, desanimado, ele não quis mais conversar.

Dias depois, o encontrei na calçada do Colégio Brasileiro, de cócoras, a cabeça entre os joelhos; as mãos entrelaçadas pareciam uma bola vermelha. Quando toquei no seu ombro, ele ergueu a cabeça e socou a palma de uma das mãos.

"Fui expulso do colégio", disse. "Meu pai me pegou de surpresa. Minha mãe não pôde fazer nada."

A NOTÍCIA DO CASAMENTO da tua mãe atraiu jornalistas e fotógrafos para um lugar esquecido: o Jardim dos Barés. Eles chegaram de canoa e subiram o barranco por uma escadinha de madeira; outros vieram pela estrada de São Jorge até o quartel do Batalhão de Infantaria da Selva, entraram na mata do Castanhal e visitaram as chácaras, sobretudo a mais antiga, conhecida como "a casa de campo americana da família Stone", cuja arquitetura de madeira impressionava. Os repórteres caminharam entre mangueiras e jambeiros que cresciam nas ruas de terra, e pararam para conversar e beber nos botecos e tabernas, observando, curiosos, as pessoas e o lugar. Descobriram que eu tinha sido o primeiro namorado de Alícia, perguntaram se era verdade, e eu confirmei: primeiro e único. Aí quiseram saber o que eu fazia, eu disse: "Nada", e se eu estudava, eu disse: "Larguei a escola e leio livros emprestados pelo padre Tadeu e pelo dono da livraria Acadêmica". Depois disse que ajudava minha irmã Raimunda e meu cunhado Jonas a regatear pelo interior, e que Alícia de vez em quando nos acompanhava. Mostrei uma fotografia a um deles: eu e tua mãe abraçados na proa do Fé em Deus. *Ele pediu que eu lhe emprestasse a foto, que foi publicada com a entrevista. Mesmo sendo uma imagem pequena e granulada, eu e tua mãe estávamos ali, agarrados. Ao lado, a notícia com detalhes do casamento: o tecido francês comprado na famosa Paris n'América, de Belém; a confecção do vestido por um costureiro do Rio; a recepção no Ideal Clube para oitenta convidados ilustres, e o presente do pai do noivo para tua mãe: quatro quilos de joias de Portugal. Meu cunhado Jonas trouxe os jornais para os fundos da pequena chácara onde morávamos, e, enquanto Raimunda lia e ria, Ramira me provocava com um olhar de desforra e raiva ao mesmo tempo. Tua mãe estrilou: eu não devia ter emprestado a foto, nem ter dito o que disse aos repórteres. Grávida, prenha... e ainda me acusava. Eu rondava a casa das duas irmãs, Algisa dizia que Alícia não estava ou que não podia me ver. Era estranho: depois de anos de intimidade tua mãe se escondeu de mim na última semana de solteira. Só uma vez, à noite, quando me plantei que nem estátua perto da pitombeira, ela surgiu com o candeeiro aceso na janela; estava nua, e olhou para mim com uma ponta de dor ou desespero que o sorriso tentava encobrir. Quis entrar, ela recuou, e, antes que fechasse a janela, vi seu corpo nu pela última vez antes do casamento. Ela já sonhava com a mudança para um casarão a duzentos metros do teatro Amazonas. Os vizinhos iam falar com a noiva, lhe pediam para trabalhar em sua casa, a bajulavam. Ou iam apenas vê-la. Ela aparecia na janela usando um colar de pérolas sobre uma blusa de seda branca com botões pretos. Na véspera da cerimônia na matriz, uma lancha atracou na margem do igarapé, e um homem de uns quarenta anos — alto, forte, de terno branco, o colarinho apertado como uma coleira, óculos escuros que pareciam uma venda ou um morcego — subiu a escada levando uma caixa de papelão do tamanho de um ataúde de defunto adulto. Foi logo cercado por um bando de curumins, impressionados ou com o traje e a estatura do desconhecido ou com a caixa que ele carregava; o homem se inclinou pra perguntar alguma coisa a um dos meninos, que lhe apontou o fim da rua em declive, e ele foi descendo, com a meninada atrás, rindo e puxando a manga do seu paletó. Parou diante da casinha das irmãs; Algisa saiu primeiro, em seguida Alícia. O homem entregou a caixa, e elas entraram na casa; ele subiu a rua, parou pra cochichar com um dos meninos e veio caminhando em direção ao Castanhal. Eu já havia pulado do galho de uma castanheira e fumava, encostado no tronco. A dois metros de mim, ele tirou os óculos, cravou os olhos negros no meu rosto e, com uma voz tão cerimoniosa que parecia de farsante, perguntou se eu era irmão da senhorita Ramira. Dei risada: senhorita Ramira? Ele enxugou com um lenço o pescoço tufado. "Sou empregado dos Mattoso, vim pegar uma encomenda. O pai do seu Jano é cliente dela. O português, pai do noivo." Não consegui disfarçar, e o homem me ajudou, pois fingiu não perceber que eu mudara de cor. Tentei sair do embaraço e mitigar a raiva observando a camisa molhada de suor, o paletó muito justo com nódoas escuras e os sapatos tão apertados que pareciam forrados de pedra. Perguntei o que tinha na caixa que ele entre-*

gara para as irmãs. "O vestido de casamento de dona Alícia", disse. Muito chique, caríssimo. Estendeu a mão e curvou a cabeça: *"Macau, chofer nas horas vagas e mecânico de profissão".* Entramos por um atalho na mata e fomos sair nos fundos da chácara. Bati palmas, e, para implicar com a minha irmã, gritei: *"Senhorita Ramira, tem um senhor aqui querendo falar contigo".* Ramira, meio sem jeito, apareceu com um embrulho de papel de seda branco. Disse ao homem: *"Por que o senhor veio aqui? Fui eu que fiquei de passar na firma e entregar...". "Vim trazer o vestido da noiva e aproveitei para pegar a calça"*, disse ele. Recebeu o pacote, tirou do bolso um envelope, o entregou para Ramira e não falou mais comigo: pegou o atalho e desceu o barranco, seguido por uma fila de meninos. Na tarde do casamento, eu bebia com Corel e Chiquilito na taberna do Saúva, quando ele voltou: o mesmo traje, os óculos enormes, o mesmo andar lento e despreocupado, e dessa vez vinha acompanhado por uma moça morena e esbelta vestida de branco. Os dois pararam na entrada da casinha das irmãs e esperaram. Agora não era apenas o grupo de meninos que os rodeava: muita gente do Morro, do Jardim dos Barés e até de São Jorge estava ali por perto, como se fosse o sereno de um baile carnavalesco num clube grã-fino da cidade. Deviam ser quatro horas quando vi Alícia vestida de noiva. Minha irmã Raimunda correu para falar com ela, e as duas ficaram abraçadas, depois de mãos dadas, e ainda cochicharam antes de se despedir. Chiquilito deu um tapa no meu braço e perguntou se eu era leso de deixar Alícia casar com aquele idiota. Ele disse: *"Jogo lama no vestido e acabo com a porra da cerimônia".* Não: era uma ruindade inútil, Alícia ia me odiar pra sempre. Corel, que já trapaceava com uns contrabandistas, concordou. Depois alguém saiu da multidão e quis entregar uma santa de barro pra noiva; vi que era o Pai Jobel, o corpo nu cheio de areia. Devia ter fugido havia pouco do hospício, pois tinha marcas de correias nos braços e um olhar esgazeado, assustador. Tua mãe segurou a peça de barro e a jogou para o lado, com medo de sujar o vestido. O homem, Macau, empurrou Jobel, que caiu e foi arrastado pelos curiosos. Algisa e a moça de branco seguravam a cauda enquanto a noiva descia a escadinha olhando para baixo e apoiada no braço do homem. Mais ninguém desceu, nem os meninos. O homem entrou na lancha, ajudou Alícia a pisar na proa, e a moça, atrás, *enrolou a cauda e a segurou como se fosse uma nuvem de algodão. Algisa ficou na beira do rio. Lá de baixo, tua mãe ainda me viu e deu adeus. Não dava adeus para mim, mas para a casa caiada na rua de terra, para a estrada da Índia, que anos depois seria uma avenida no meio da Cidade das Palhas, para o arraial da igreja de São Francisco, para o Jardim dos Barés, aonde nunca mais voltaria, nem para visitar a irmã. Despediu-se de uma época de sua vida, a lancha deixando um rastro de espuma no rio marrom, a moça segurando a cauda do vestido até a mancha branca diminuir e desaparecer na curva. Os moradores foram embora, Algisa ficou sozinha olhando o rio, depois subiu o barranco e foi pra casa. Saí da taberna do Saúva, a segui de perto, toquei no seu ombro e vi os olhos avermelhados. Chorava de raiva, de inveja. Eu estava só de calção, e ela de short, com uma blusa estampada; calçava sandálias de couro, feitas no nosso bairro por um sapateiro cearense. Entrei na casa, abri o guarda-roupa e vi a roupa velha que Alícia deixara para a irmã. Senti o cheiro de madeira apodrecida, do banheiro sem fossa, de barata e percevejo, de água parada depois da chuva. O calor, o bafo, o suor. Alícia odiava esses cheiros. Perguntei a Algisa se ainda tinha cerveja e uísque. Ela sentou na rede e disse com voz chorosa: "A sacana da minha irmã deve estar perto da matriz". "Vais trabalhar hoje?", perguntei. Ela balançou a cabeça: tinha navio no porto, ia passar lá mais tarde. "Quanto é que aqueles gringos te pagam por uma noite?", perguntei. Ela olhou para mim, disse: "E tu, seu chifrudo? Tu roubavas dos gringos e davas tudo pra Alícia... e olha só o que ela fez contigo". Algisa levantou para me estapear, eu a empurrei e ela caiu na rede, caí em cima dela, agarrando-lhe as mãos e sentindo os dedos calosos e a pele áspera de tanto esfregar roupa e arear panelas na época em que era criança e escrava, talvez sem saber que era as duas coisas ao mesmo tempo.*

7

"Expulso ou suspenso?", perguntou Albino Palha.

"Expulso. Discutiu com um professor de história que elogiou o governo militar. Diz que fez uma caricatura medonha do professor, e depois rasgou a farda e pregou..."

"Não é preciso contar", pediu Alícia. "O doutor Palha veio aqui..."

"Rasgou a farda, pregou os trapos nas janelas e saiu quase nu na frente de todo mundo", prosseguiu Jano. "Meu filho se expôs ao ridículo, mangou do diretor e ainda fez uma caricatura também do coitado. Por isso vai estudar no Colégio Militar. Mais pela formação moral, pelo caráter, do que pela qualidade do ensino."

Alícia notou que eu perscrutava perto da copa e me fez sinal para que entrasse. Eu disse que voltaria mais tarde para falar com Mundo.

"Tens medo de alguém nesta casa?", perguntou ela.

Albino Palha se levantou e estendeu a mão para mim. Jano me ofereceu uma cadeira; com vontade de ir embora, preferi ficar de pé.

Foi a primeira vez que vi Albino à luz do dia: alto e gordo, olhos de um verde aguado no rosto sisudo. O paletó branco, folgado, aumentava sua robustez; um lenço alaranjado de cetim saía do bolso, dando um brilho esquisito ao traje. Ainda mantinha o hábito de usar chapéu; o dele, de feltro cinzento, deixava no meio da cabeça uma faixa de suor. Para Jano, Albino Palha era bem mais que um homem: uma carreira exemplar. Certa vez, Alícia comentara: "É carrancudo e formal, mas parece um curinga, se dá bem com todos, até com o meu marido. Jano adora o Palha, dos sapatos ao chapéu".

Palha mudava de posição e de lugar quase sem ser notado. O corpo massudo se moveu para um canto da sala, e de repente eu vi os olhos embaciados mas vigilantes e escutei a voz de mediador, pausada e monótona: "Falta compreensão, Trajano. Teu filho é um sonhador".

"É um destruidor de sonhos, isso sim", replicou Jano. "Onde ele está? Alícia pediu que o nosso filho participasse desta reunião, mas nessas horas ele some. Deve estar escondido, rabiscando grandes obras de arte. Pensa que pode construir o futuro com devaneios. Um sonhador não ignora o trabalho de meio século! A Vila Amazônia..."

Parou de falar e seguiu os saltos de Fogo até a porta. Mundo, na soleira, tinha os olhos na mãe. Tirou as sandálias e entrou devagar, carregando uma sacola cheia de papel. Na bermuda e na camiseta, manchas de tinta. Desviou-se do cachorro, largou a sacola e abriu as mãos sujas, assim evitando cumprimentos.

"Vamos conversar, Raimundo", disse Albino Palha.

Quando Mundo olhou para mim, não sei se viu no meu rosto cumplicidade ou traição. Eu não queria estar ali, participando de uma conversa familiar, íntima. Quanto a Palha, meu amigo não se sentia nem um pouco acuado pela sua presença. Aliás, nem parecia ouvi-lo dizer que a nossa região era maravilhosa, a natureza era pródiga e monumental, e só agora, com os militares, é que o Brasil estava descobrindo e protegendo aquela riqueza infinita. Não concordavam?

Alícia moveu a cabeça, sem esperança; o pai se virou para o filho, que lhe devolveu o olhar. Albino Palha contornou com o indicador a aba do chapéu e tocou no assunto: "É muito difícil ser artista aqui, Raimundo. A natureza inibe toda vocação para a arte. Teu pai tem razão: um pintor, um escultor deve ser grande. É como empresário ou político, e não como artista, que vais sair da obscuridade comum. E para isso é preciso estudar".

"Quem quer ser grande? E o que a natureza tem que ver com o meu trabalho?", rebateu Mundo. "Não penso em nada disso. E não preciso estudar num colégio. Aprendo com os livros, com a obra dos artistas."

"Por que não vais morar no Rio? Podes estudar num colégio interno", sugeriu Palha.

"Longe de mim, nunca", interveio Alícia.

"O Rio, ou qualquer outra cidade, vai ser um desastre para ele", disse Jano. "Mundo perdeu três anos, foi humilhado no Pedro II, expulso do Brasileiro. Agora vai enfrentar o internato aqui, perto do pai. Vai conviver com gente humilde, receber ordens de oficiais do Exército e respeitar os valores."

"Receber ordens?", repetiu Mundo, exaltado. Apontou o dedo para o pai: "Tu podes dar ordens para o teu cachorro e para os teus empregados. Eu não recebo ordens".

"Sem gritos", pediu Alícia.

"Estamos só conversando, Raimundo", ponderou Palha. "Teu pai sabe que não gosto de posições extremas, sabe que admiro os militares... eu mesmo trouxe o Zanda para jantar aqui. Conheço algumas pessoas em Brasília. Defendi a criação do nosso Colégio Militar, mas reconheço que não é uma escola para qualquer um."

Ficou entre o pai e o filho, braços e mãos abertos, tentando aproximar um do outro, mas os dois se esquivaram. Mundo, perturbado, esfregou as mãos manchadas de tinta; Jano enfiou as dele nos bolsos. Albino Palha fez uma sugestão conciliadora: que Mundo estudasse no Colégio Militar, mas não como aluno interno, a vida no internato era dura.

"Nem interno nem externo", disse o meu amigo.

"Tua opinião não vale nada", disse Jano. "Não vou admitir... Foste influenciado por aquele boa-vida, Arana. Tu e os artistas... uns inúteis."

O rosto de Mundo se contraiu, o corpo crescia com a respiração.

"Mundo, sobe e te tranca no quarto", pediu Alícia.

Jano se aproximou do filho e berrou: "Nem morto vou te deixar em paz".

Mundo riu na cara dele: riso nervoso, ferino.

"Ninguém te pôs nos eixos. Uma pessoa não pode ser totalmente livre, ninguém pode. O coronel Zanda vai dar um jeito."

Tentei levar Mundo para a escada, ele resistiu e encarou o pai: "Zanda? Grande vigarista. Esses teus amigos...".

"Como podes dizer isso? Sou um dos amigos do teu pai..."

A voz de Albino Palha se calou com o estalo de um golpe: o cinturão do pai atingira o pescoço de Mundo; a outra lambada açoitou seus ombros, e eu corri para segurar a mão de Jano. Alícia gritou por Naiá e Macau; um rosnado feroz me assustou, e logo ouvi ganidos: vi meu amigo chutar o cachorro e depois ser imobilizado e arrastado da sala pelo chofer. A empregada e Alícia cercaram Jano, que, olhos fixos na parede, movia apenas a mandíbula, o corpo parecia anestesiado.

"Ele está pálido", disse Palha. "Vamos chamar o médico."

"Não é preciso", disse Alícia.

Os amigos se entreolharam.

"Meu filho vai aprender...", murmurou Jano, largando o cinturão.

Albino Palha se despediu friamente, sem se dirigir a mim.

"Vamos subir", disse Alícia.

Jano caminhou devagar entre as duas mulheres até a escada. Enquanto ele subia, ouvi-o dizer: "Cuida do Fogo, Naiá. Foi chutado por um selvagem".

Mundo não estava na quadra de cimento; Macau disse que ele já havia saído: tinha um rasgo no pescoço e sangrava. Dessa vez o patrão acertara em cheio, queria cortar as veias do menino...

"Dessa vez?", perguntei.

"Essas lapadas do patrão vêm de muito longe, Lavo. Quando os dois estão juntos, sentem ódio até da sombra do outro."

No meio da semana seguinte, as aulas da faculdade de direito foram canceladas em protesto contra o assassinato de um aluno da Escola Politécnica da Universidade de São Paulo. A imprensa falara pouco e de forma obscura, mas os informes enviados pela Ordem dos Advogados acusavam os militares. Além da revolta, medo. Diziam que um dos professores era agente do governo federal. Estudantes se juntavam nas escadas, e o presidente do grêmio já começava a discursar, quando vi Mundo no jardim da praça dos Remédios. Sentado na grama, desenhava o rosto de um menino. Ao terminar, entregou o desenho ao menino, que olhou para o papel, caiu na risada e desceu a praça correndo até o porto da Escadaria. Meu amigo se pôs de pé e veio ao meu encontro na calçada.

"Os parceiros de Zanda acertaram mais um", disse, tocando com a ponta dos dedos a ferida no pescoço.

"Como ele teve coragem?", perguntei. "Como teve força para te bater?"

"Na minha presença, a doença de Jano some. Ficou descontrolado porque critiquei os amigos dele. O Palha vestiu a carapuça. Devia ter avançado em cima dos dois, mas acertei o pobre do Fogo. Um pai não pode gostar mais de um cachorro do que de um filho."

Ele disse que já estava indo, e eu quis saber para onde.

"Conversei com o Arana, vou dormir uns dias no ateliê. Minha mãe quer que eu fique longe do Arana... tem medo de Jano."

"Um dia vais ter que voltar para tua casa. Ranulfo também desconfia do Arana e me contou..."

"Teu tio caiu no conto da minha mãe", Mundo me interrompeu, com raiva.

"Ranulfo conhece Arana há muito tempo, não ia mentir para mim."

"Arana... ainda não sei direito quem ele é nem o que quer... Mas voltar para casa, nunca mais. Vou topar a aposta com o meu pai, Lavo. Primeiro vou realizar um dos grandes sonhos dele", disse, com um riso maldoso.

"Qual é a aposta?"

"Vou estudar e morar no Colégio Militar. Disse isso para o Arana, e ele também fez essa cara que estás fazendo. Arana tem certeza que não vou aguentar. Até sugeriu que eu viajasse para o Rio. Diz que pode me ajudar, tem uns amigos..."

"Não seria melhor do que ficar aqui? Teu pai não vai parar."

"Não quero fugir. Agora quero ir até o fim."

"Até o fim, como?"

"O fim da vida... da minha ou da dele. Não é a aposta que ele quer fazer?"

"Isso é um absurdo, Mundo."

"Absurdo? Não foi a primeira vez que meu pai me acertou. Na Vila Amazônia, ele chegou por trás, me deu uns solavancos e me chamou de fresco na frente dos filhos dos empregados. Só porque me viu rindo e brincando com os meninos de Okayama Ken. Minha mãe discutiu um pouco com ele, mas Jano não se dobrou: me proibiu de sair da casa e acabou com as minhas brincadeiras. Fiquei sozinho durante as férias. Então minha mãe ameaçou voltar pra Manaus. Foi só uma ameaça, não sei por que ela se intimidou e não voltou. Acho que tinha medo de alguma coisa... ainda não sei do quê. Escutava calada as agressões do meu pai e saía da sala quando ele dizia que eu ria que nem uma putinha... que eu e os meninos de Okayama vivíamos fazendo sacanagem no mato e que a culpada era ela... Não parou de acusar Alícia. Dizia assim mesmo: 'A péssima educação que estás dando ao nosso filho. Nunca levaste esse menino à igreja. Ele está crescendo que nem um bicho, é por isso que gosta de brincar com os filhos dos empregados. Nenhum deles vai à igreja, mas nosso filho é pior que eles'. Minha mãe aguentou tudo isso. Lembro que ela bebia e olhava pra ele como se dissesse: 'Isso não vai ficar assim... é só uma questão de tempo'. Aí ela ia cochichar com Naiá. Um dia ele cismou que elas ficavam rindo no quarto e quis saber do que é que elas riam, mas elas nem estavam rindo, e ele passou o resto das férias proibindo todo mundo de rir. Meu pai detesta o riso. Agora ele vai ver o filho dele, a putinha, desfilar de farda."

Da escadaria da faculdade vinham urros e vaias. Mundo reparou nos meus livros e olhou para a fachada do edifício antigo e imponente. Eu ia me juntar ao grupo de estudantes, mas preferi acompanhar meu amigo, que se afastou calado da praça. Na avenida Joaquim Nabuco, não se ouviam mais os protestos. Mundo entrou numa mercearia para comprar cerveja; ajudei-o a carregar as garrafas até o fim da rua, de onde ele seguiria de barco para o ateliê de Arana. Antes de ir embora, perguntei sobre o internato: estava brincando, não estava? Não, não estava. O jogo com Jano não era uma brincadeira. Contou que o pai me usava para humilhá-lo, vivia dizendo que eu era um universitário e que estava prosperando. Que eu não tinha onde cair morto, mas ia ser um advogado, e ele, Mundo, não era nada, ninguém...

8

"VOCÊS VIRAM MEU FILHO na Marcha dos Mascotes? Parecia um cadete."

Naiá mirava a agulha na coxa do patrão, Alícia olhava para o alicate da manicure e mordia os lábios, ambas alheias ao entusiasmo de Jano.

O desfile comemorava mais um aniversário do governo militar, e causara sensação na cidade. Os calouros, de boina vermelha e casaco de brim verde, marchavam com cadência e brio, e pareciam tomar o rumo de um futuro promissor. Mundo era o mais velho, o mais alto e também o mais desengonçado. Naquele sábado, ele havia prometido passar em sua casa depois do desfile. Alícia soprou as unhas pintadas de grená, me chamou para perto da cristaleira e disse que o filho não vinha: ia participar de uma excursão na selva, perto de um rio; devia ser um acampamento do colégio. Estava preocupada, ele podia adoecer, contrair malária...

Mundo não me falara de nenhuma "excursão". Nós nos encontrávamos uma ou duas vezes por mês, durante a folga do internato, quase sempre no ateliê de Arana. Ele não comentava o cotidiano do colégio nem os rigores da disciplina e dos treinamentos, mas, quando tomava banho no igarapé, víamos arranhões e marcas de ferimentos nos braços, pernas e ombros; no entanto, a cicatriz deixada pelo cinturão do pai era mais visível e estúrdia. Mundo passava a mão no pescoço, para ter certeza de que ela ainda estava ali. Depois do período de folga, íamos embora juntos, remando rio abaixo. Meu amigo, já fardado, dava um adeus triste para Arana, como se partisse para uma guerra.

Contei a tio Ran que Mundo andava meio arriado, com escoriações no corpo; ele não se surpreendeu. Disse que os calouros haviam participado do treinamento anual com legionários da Guiana Francesa. Mercenários... Estavam instruindo os militares brasileiros. Eram ferozes e sabidos, tinham um século de experiência no deserto e na selva, mas os franceses sempre aprendiam alguma coisa com os parceiros brasileiros. O comandante levava uma turma do Centro de Operações na Selva para os treinamentos, e os estudantes do Colégio Militar aprendiam exercícios e técnicas de sobrevivência e de combate. Muitos nem conheciam a floresta, e se cagavam de medo dos militares.

Ranulfo insinuava estar por dentro do dia a dia no Colégio Militar e de tudo o que Mundo fazia durante a folga. Eu não duvidava: o ex-radialista conhecia muita gente e conseguia cativar até o diabo. Apertou meu braço, olhou para o lado, disfarçou: "Vou te contar um segredo. Uns três anos depois do golpe militar, um grupo de jovens amazonenses organizou um foco de guerrilha por aqui. O Comando Militar da Amazônia convocou um oficial do Rio para perseguir e prender os guerrilheiros... um oficial de uma Brigada de Paraquedistas...".

Baixou a voz para dizer: "... capitão Aquiles Zanda... foi promovido e condecorado quando terminou o serviço. Prendeu e torturou todos do grupo. O chefe foi encarcerado em Belém e depois executado. Um venezuelano...".

"Capitão Aquiles Zanda", murmurei. Na faculdade discutíamos atrocidades do governo em outros lugares, mas ninguém tinha falado sobre esse grupo de guerrilha em Manaus.

"Pouca gente sabe disso, Lavo. As notícias foram censuradas."

"E Mundo? Ele sabe dessa história?"

"Não, mas um dia vou contar como o amigo de Jano prosperou. Zanda é um homem da linha dura. Comandou todas as instituições militares de Manaus e até hoje controla tudo. Quer ser prefeito, governador, o diabo. Ele se considera um deus fardado. Gosta de jogar os estudantes na selva, só para testar a resistência deles. Quando alguém fica doente, ele acaricia suas medalhas. Não quero mais falar nisso, sinto nojo... Mundo deve ter chegado de um treinamento."

"Amanhã ele vai à casa do Arana. Passa o último domingo do mês no ateliê."

"Ainda se encontra com aquele patife? Já preveni... Mundo quer me desafiar? É isso?"

Disse ao meu tio que nas últimas visitas o artista mal observara os desenhos do meu amigo; mesmo assim, Mundo ficara interessado quando ele mostrou sua nova obra.

"A gaiolona, não é? A jaula carbonizada. Mundo contou. Devastação e morte. Mais um embuste. Arana exumou o corpo de um pobre-diabo. Até isso... Já tens o que fazer com as tuas leis."

Depois dessa minha conversa com tio Ran, Mundo adoeceu. Ainda lembro do olhar alucinado naquele domingo no ateliê. Ele nem fora ver Alícia. Logo que entramos na casa, conversou um pouco com Arana e em seguida me disse: "Lavo, desde ontem não me sinto bem. Vou desenhar ali no canto". Ficou desenhando numa mesinha ao pé da escada, diante de uma fotografia de casamento dos pais. Arana perguntou o que estava acontecendo.

"Cansaço", disse Mundo. "Durmo muito pouco..."

"O que é que teu pai quer fazer de ti? Por que não foges?"

"Passo semanas sem ver a cara dele. É melhor assim."

"Não, não é melhor assim", disse Arana. "Vamos conversar sobre a tua ida ao Rio, a gente deve pensar..."

"Quero descansar... minha cabeça... Ou então vou embora", disse Mundo embravecido, esforçando-se para falar alto.

Arana olhou ressabiado para mim e foi buscar um analgésico; meu amigo tomou dois comprimidos, descaiu a cabeça, pressionando as têmporas e contemplando a fotografia. Arana quis me mostrar uma de suas pinturas recentes: paisagem de um rio margeado por uma mata densa e pássaros num céu luminoso.

Observei o quadro e olhei de esguelha para Mundo.

"Que tal?", perguntou Arana.

"Parece pintura de um naturalista ou viajante", comentei. "Não é o contrário do que ensinaste para Mundo?"

"É um quadro encomendado", justificou ele. "E o gosto não depende só de mim, depende de quem olha."

Sempre que o artista falava de seu próprio trabalho, Mundo escutava atento, mas dessa vez parecia alheio. Percebi que movia com esforço a mão direita, a mão que desenhava apenas a mãe, deixando um vazio, um branco, no lugar do pai. Tornei a observar a pintura encomendada e ouvi Arana perguntar outra vez o que estava acontecendo. Mundo, o braço endurecido apoiado na mesa, o lápis enganchado na mão. Quando nos aproximamos, vimos a mancha escura se alastrando na camisa verde, o suor escorrendo pelo rosto e pingando no desenho. Ele estava com febre alta.

"Vamos ao Hospital Militar", disse Arana.

Mundo cravou a ponta do lápis no desenho como se desse uma punhalada, e o corpo arriou sobre a mesa, derrubando tudo. Ficou ajoelhado, mas logo perdeu o equilíbrio e tombou de bruços. Resmungou: não queria ir ao Hospital Militar, a nenhum... Tentou desatar o nó da gravata, tirar a camisa, mas não conseguiu. Eu e Arana quisemos ajudar, ele se enfezou, podia fazer sozinho, e começou a dizer coisas estranhas: ia atravessar o rio com a mochila nas costas, sabia a posição dos inimigos... Murmurou nomes brasileiros e franceses, e balbuciou: "A emboscada... a armadilha... inimigos nas árvores, lá no alto... os ruídos...". As mãos se abriam e se fechavam, tentando agarrar algo, e estalavam no chão. Pediu a mochila, o cantil, tinha sede... A camisa já estava molhada, e não apenas de suor: bolhas e cortes nos ombros, no peito e nas costas expeliam pus. Arana decidiu levá-lo à força para o Hospital de Doenças Tropicais ou para a casa dos pais.

"Se acontecer alguma coisa, os pais dele vêm tirar satisfação", disse, nervoso. "Não quero encrenca com Jano."

A febre e o cansaço venceram Mundo. Nós o carregamos até a canoa; no cais da Aparecida, Arana chamou um táxi e me pediu que desse notícias.

Naiá parou de varrer a varanda e foi chamar Alícia. Antes de abraçar o filho, ela disse à empregada: "Já sei, adoeceu no inferno daquele internato".

Contei o que acontecera no ateliê, e Alícia logo me pediu que não revelasse isso ao marido, que inventasse uma história. Mundo repetia que queria dormir; depois perguntava por um amigo do internato, o Cará. Na cama, continuou falando dele. Esfaqueava um porco-do-mato, mordia um pedaço de fígado cru e estendia as mãos sangrentas para os oficiais. Cará cobria o rosto com a pele do porco e ria dos colegas, uns cagões. Mundo começou a rir e tossir, e os olhos da sua mãe cresceram, me interrogaram: que doideira era aquela? o que tinham feito com o seu filho? Eu não sabia de nada, que fosse perguntar ao diretor do colégio. Quando o médico chegou, meu amigo já não delirava. Jano ficou encostado à porta, batendo com o indicador na boca; vez por outra empinava o corpo e olhava de banda para a cama.

"Onde vocês se encontraram?", cochichou.

"No internato", menti. "Passei por lá... era a folga do mês. Entrei no dormitório; ele já estava com febre, nem conseguiu tirar a farda."

"Ele tem que fazer exame de sangue", disse o médico. Em seguida vaticinou: "Gânglios e baço inchados... e febre. Pode ser a doença do beijo".

"Que diabo é isso?", perguntou Alícia.

"Um vírus... Mononucleose infecciosa", esclareceu o médico. "Duas semanas de repouso e nada de bebida alcoólica. Vai tomar uma injeção por dia."

Fora do quarto, Jano fez mais algumas perguntas sobre a infecção e pediu ao médico que assinasse um atestado: o filho ia perder muitas aulas, isso podia prejudicá-lo.

No meio da semana Mundo ainda estava pálido e com um pouco de febre. Alícia, sentada a seu lado, não reagia às palavras mordazes contra Jano; o filho queria voltar o quanto antes para o internato, não suportava escutar os latidos de Fogo anunciando a chegada do dono, nem ver um olho cinzento vigiando-o por uma fenda. O olho o observava do corredor, como se ele fosse um bicho numa jaula. Era tudo que um pai podia fazer por um filho doente?

"Jano ainda está sem jeito", tentou justificar Alícia. "Desde aquele dia..."

"Desde que eu nasci ele não se arrepende de nada do que fez."

Ela suspirou, não queria discutir.

"Mandei um bilhete para o Arana", eu disse.

"Vocês se desentenderam no ateliê, não é?", perguntou Mundo. "Minha cabeça fervia, mas escutei teus comentários sobre aquele quadro. Já não sei se Ranulfo tem razão a respeito do Arana. Teu tio sabe que peguei essa doença do beijo?"

"Eu contei. Ele queria vir aqui..."

"E por que não vem?", Mundo virou o rosto para a mãe.

"Teu pai tem ciúme", disse ela, com firmeza. "Sempre joguei pôquer e pif-paf com vários parceiros, Jano só é ciumento de quem nunca entrou nesta casa. O que posso fazer?"

"Ninguém pode fazer nada", se exaltou Mundo, sentando na cama para tirar a camiseta.

Alícia franziu a testa ao ver os ombros e as costas do filho cheios de feridas; ia passar óleo de copaíba, ajudava a cicatrizar; ele não deixou: os arranhões e bolhas estavam secando, o que Mundo sentia mesmo era cansaço...

"Ainda vais participar dos treinamentos na selva?", perguntei.

"Não foi por causa disso que adoeci", afirmou ele, acusando com o olhar minha insensatez.

"Não são excursões? O diretor nunca me falou de nenhum treinamento", protestou Alícia. "Tu deves só estudar, os outros que se enterrem na mata. O que vocês fazem lá?"

"Nenhum estudante é obrigado a participar dos treinamentos", mentiu Mundo. Depois disfarçou: no Colégio Militar ele não comia tão mal, e tinha uma boa relação com professores e oficiais. Só o patriotismo é que era exagerado, horrível mesmo. Ninguém podia reclamar de nada, as punições eram pesadas. Os outros penavam mais que ele... Um amigo, o Cará...

"Não importa o que aconteceu com esse Cará, nem com os outros", disse Alícia. "Tomara que aguentes até a formatura. Depois..." Então fez uma pausa e perguntou se ele não queria estudar na Europa; Jano concordaria, e, se não concordasse, ela arranjaria dinheiro, venderia joias. "Nem aqui, nem no Rio. Na Europa, Mundo."

O rosto pálido encarou a mãe com uma expressão misteriosa; Mundo desviou o olhar para os desenhos pendurados na parede e se deitou de costas para a porta. Percebi que queria ficar sozinho. Eu disse que voltaria ainda naquela semana e desci a escada. Parei na sala, ao ouvir os acordes de um concerto para piano. Uma voz cortou meu devaneio: "Ele melhorou, não é?".

Jano, afundado no sofá, meio escondido.

"Ainda bem", murmurei.

"Lavo..."

Olhei para a cabeça na penumbra, o homem sorria. "Essa infecção é uma fraqueza, logo passa. De agora em diante meu filho vai colecionar atos de bravura."

Um louco, pensei, apressando o passo.

9

MESMO DOENTE, Mundo voltou sozinho para o internato na tarde da sexta-feira. Naiá não conseguiu detê-lo: a patroa havia esperado o menino adormecer para dar uma saidinha; ele fingiu dormir, pegou os medicamentos e escapou.

Ainda aguardei um pouco por Alícia e, antes de Jano chegar, fui embora. À revelia do meu amigo, a mãe passou a vigiá-lo e inventar coisas a seu respeito. Macau recebia uma gorjeta para fazer esse trabalho. Na verdade, o chofer estava nas mãos dela havia algum tempo. Desde a Marcha dos Mascotes, Macau vinha mentindo a Jano: dizia que Mundo vivia na maior algazarra com as alunas da Escola Normal, do Rui Barbosa e dos colégios de freiras; contou ao patrão as proezas eróticas do filho, os acochos que dava nas meninas quando saía de folga nas manhãs de sábado.

"És mil homens em um", dizia Jano toda vez que ouvia notícias de Mundo. Alícia, mais sutil, também elogiava o chofer: a vida do marido seria muito mais penosa sem o cachorro e sem ele.

Tio Ran me assegurou que Jano andava tão entusiasmado com o desempenho do filho no internato que não percebera a trama de Alícia.

"Conheço Macau há muito tempo", disse ele. "É um homem correto, mas faminto como todos nós."

Macau mentia para os patrões com malícia e uma ponta de crueldade. Gesticulava, tentando imitar os trejeitos de Mundo quando ele farreava nas tardes e noites de folga do internato. Alícia assistia à farsa gargalhando. De Jano, o ator arrancava um sorriso sincero, que reanimava seu rosto.

"Acho que o futuro cadete está exagerando, doutor. Vi ele sábado, lá na Castanhola, bebendo e dançando na calçada. Se soltou de vez. Estava engatado com a mulherada só de bustiê..."

A Castanhola é uma calçada estreita, atulhada de botecos e pequenos restaurantes que usurparam parte da rua dos Barés. Mundo me levou lá duas vezes; adorava a festa, que começava à luz do dia, animada por cantoras desafinadas — corpos quase nus enfeitados de bijuterias baratas —, que também dançavam para motoristas, estivadores, marinheiros e o pessoal da Capitania dos Portos. Meu amigo deixava a farda no bar Recanto, comprava cerveja, espetinhos de peixe e macaxeira cozida, e se divertia com as mulheres, anônimo, até os últimos acordes da madrugada.

Na segunda vez que fui à Castanhola, vi num relance a cabeça de Macau atrás do balcão de uma tabacaria, deliciando-se com a farra de Mundo. Ficou ali, à espreita, até o anoitecer. Foi embora quando ele, bêbado, passou a urinar nas cadeiras do Recanto e chamar com voz empastada suas cantoras preferidas: Libelina, Daiana Cleide, Aminadabe. Depois disse com raiva os nomes dos comandantes dos treinamentos, uns merdas, uns putos, os mesmos nomes franceses e brasileiros que pronunciara no ateliê de Arana. Os olhos vermelhos, o corpo tremendo, se pôs a chutar tudo; os comerciantes da zona do porto tentaram agarrá-lo: que chamassem a polícia para prendê-lo, o doido, o vândalo. Mas o dono do Recanto gostava dele, e as mulheres o mimavam; cantaram "Adeus só depois do amor", acariciando-o, fazendo dengo, sua cabeça no peito e no colo delas. Então Mundo começou a dizer: "Esta noite é só minha, Lavo", me empurrando, falando alto: "Teu tio é que está certo, a vida é melhor aqui na calçada, dane-se tudo, o pai, tudo...". Chamou Aminadabe: que dançasse com o doutor Lavo, homem da lei, me abraçando: "É meu amigo". Dancei com Aminadabe, bebemos cerveja atrás do Mercado e entramos num barco velho que alugava camarotes para clientes do Recanto. Voltamos para a Castanhola no meio da madrugada: Aminadabe ia esperar a tripulação de um navio italiano. Mundo e Daiana Cleide dançavam no meio da rua, ela cantava: "Quando nossos corpos enlaçados, em ondas de prazer agitados", e as outras mulheres faziam coro e aplaudiam. Quando ele cambaleava, era agarrado por Daiana, e os dois tornavam a dançar, guenzos. De repente Mundo estacou, ergueu a cabeça e gritou com voz rouca: "Tu sabes quem é Trajano Mattoso?".

Daiana Cleide olhou para as amigas, ninguém sabia; arriscou então: "Um cantor?".

Mundo caiu de joelhos, gargalhou: "Um cantor, Lavo. O que ele canta com aquela voz de falsete?".

As mulheres também riram, e Aminadabe: "O que ele canta? samba? bolero? Quem é esse Trajano?".

"Canta para o coronel Zanda, isso sim. Sabem quem é o Zanda? Não conhecem? É um puto, não para de me perseguir. Foi ele, Lavo... foi ele quem deu ordem..."

"Ordem? Que ordem?"

"Foi ele, eu sei... Deu ordem para eu ficar sozinho; todos me abandonaram, e eu fiquei mais de vinte horas perdido na selva. Pergunta ao teu tio se não foi ele..."

Pedi ao dono do Recanto a sacola de Mundo. Era tarde para ir à casa de Arana. Bêbado, no internato, receberia uma pena disciplinar, ou seria expulso.

"Eles estão por aqui... escondidos. Os dois, Lavo... Zanda e meu pai."

As cantoras e o dono do Recanto me ajudaram a arrastá-lo até o hotel Amazonas. Fomos de táxi para a Vila da Ópera, e na servidão ele começou a gritar: "Jano, um cantor... Essa é boa. Vamos à praça General Osório".

"Vais acordar minha tia", eu disse, tentando tapar sua boca.

"Ramira, a cantora... Os dois podiam cantar juntos..."

Tia Ramira apareceu de camisola, o rosto incrédulo, os olhos em Mundo e depois em mim.

"Dona Ramira, a senhora canta?"

"Mas o que é isso? O que esse teu amigo..."

"Vai dormir", eu disse.

"São quase quatro horas... O que os vizinhos... Por que ele não vai dormir na casa dele?"

"Mundo vai dormir aqui na sala", eu disse.

"Não tem bebida aqui?", perguntou Mundo.

"Fala que nem teu tio."

"Deita aí, na esteira do tio Ran", eu disse.

"Castanhola... bora pra lá", ele gemeu. Começou a arrotar e tornou a gemer: "Porra, ninguém ri, ninguém canta... Aquele coronel filho duma égua... ele ordenou... instruiu o comandante... sozinho na selva".

Ramira recuou, assustada, e sumiu no quarto. Por alguns momentos Mundo ficou murmurando; depois, o rosto cansado se voltou para as costuras da saleta e para o teto. Sentou na esteira, encostou no tabique, a cabeça descaída. A boca tremia, ele tentava dizer qualquer coisa, os olhos quase fechados. Larguei a sacola perto da esteira e fiquei por ali, temendo que ele tentasse escapar. O corpo se inclinou para o lado, tombou. Deixei aberta a porta do meu quarto, dormi mal; levantei antes das nove e encontrei Mundo na cozinha. Fardado, tomava café e comia banana frita com canela.

"Pedi desculpas a tua tia", disse, mastigando. "Ela foi à missa... mas antes esticou minha calça. É uma boa passadeira, ainda usa ferro a carvão."

Na voz, o sarcasmo de tio Ran; bocejou, soltou um grunhido: "Boa passadeira e boa alma. Disse que Jano gostava dela... Acredita piamente nisso. Tua tia quer que eu largue a bebida, acho que vai rezar por mim". Deu um risinho e continuou: "Pedi para ela rezar pelo meu pai, pela nossa paz... Pai e filho... Ela se comoveu, Lavo. Encontrei uma pessoa que se emociona".

"Com tanto fingimento tu vais acabar ficando amigo de Ramira", eu disse.

"Quanto meu pai pagou pra ela costurar minha farda, hein? Ou tu pensas que ele é generoso?"

"Quanto ele pagou?", eu quis saber.

"Isso eu não sei. Quando o assunto é dinheiro, ele esconde a cifra. Mas disse em casa que o trabalho da tua tia vale o preço de uma amizade."

Olhou para mim e ergueu as sobrancelhas: "A cumplicidade tem preço?".

Logo lembrei da mão de Jano segurando o envelope cheio de cédulas... da voz do suborno... Jano teria tocado no assunto? Poderia ter mentido, dizendo ao filho que eu aceitara a oferta. Não respondi, nem desviei o olhar do rosto de Mundo.

"Tu sabes o que meu pai é capaz de fazer", murmurou ele. Pôs a boina, ia para o colégio.

Não ia passar no ateliê?

"Tenho que escrever o relatório do último treinamento", disse.

O internato o lançara na vida noturna de Manaus, em lugares que eu desconhecia. Tio Ran o encontrou em bares da Cidade das Palhas, da Cachoeirinha e do Morro da Liberdade. Ia de tapera em tapera, conversando com recém-chegados à cidade, sentando à mesa com o pessoal do bairro, oferecendo-lhes cerveja e às vezes pagando a conta, como fazia na Castanhola.

Uma tarde, quando atravessávamos a ponte de ferro do igarapé de Manaus para ir ao cine Éden, alguém gritou: "Aí, hein, Cadete!".

Mundo virou a cabeça, se aproximou devagar de um baixote gorducho e estendeu a mão para ele. O outro ia retribuir o gesto, mas foi empurrado com força e prensado contra o parapeito da ponte. Mundo o agarrou pela camisa, rasgando-a, suspendeu o sujeito e ameaçou jogá-lo no igarapé. O homem caiu na calçada, sem entender.

"Vou prestar queixa ao oficial de dia", resmungou.

"Se abrires o bico, eu te arrebento", ameaçou Mundo.

Era um cozinheiro do Colégio Militar, que encontrara meu amigo no Recanto e o apelidara de Cadete. Por que Mundo ficara tão furioso?

"Desconfio de todos: do cozinheiro ao diretor. Esses putos querem arrancar meu couro", disse, olhando para trás. "Sabem de quem sou filho, recebem dinheiro da minha mãe, mas querem mais, querem tudo."

Não fomos ao cinema, ele preferiu caminhar. O sol forte

dissolvia o contorno da paisagem. No fim da ponte, uma fila crescia na entrada do Éden: o edifício branco, agora acinzentado, acabara de abrir as portas. Atrás do Palácio do Governo uma mancha escura se movia lentamente nas margens do rio. Urubus, dezenas, bicavam dejetos deixados pela vazante. Um cacho de asas abriu um clarão, e no meio apareceram homens e crianças maltrapilhos. Mundo falou: "Nossa cidade...".

Subimos pelas ruas dos Educandos; na avenida Beira-Rio vimos, lá embaixo, o vazio perto do porto da Escadaria, antes ocupado por um aglomerado de palafitas.

"Sabes onde eles estão?", perguntou Mundo.

"Eles quem?"

"Os moradores da beira do rio. Foram jogados no outro lado da cidade. A área foi toda desmatada, construíram umas casas... Sobrou uma seringueira. Quer dizer, o tronco e uns galhos... a carcaça."

Entramos no Horizonte para tomar uma cerveja. Na baía, uma balsa de ferro carregada de toras se aproximava de uma serraria dos Educandos. Mundo pediu um pedaço de papel de embrulho e começou a desenhar e escrever.

"A família do Cará também foi transferida. Antes do último treinamento ele me levou para conhecer a casinha e o novo bairro. Os amigos do meu pai vão inaugurar com pompa."

Voltou a desenhar, enquanto eu bebia, olhando o rio Negro. Na calçada, crianças carregando boiões de leite e tabuleiros retornavam da feira da Panair; um menino parou perto da escada do bar e ofereceu pupunhas e cachos de sorva. Mundo jogou duas moedas no tabuleiro, deu uma risada esquisita: "Agora chega, deixa a gente beber em paz". O menino apanhou as moedas, atravessou a Beira-Rio e desceu o barranco. Outros chegavam da feira, gritando: "Leite do Careiro, leite fresco do Careiro".

"Tanta natureza pra quê? Sorva e pupunha por cinquenta centavos...", disse Mundo, arrotando um bafo quente. Agora estava sério, o rosto virado para o rio e a floresta, as mãos suadas sobre o papel de embrulho. Pôs o lápis na mesa, esvaziou a garrafa; bebia com ânsia, mais que prazer.

Era o conjunto habitacional que estavam construindo? O Novo Eldorado?

"É, vais ver que lindo Eldorado...", disse Mundo. "Nem Fogo ia querer morar lá."

Um apito grave veio da baía. Um navio branco navegava rumo ao rio Amazonas: *The World Mistery* e uma faixa com letras azuis — "Viagem às aldeias indígenas do Alto Solimões".

"Clientes do Arana", murmurou ele.

Os passageiros jogavam objetos nas canoas que se aproximavam. Já anoitecia, não íamos passar no ateliê?

"Marquei um encontro com Arana no Três Estrelas. Agora ele deu pra fazer sermão. Sabe que ando bebendo. Acha que isso vai acabar comigo e com o meu trabalho. O que ele tem com isso? Devia é cuidar melhor dos ajudantes dele. Ou então afogar o bando todo no rio."

Dobrou o desenho e o enfiou no bolso da calça.

"Arana implica com o meu trabalho", continuou. "Implica com quase tudo e não dá a mínima para o que me queima por dentro. Não conhece o meu pai, não quer entender quem é esse homem. Agora só fala em prudência, só pensa nas amizades que fez em Brasília... Prudência, para ele, é uma forma de ganhar dinheiro e prestígio. Tem medo do que eu quero fazer, diz que pode prejudicar meus estudos e enfurecer meu pai. Vinte meses de internato, e ele me pede prudência... Nem minha mãe fala assim."

"Tio Ran falou que ele é um impostor... deu golpe atrás de golpe... Mas acho que não queres acreditar..."

"Ranulfo falou pra mim também. Falou um monte de vezes, e a gente até brigou por causa disso. Eu não queria acreditar, porque meu pai pensa a mesma coisa do Arana, e o meu pai sempre pensou contra mim."

"A história das ossadas... Como o Arana conseguiu fazer aquilo?"

"Quando adoeci no ateliê, ele não quis que eu dormisse lá. Ouvi a conversa de vocês sobre aquele quadro horroroso... Disse que ele devia colocar o quadro dentro da jaula e tocar fogo. Ficou com raiva, falou que eu estava bêbado."

Bebeu mais dois copos e levantou: "Agora vou mostrar para Arana o esboço que eu fiz. Quero ver a reação dele".

Descemos por um beco escuro dos Educandos até a margem do igarapé. Numa oficina, um velho cochilava na rede; uma lâmpada aclarava o pequeno galpão flutuante; dois cães esquálidos dormiam no meio de peças de motor e hélices retorcidas.

"Tem algum catraieiro por aqui?", perguntou Mundo. "Estou com pressa, quero uma canoa com motor."

O velho ergueu o rosto, os olhos fechados; os cachorros começaram a rosnar. Uma cortina vermelha de plástico se abriu, surgiram cabeças e braços, e alguém avançou: um menino magro, o rosto ossudo com nódoas brancas. Agora os bichos latiam e pulavam ao lado da rede. Sem abrir os olhos, o velho resmungou: "Raimundinho, pega a canoa com motor e leva esses dois".

"Mais um xará", disse Mundo, atirando um pedaço de estopa nos cães. Da vizinhança vinham outros latidos, e quando a canoa se distanciou da oficina, as margens do igarapé brilhavam de tantos olhos. O bairro todo parecia rosnar e latir na noite. Mundo soltou um uivo feroz e gritou para o menino: "Atraca ali, xará. Naquela casa iluminada".

Era o Três Estrelas, um bar flutuante na boca do igarapé de São Raimundo. Uma mulher gorda, saia curta e camiseta apertada, nos recebeu no atracadouro: mesa na varanda ou na sala? Mundo não quis sentar; ficou procurando Arana na varanda, e eu fui tomar cerveja no balcão. Dei uma olhada na sala cheia de meninas, uma ou outra dançava sozinha, à espera de um parceiro. Vi na penumbra o contorno de um corpo balofo, meio escondido por uma cortina de miçangas. Acenei para o meu amigo e apontei para a extremidade do balcão. Arana estava sozinho à mesa; meninas de treze, catorze anos dançavam por ali. Mundo afastou a cortina e ficou parado diante dele.

"Já?", disse o artista, olhando o relógio. Deu um sorriso

forçado, estranhando a minha presença. Ofereceu uísque e puxou uma cadeira, sentei ao lado de Mundo. A dona do bar apareceu com três meninas e piscou para Arana: "Chegaram ontem do interior".

"Hoje não, Dalva. Hoje vou discutir a grande ideia desse jovem artista." E a voz afetada perguntou, como se falasse com uma criança: "Qual é a ideia? O que é esse *Campo de cruzes?*".

Dalva e as três meninas voltaram para a sala. Mundo tirou o papel do bolso e mostrou o desenho: queria espetar uma cruz de madeira queimada diante de cada casinha do Novo Eldorado; ao todo, oitenta cruzes. Depois ia pendurar trapos pretos nos galhos da seringueira no meio do descampado...

"A ideia é queimar também o tronco da árvore", acrescentou.

Arana se deteve no desenho, depois pegou o papel e balançou: por que escolhera o Novo Eldorado?

Mundo contou que no internato tinha pesadelos com a paisagem calcinada: a floresta devastada ao norte de Manaus. Visitara as casinhas inacabadas do Novo Eldorado, andara pelas ruas enlameadas. Casinhas sem fossa, um fedor medonho. Os moradores reclamavam: tinham que pagar para morar mal, longe do centro, longe de tudo... Queriam voltar para perto do rio. Alguns haviam trazido canoas, remos, malhadeiras, arpões; a cozinha, um cubículo quente; por isso, levavam o fogareiro para a rua de terra batida e preparavam a comida ali mesmo. Ele dormira na casa da família do Cará. O sol da tarde esquentava as paredes, o quarto era um forno, pior que o dormitório do internato. Os moradores do Novo Eldorado eram prisioneiros em sua própria cidade. Isso não justificava a escolha?

"Sei que esse bairro é um crime urbano", disse Arana. "Mas é a primeira grande obra do Zanda, o ídolo do teu pai. Foi nomeado prefeito e quer mostrar serviço. Acho que deves usar a revolta para outras coisas, Mundo. Um tronco queimado com um monte de cruzes... Isso não é arte, não é nada."

Mundo tomou um gole de uísque, se virou lentamente para mim e imitou a voz de Arana: "Não é arte, não é nada. Ouviste essa, Lavo?".

"Já bebeste muito", advertiu Arana, incomodado. "Não é arte, não é nada mesmo. É só provocação. Vão te perseguir..."

"E se me perseguirem? Se eu for preso? Vão me dar porrada, me matar? Dane-se!"

"Dane-se? Há quanto tempo tu frequentas o meu ateliê? Todo mundo sabe disso, teu pai foi o primeiro a saber. Queres te vingar dele, não é? Mas não vai ser com esse *Campo de cruzes*... nem com a minha ajuda. Não ponho meu nome nisso, nunca!"

Mundo deu um murro na mesa: "Esse é o artista".

Arana ia falar, mas o susto o calou.

"Agora se pela de medo de ser meu amigo", continuou Mundo. "O Eldorado não é só um crime urbano. O Cará morreu no último treinamento, outras pessoas morreram... estão morrendo, aqui e em outros lugares..."

Levantou num ímpeto, virou a cabeça para a sala e começou a gritar, fora de si: "Conhecem o maior artista do Amazonas? Ele vende quadros por uma fortuna e paga uns trocados pra descabaçar essas meninas".

De frente para Arana, perguntou: "Não é pra isso que serve tua arte?".

"Dalva", gritou Arana.

A dona do bar correu até a nossa mesa, e um homem veio por trás, enlaçou Mundo pelo pescoço e o arrastou até o atracadouro. Outros homens pularam de um motor e o cercaram.

"Não batam nele, está bêbado, só isso... bêbado", repetia Arana.

"Vão embora", ordenou a dona do bar ao xará.

"Mundo", gritou Arana, "vamos conversar... na minha casa."

Meu amigo não ouviu, ou não quis responder: estava deitado na canoa, boca aberta, a cabeça apoiada na tábua.

"Te machucaram?", perguntei.

"Três Estrelas", disse ele. "A dona é uma cafetina de meninas do interior. Podiam estar na Vila Amazônia, ralando mandioca. Aqui é melhor, se divertem um pouco, ganham uns trocados do Arana..."

Pegou um remo e cutucou as costas do barqueiro: "Ei, xará. Dá uma paradinha e desliga o motor".

"Aqui, no meio do rio?"

Mundo ficou agachado, de repente deu um salto e mergulhou.

"Cara doido", disse o xará.

Emergiu a poucos metros; nadou em círculos, mergulhou de novo e reapareceu perto da proa. Subiu, esticou o corpo e suspirou.

"Olha só, Lavo, que céu. Que lua graúda. Aquelas meninas, clientes do Arana... antes de morrer vão se lembrar dessas noites."

"Vamos saltar no atracadouro da Aparecida", avisei ao barqueiro.

"Não, vamos ao Mercado Municipal", disse Mundo.

No pequeno porto, ele chamou o empregado de um quiosque e pediu duas cervejas.

"Onde vamos beber?", perguntei.

Ele olhou para mim e disse que tinha mudado de ideia: queria beber sozinho, na canoa.

"O xará é meu guia", riu. Depois disse, sério: "Matei a ressaca, Lavo. Antes do amanhecer vou à casa do Arana. Não quero engolir o que ele falou. O que vou acertar é entre nós dois".

AINDA ERAM DUAS MENINAS — *a mais velha tinha onze anos, a outra oito* — *quando vieram morar numa casa de madeira caiada, coberta de telhas, bem mais ajeitada e segura que as taperas com teto de palha, erguidas por nordestinos fugidos dos seringais. Um homem alto e magro, o rosto e os braços morenos, chegou num bote grande de alumínio com uma mulher triste e as duas crianças. Tirou a camisa, e vimos a marca que o sol deixara na pele: um corpo de duas cores. Ele contratou um carregador que morava no fim da rua de terra, e os dois foram até o bote e levaram para dentro da casa uma trouxa de roupa, redes, um fogareiro, um quadro-negro, uma mesa, três tamboretes e uma geladeira a querosene, azul e pequena, a primeira que nós vimos no bairro. Depois o homem, a mulher e as crianças entraram na casa caiada, protegida por uma cerca de tábuas. Ele ficou o dia todo entre a casa e a rua, e vez ou outra gritava um nome — Ozélia —, e a mulher se aproximava, ele gesticulava, e ela ia fazer alguma coisa. Ele comprou frutas, um saco de macaxeira e mantas de pirarucu seco na taberna do Saúva e carregou tudo para a casa. No fim da tarde entrou no bote, e os moradores se juntaram no alto do barranco para vê-lo ligar o motor e o bote deslizar no rio. Um motor possante, todo preto com a marca em letras douradas, que nem meu cunhado conhecia. Durante um mês ele não apareceu, e as meninas só saíam da casa de mãos dadas com a mulher: caminhavam até a beira do barranco, onde ficavam de pé olhando o rio e, ao longe, a cidade. Voltavam para a casa escura, e ninguém as via mais. Meu cunhado Jonas dizia que Ozélia era índia, porque não falava português e às vezes andava só de saia, peitos nus, e sentava encostada na cerca de madeira e tomava uma bebida numa cuia, caiçuma, e que ela, Ozélia, viera de muito longe, talvez do Alto Solimões, mas meu cunhado não tinha certeza. Ela plantou mandioca e abacaxi atrás da casa, onde também construiu com a menina mais velha um forno de barro pra torrar farinha.*

Eu e uns amigos entrávamos no matagal dos fundos só para vê-las ralar e espremer mandioca e depois fazer farinha. Eu olhava também as pernas e o rosto da menina mais nova, tua mãe, e não me cansava de olhar. Perguntei ao meu cunhado por que não dava um litro ou mesmo um paneiro de farinha para a mulher, e ele disse que ela gostava de ralar mandioca, era um costume, mas que, se ela pedisse, ele daria. Lembro que na manhã de uma segunda-feira o homem voltou, e passou a visitá-las três vezes por semana. Trazia pacotes de macarrão, bolacha, café e açúcar, e vinha acompanhado por uma mulher bem-vestida, alinhada mesmo, as faces cintilando de tanto ruge, os lábios tão finos e vermelhos que pareciam uma fresta de sangue, o cabelo enrolado e preso num coque, onde duas mechas grisalhas brilhavam que nem zinco. Ela caminhava com passos de seriema na rua de terra, equilibrada em salto alto, os braços tesos mal se moviam. Passava o dia dando aula para as duas meninas no pequeno pátio ao ar livre, entre a cerca e a porta da sala. O quadro-negro, um mapa do Brasil e uma palmatória ficavam pendurados no tabique ao lado da porta, e as meninas sentavam nos tamboretes e escreviam num caderno sobre uma tábua apoiada nas coxas. Durante as lições, um grupinho de homens subia num caixote para ver a professora falar e depois escrever números e letras com um pedaço de giz no quadro-negro e esperar as meninas responderem às perguntas. Quando elas se distraíam ou ficavam caladas por muito tempo, a professora pegava a palmatória e rondava a mesa, dando umas batidinhas nas próprias coxas ou na bunda. Meu cunhado contou como a menina mais velha tremia de medo e chorava antes até de sentir a primeira pancada, e gritava e se contorcia depois do estalo, e a mulher abria e segurava com força a mão da menina até o fim do castigo. Depois fazia a mesma coisa na outra mão. Uma poça de urina crescia no chão de terra, e a professora interrompia a aula e mandava a menina ir trocar de roupa e limpar o tamborete. A outra, a mais nova, não chorava nem gritava, o corpo estremecia e dava um solavanco, o olhar fixo na palmatória que caía na mão aberta. A professora também ensinava as duas irmãs a comer com talher: punha pratos de lata na mesa, pegava na mão de uma menina e fazia de conta que cortava alguma coisa com a faca, e com a outra mão o garfo subia até a boca, e ela mandava a menina mastigar devagar, sem fazer barulho, empinar o corpo, e assim elas cortavam, mastigavam e engoliam vento sem abrir a boca, como se fossem bonecas vigiadas por um manequim com uma palmatória que pendia do pulso por um pedaço de barbante. Meu cunhado e outros homens que espiavam as aulas em cima de caixotes pensavam que ela — o manequim — era louca ou estava enlouquecendo e que as meninas iam enlouquecer com aquelas aulas. Ozélia ficava sentada na rua e não podia entrar na casa antes que a mulher terminasse as lições. A cena se repetia todos os dias, menos aos domingos, e uma tarde, quando eu voltava da escola de São Jorge, desobedeci meu cunhado, subi num caixote e vi a professora falando, escrevendo e depois golpeando com a palmatória, e eu não entendia por que as meninas não estudavam na minha escola ou em qualquer outra. Muitas crianças não estudavam, ficavam por ali na molecagem, nadando no rio ou trepando nas árvores do Castanhal e caçando com baladeira, e eu só fui à escola porque minha irmã mais velha, a mãe de Lavo, me obrigou a estudar. Aos treze, catorze anos ainda assisti a algumas lições ao ar livre, inclusive as da refeição de vento. A menina mais velha não chorava mais, nem gritava, e reagia aos golpes de palmatória que nem a irmã: o corpo dava um repelão como se levasse um choque, e ela logo olhava para o alto e via o rosto da professora — os lábios vermelhos espremidos, a pele suada, e as narinas tão abertas que cabia uma pitomba. Disse ao meu cunhado que eu e dois amigos podíamos acabar com as aulas dando umas pauladas na bunda da professora. Ele disse: "De jeito nenhum, o homem manda a polícia prender vocês três e ainda me leva junto". Foi nessa época que o homem quis dar dinheiro para o padre Tadeu comprar o púlpito e os vitrais da capela de São Francisco, mas o padre não aceitou a oferta. Então o homem sugeriu ampliar a capela, ele compraria o material e pagaria os operários; o padre também recusou. E num domingo, logo depois que o padre Tadeu rezou num púlpito improvisado a primeira missa no Morro, meu cunhado escutou uma conversa na entrada da capela. O padre disse com voz afável mas firme: "Não é justo maltratar as crianças, é contra os mandamentos de Deus". Então a voz do homem replicou com uma explosão de cólera: "Não se meta na educação das meninas, seu ateu de merda". O padre ficou calado, e na manhã da segunda-feira, antes que a professora e o homem viessem, meu cunhado foi até o matagal e entrou na casa pelos fundos, apanhou a palmatória e o quadro-negro e os enterrou no Castanhal. Quando a professora chegou, a menina mais nova, agachada entre os dois tamboretes, olhava para o céu. "Tua irmã sumiu?" A menina não respondeu, e então a mulher notou a falta do quadro-negro e da palmatória, os lábios finos e vermelhos tremeram; ela foi até o tabique, arrancou o mapa do Brasil e começou a enrolá-lo. A menina mais velha surgiu na porta e lhe atirou a cuia na cabeça, e nós todos vimos como o coque da mulher se desfez e o cabelo cobriu o rosto e os ombros. Ela largou o mapa no chão e saiu da casa, gritando ao homem que não queria ensinar mais nada para aquelas duas diabas, e, de tanto agitar os braços, tropeçou, caiu, apanhou os sapatos e desceu descalça o barranco; entrou no bote e ficou berrando que queria ir embora. Não apareceu mais. E o homem passou a vir só aos domingos: trazia uma caixa com enlatados e entregava para Ozélia. Ficava pouco tempo dentro da casa, levava as duas irmãs pra passear de bote, navegando em círculos pelo rio, e isso durava uns dez ou quinze minutos. Quando o bote atracava, tua mãe pulava pra margem e corria pra casa, mas a irmã queria ficar, se agarrava ao homem, suplicando que a levasse de volta, sem dizer pra onde queria voltar. Ouvíamos seus gritos, uma voz chorosa e trêmula de criança ferida, magoada. O homem a carregava nos braços até a casa, e não sabíamos o que eles conversavam, o que faziam. Depois ele retornava à cidade. Meu cunhado Jonas pensava que o homem era estrangeiro, mas soube que era brasileiro, neto de uma família antiga: os Dalemer. Soube também que ele herdara vários terrenos naquela área, e pretendia vendê-los logo que acabasse a guerra. Jonas quis saber se as meninas eram filhas dele, ou de Ozélia, ou dos dois, e o homem ficou alterado, e com voz irada ameaçou chamar a polícia, então meu cunhado deixou pra lá. E isso ninguém nunca soube. Nem tua mãe nem Algisa tinham certidão de nascimento, não eram ninguém, apenas dois seres neste mundo, vivendo com uma índia que também não tinha nada. Quer dizer, tinham o primeiro nome, e o pessoal do bairro deu a elas o apelido de Dalemer, e ficou assim. Aí, em agosto de 1944, o homem também sumiu. Meu cunhado dava pra Ozélia uma paca, uma galinha, e ela preparava um guisado com macaxeira e banana verde. Ela mesma trazia uma porção de comida pra nossa casa: entregava um prato de lata ao meu cunhado e ia embora sem dizer palavra; quando ele chegava do interior, dava a Ozélia uns peixes que ela salgava, secava no varal onde estendia roupa e depois embrulhava em folhas de bananeira. Sentada na rua, ela tomava caiçuma, calada, contemplando o horizonte com uma nostalgia de morte. Às vezes, sob a quentura do começo da tarde, víamos o rosto acobreado mirar o mormaço, o corpo encostado ao tronco do jambeiro florido, as mãos caídas sobre a terra. Só de vê-la assim me dava uma tristeza medonha. A menina mais velha — Algisa tinha agora catorze — lavava roupa, arrancava galhos e cortava pedaços de madeira na mata do Castanhal para usar no fogareiro e no forno de farinha. A outra pedia sobra de comida nas chácaras e um pouco de açúcar e café na taberna do Saúva, e um dia, na hora do almoço, ela entrou na nossa casa e ficou parada, equilibrada numa perna, olhando as panelas e os pratos sobre a mesa. Meu cunhado perguntou se queria almoçar. Ela não respondeu: foi até a mesa, enfiou a mão numa panela, pegou um pedaço de peixe e começou a comê-lo, tirando as espinhas com os dentes e pondo-as na outra mão. Ramira levantou e saiu da mesa. Tua mãe sentou e continuou a comer com as mãos, no prato de Ramira, e quando Raimunda lhe deu garfo e faca, ela os usou, como se fosse também um gesto natural. Então ela passou a comer em casa, não todos os dias, mas quando queria. Tua mãe... os lábios carnudos e entreabertos formavam um desenho ondulado, e os olhos escuros, da cor do cabelo, pareciam acesos nas feições angulosas. Mas eu ainda não tinha percebido toda a beleza do rosto, do corpo. Percebia mais seu atrevimento, que exasperava Ramira: ela experimentava as roupas que Ramira fazia, e um dia a costureira perguntou se tua mãe era filha da índia Ozélia, e tua mãe lançou um olhar tão agressivo a Ramira, que meu cunhado se intrometeu para que não se estapeassem. Minha outra irmã, Raimunda, gostava da tua mãe, e elas ficaram amigas, apesar da diferença de idade. As duas foram com o meu cunhado Jonas para o centro, e aí nós ficamos sabendo que tua mãe não conhecia Manaus, ou só conhecia de passagem, pois viera do interior para o Jardim dos Barés. Diz que corria pelas praças e lia em voz alta o nome de um cinema e de tudo o que via escrito em pla-

cas e fachadas, e entrava nas lojas como uma louca, querendo pegar tudo, e minha irmã dizia: "Não". Então meu cunhado comprou para ela um vestido, duas calcinhas e um par de sapatos, e foi com esse primeiro vestido — de algodão azul e borboletas vermelhas e gola branca — que ela usou na rua de terra que eu passei a vê-la com olhos de adolescente. E ela, tua mãe, usando o vestido que só cobria a metade das coxas, me pediu pra levá-la à cidade. Nas duas vezes que fomos ao centro, ela entrou numa loja e quis pegar um batom e um espelho oval com moldura dourada; não deixei. Parecia possuída pelo espelho, olhando seu rosto sorrir e fazer caretas, e me fez prometer que lhe daria um. Voltei sozinho à loja e roubei dois batons, o espelho oval e um frasco de água-de-colônia, e dei de presente para tua mãe. Quando ela entrou em casa, cheirosa e com os lábios vermelhos, Jonas me arrastou até o Castanhal e deu um esporro: que eu nunca mais roubasse nada, nem um picolé. E foi o que aconteceu até a morte dele e da minha irmã Raimunda, num naufrágio em que a nossa família perdeu tudo. Quer dizer, só roubei o vestido de linho costurado por Ramira, mas foi um roubo doméstico, que Jonas tolerou porque Alícia devolveu o vestido, depois de usá-lo naquela noite de setembro. Ele, Jonas, me dava dinheiro, e eu ia comprar presentes pra tua mãe, e eu passei a mimá-la... a beleza que era, e foi, até o fim. Quando fui convocado para servir o Exército, me mandaram para longe: fronteira com a Colômbia. Ia passar um ano lá, e, no fim do quinto mês, escrevi para o meu cunhado, dizendo que ia desertar. Ele conseguiu minha transferência para o quartel do Batalhão de Infantaria da Selva, perto do Morro. Eu já gostava da tua mãe, e quando ela me viu fardado, cabeça de recruta, não era mais uma menina que me olhava. Minha irmã Raimunda lhe ensinara muitas coisas de mulher, e Alícia se interessava por tudo na cidade: quis conhecer os clubes tradicionais e até descobriu um único parente, primo do homem que a trouxe com a irmã para cá e que nem ela nem Algisa sabiam se era pai delas. Aquele Dalemer mal falou com tua mãe; tratou-a como uma intrusa e disse: "Não tens nada da minha família, nem uma gota do meu sangue, e teu sobrenome é falso". Depois da festa no Bosque Clube tua mãe não o procurou mais. Eu ainda não sabia que ela só pensava em sair do nosso bairro; algumas pessoas fazem o impossível para deixar seu lugar e às vezes vão longe demais. Nosso namoro começou numa tarde que já era noite na mata do Castanhal. Alícia aprendeu tudo comigo, e não com Jano, que era virgem, como ela me contou anos depois, rindo, dizendo que o marido não sabia o que fazer na primeira noite, uns dois meses antes do casamento. Ela me contava só pra me deixar mais enciumado: "Eu tive que tirar a roupinha do Jano... ele namorou de olhos fechados, morrendo de vergonha". Diz que nunca ficou nu, nem de cueca na frente da tua mãe. E pensar que esse era teu pai... Raimunda ensinara certas coisas para tua mãe e alertara: "Ranulfo já dormiu em balneários de putas, andou muito por aí". E ela aprendeu logo, fogosa como nenhuma, queria namorar na mata, na rede, na canoa, até na minha casa, para desespero de Ramira, que trancava a porta do quartinho onde costurava, ligava o rádio e ficava dias sem falar comigo; e acusava meu cunhado e Raimunda de permitir tamanha bandalheira dentro de casa. Namorávamos também nas viagens do Fé em Deus: *os pais de Lavo iam regatear perto de Manaus, e Raimunda convidava tua mãe para ir conosco; namoramos em cada escala: Cacau Pirera, Catalão, Rio Preto da Eva, Itacoatiara. Ficávamos no porão do barco, deitados sobre caixas e sacos de açúcar, café, farinha de trigo e barras de sabão. Meu cunhado deixava; só reclamava quando eu e tua mãe, depois das convulsões de amor, emergíamos no convés com o rosto e os braços empoados de farinha. Ramira ficava sozinha nos fundos da chácara do Morro da Catita, costurando, remoendo; só faltava queimar a língua com agulhas em brasa. Jonas suportava esses ataques de ciúme; trazia carne e peixe fresco pra casa e dava cortes de tecido pra Ramira. Raimunda lhe dizia: "Mana, arruma um namorado: tem tanto homem dormindo sozinho na cidade". Mas a cidade, para Ramira, era um lugar para adquirir clientes, e assim cravar os olhos na costura e trabalhar mais. Eu e tua mãe passamos uns quatro anos nessa farra. Algisa e Ozélia não se davam com ninguém, se entendiam por meio de gestos, e os novos moradores do bairro pensavam que elas eram surdas-mudas; sentadas na rua de terra, tomavam caiçuma de abacaxi na mesma cuia e depois iam, juntas, ver o rio e a cidade no fim da tarde; voltavam pra casa ao anoitecer e se embrenhavam no Castanhal pra apanhar pedaços de madeira. Não iam aos arraiais da igreja nem às festas de São João, e se não fosse a ajuda do meu cunhado, não sei como conseguiriam comida e roupa. Tua mãe convidava Algisa pra passear no porto ou conhecer outros bairros; ela nunca ia, e só abria a boca pra dizer: "Espero a visita do nosso pai".*

10

NO FIM DE OUTUBRO INGRESSEI como estagiário no escritório de um professor de direito penal; interessava-me mais pelos processos julgados sumariamente, à revelia da Lei e sem qualquer direito de defesa. Era raro esses crimes aparecerem na imprensa; eu lia sobre eles nos informes quase clandestinos da Ordem dos Advogados. O lema dos boletins que vinham do Rio era: "Sem medo contra a censura e o arbítrio". Hoje, ao folhear esses papéis velhos, lembro da reação raivosa de Mundo contra o medo.

A última vez que o vi fardado foi na entrada da Vila da Ópera, as mãos nervosas dando tapinhas na perna. Fora dispensado antes do fim de semana, não disse por quê; eu quis saber como havia terminado aquela noite: conversara mais uma vez com Arana?

Tirou a boina, a enfiou no bolso da calça e me olhou de um jeito estranho.

"Não é mais o mesmo", disse, com aspereza. "Aliás, nós não somos mais os mesmos, Lavo. O ateliê dele é uma fábrica de quadros e esculturas. Arana renegou até aquela jaula queimada cheia de ossos e capim seco... Dizia que era uma obra muito crítica, mas hoje acha que é fútil. Uma fase experimental, já passou... Falou assim mesmo, e ainda riu. Arana virou um reles comerciante da arte. Quis que ele repetisse tudo sobre o meu projeto. Então: por que o *Campo de cruzes* era apenas uma provocação? Não respondeu. É um cara medroso demais. Agora ele decora gabinetes, manda presentes a oficiais e políticos... E não perdoa o teu tio. Vai lá no ateliê... Ele não esconde o ódio a Ranulfo."

Caminhou até a porta de casa e parou por ali, o olhar misterioso, mas não hostil. Uma vizinha, que recolhia roupa do varal, riu para nós; Mundo se ofendeu: "Que foi?". A mulher parou de rir, ele se aproximou da cerca: "Qual é o caso?", e ela, com a roupa embolada nas mãos: "Calma, soldado, tava só espiando...". Puxei-o de volta: que viesse tomar um guaraná; ficou agachado, os dedos rabiscando na terra escura. Um ruído de passos na entrada da Vila, então ele se levantou, esfregou as mãos na calça, foi cumprimentar o recém-chegado.

Mundo tinha marcado um encontro com tio Ran.

Entraram na casa. Embora não se tratasse de um encontro secreto — mais parecia uma reunião de família —, ignoraram minha tia e me alijaram da conversa. Fiquei rondando entre o quarto e a cozinha, parando na saleta, fingindo interesse nas capas e máscaras pretas dos foliões do bloco dos Morcegos. Os dois não escondiam o assunto, mas falavam baixo. Meu amigo, mais afoito, recusava os conselhos de tio Ran, pois já decidira construir sua obra no Novo Eldorado. Ranulfo ia ajudá-lo? Conhecia os moradores... podia convencer o pessoal a participar, seria um protesto de todos, um trabalho coletivo. E então?

"Tua mãe acha melhor adiar pra depois da tua formatura." Ranulfo passou a mão na boca e fechou os olhos: "Medo de mãe é sempre pertinente".

"Medo...", repetiu Mundo, com impaciência. "Só se fala nisso... Toda frase começa com essa palavra. Tanto medo assim, melhor morrer."

"Ela só pediu pra adiar... Aliás, foi a única coisa que me pediu."

"Nem festa de formatura nem colação de grau", disse Mundo, puxando um canivete do cano da bota. Ranulfo ficou atento, de olho na lâmina. Mundo tirou a boina do bolso e começou a furá-la e cortá-la com fúria. Pedaços de feltro vermelho caíam no chão, meu tio não se mexeu.

"Boina e farda, nunca mais."

"Mas não foi isso que a gente combinou", lembrou tio Ran. "Jano é carne e unha com o prefeito e com o diretor do Colégio Militar. Se acontecer alguma coisa, vai culpar Alícia..."

"Tu sabes onde vai ser o último treinamento de operações na selva? Querem nos levar para a fronteira com a Colômbia. Quando minha mãe souber, muda de ideia."

Ranulfo olhou para o meu amigo como se olhasse para Alícia. Chegou a sorrir, talvez pensasse no passado, ou em cenas futuras... O barulho da máquina de costura o trouxe ao presente, ele suspirou, mirou com raiva a irmã: por que não parava de pedalar aquela porcaria?

Ramira lhe devolveu o olhar raivoso: "Se eu tirar os pés do pedal, vou ter que desligar a geladeira".

Ficou nervosa: fora humilhada diante do filho de Jano. Encolheu-se, corcunda, fingindo-se ocupada. Mundo quis ir embora: falaria comigo depois.

Ele e meu tio tinham tanta afinidade que me senti traído por ambos; senti ciúme. O que havia entre os dois? Mais que amizade, eu desconfiava. Estavam tramando alguma coisa e me excluíam, pensei, enquanto os via juntos, o braço de Ranulfo agarrado ao ombro do meu amigo, um abraço caloroso que eu presenciava pela primeira vez.

Minha tia esperava, ansiosa, a volta de Jano, que viajara para a Vila Amazônia. Ele queria dar um presente de Natal aos empregados da propriedade: roupa, muita roupa, feita com pano barato, que Ramira compraria dos marreteiros. Ela deu essa notícia depois do almoço, na presença de Ranulfo. Suspeitou de algo: o irmão estava perfumado, cabelo penteado para trás, comera pouco e não deitara na esteira. Ia até a servidão e voltava, assobiando nervosamente. Então ela disse, com voz de prece, que Jano era um rico de coração bondoso: já havia lhe dado dinheiro para comprar o tecido. Roupa simples, de feitio moderno, com bom caimento e sem remendo. A quantidade a preocupava; não ia conseguir costurar sozinha todas as peças, talvez contratasse uma ajudante. Tio Ran parou de assobiar: conhecia ótimas ajudantes, mais de cinquenta cunhantãs dispostas a trabalhar de graça.

"Não estou brincando, mana. Tu enches um panelão com caldo de caridade e mandioca, e eu encho essa servidão com costureiras tenazes. Em menos de um mês vamos ter roupa para todos os pobretões da Vila Amazônia... para o Brasil inteiro."

Falava sem escárnio, mas no olhar cravado na irmã surgiu a mesma faísca de fel que vi em seu rosto quando ele pôs a tartaruga viva em água fervente.

"Dispenso tuas cunhantãs, faço tudo sozinha", disse Ramira. "E não me amola. Cuida do teu empreguinho na Booth... deve estar por um fio..."

"Por um fio? Não dependo de empreguinho nenhum."

"Tu esperas muita coisa daquela mulher..."

"Aliás, estou esperando por ela. Vai chegar daqui a pouco."

"E por que estás tão aflito? É o filho?"

Tio Ran olhou para o relógio e depois para mim. Eu sabia por que ele estava emparedado: prometera a Alícia que ia persuadir Mundo a adiar a execução de sua obra no Eldorado. Ranulfo não podia atender aos pedidos da mãe e do filho, e esse dilema o transtornava. A demora exasperava meu tio. Lembro que foi uma visita rápida, e também a última à Vila da Ópera. Alícia perguntou a ele por que Mundo fugia dela e por onde andava.

"Acho que o teu meninão está numa base de treinamento militar", mentiu tio Ran.

"Treinamento?", Alícia elevou a voz. "E o que faz o idiota do Macau? Ganha mais que um sargento só para facilitar a vida do meu filho."

O rosto se ensombrou, e ela desafiou Ranulfo com um olhar dominador: "Tens certeza? Meu filho foi jogado outra vez na mata?".

Tio Ran se atrapalhou: não sabia, era só uma hipótese, mas Mundo já estava em Manaus, e era isso que importava.

"Não estás escondendo nada de mim, estás?", perguntou Alícia, com um tom de ameaça que o fez estremecer.

Minha tia tentou socorrer o irmão de um jeito patético,

gaguejando duas vezes seu nome. Alícia ignorou esses espasmos, se aproximou com passos lentos da saleta. Ramira tirou os alfinetes da boca e ensaiou umas palavras dóceis. Alícia subiu o degrau, e seu corpo alto de mulher madura e atraente se agigantou. De costas para Ranulfo, sorriu friamente para tia Ramira: "A roupa que Jano encomendou para os empregados não é presente de Natal, é para comemorar a formatura de Mundo na Vila Amazônia. Jano quer ver todos eles de roupa nova, e vai fretar um barco só para os convidados de Manaus. Tu vais receber um convite, Ramira".

A costureira agradeceu com um riso gutural, mas Alícia já virara as costas e ia embora, apressada. Ainda vi meu tio correr atrás dela e tentar agarrá-la. A mulher o empurrou com raiva, Ranulfo cambaleou e caiu na servidão. Risos na vizinhança o irritaram; ele ficou sentado ali, vencido pela queda. Depois saiu e não voltou para casa.

A encomenda da roupa entusiasmara Ramira, e o convite à Vila Amazônia a comovera. Ela até ligava o radinho, e eu, quando chegava da faculdade, escutava um cantarolar desafinado, cheio de ânimo, e via sua cabeça imersa em panos de alpaca e algodão grosso. Comprou mais livros para mim, e passou semanas costurando e trauteando com uma alegria tão grande que parecia atroz.

No Dia de Finados, fomos ao cemitério da Colina visitar o túmulo dos pais: dos meus e dos dela. Voltamos tristes, tia Ramira muito mais que eu; mal entramos em casa, ela esqueceu a Colina e seus mortos, e um sopro de graça animou o rosto que envelhecia entre agulhas. Foi só um sopro, pois 1973 acabou com um acúmulo de infortúnios e uma despedida.

Encostei a canoa a uns vinte metros da casa, ao lado de um bote de borracha. Arana me acolheu sem festa; abriu todas as portas e janelas, e o vento morno arejou o ateliê; aos poucos ele mesmo foi se abrindo, até parecer tão alegre quanto tia Ramira. O artista também recebera uma encomenda, não de Jano ou Alícia, mas de um executivo japonês de uma das novas fábricas de Manaus. Disse que o pedido lhe dera muito trabalho. Não perguntei do que se tratava: bastou olhar as fotos coloridas de araras numa parede. Duas, de asas abertas, cresciam numa tela, e prometiam voar num céu dourado que iluminava a floresta.

Arana disse que os executivos japoneses e coreanos nem falavam português, mas davam muito valor à arte: compravam quadros sem pechinchar, e isso era raro na nossa cidade. Tornou a ficar sisudo: quase ao mesmo tempo olhamos para uma sacola verde com as iniciais de Mundo, esquecida ou abandonada debaixo da escada.

"Ele me acordou na madrugada daquele encontro no Três Estrelas. Chegou com a roupa molhada, mas a cabeça ainda fervia", lamentou Arana. "Pensei que fosse falar logo de cara da nossa conversa no bar. Mas não. Leu para mim umas ideias que tinha anotado num caderno. Disse que ia inventar novos monstros e enterrar de uma vez por todas a nossa natureza. Elogiou os dois artistas que conheceu no Rio. Um mora em Nova York, o outro em Berlim. Quando eu dizia uma palavra, ele debochava, andando pra lá e pra cá com um jeito agressivo. Fez pouco dos meus quadros e objetos, e me chamou de pintorzinho da floresta. Não admiti. Um fedelho pôr o dedo no meu nariz! Ele viu tudo aqui, aprendeu tudo comigo, a perspectiva, a luz... No começo, se interessou pela nossa região, percebeu que a Amazônia não era um lugar qualquer. Mas foi se afastando de tudo isso..."

"Nenhum lugar é um lugar qualquer", eu disse.

"Mas não é o nosso lugar. O que tu queres dizer..."

Parou de falar quando ouvimos vozes e passos: crianças carregaram sacos de juta até a beira do rio, entraram nas canoas e remaram com rapidez.

"Deixam os restos da natureza, que uso no meu trabalho, e levam alimentos", justificou Arana.

"Mas é uma festa que dura muito pouco", eu disse.

Entrelaçou as mãos e logo abriu os braços, num gesto teatral: "Mundo sempre detestou isso. Me agrediu quando viu a molecada carregar sacos de comida. Disse que eu estava dando carniça para urubus. Consegui dizer uma frase do começo ao fim: 'Tua mãe casou com um homem de posses, por isso não aguentas ver esses miseráveis carregando comida'. Ficou mais ofendido do que com a crítica que ouviu de mim no Três Estrelas. *Campo de cruzes!* O que a culpa é capaz de fazer... A culpa, aquele Jano... e o teu tio".

"Ranulfo incentiva o trabalho de Mundo, sempre ajudou..."

Arana fez uma careta de desgosto: "Grande incentivo. Vão pedir que os moradores fiquem deitados na terra, ao lado de uma cruz, como se fossem defuntos. Mundo não aprendeu nada disso comigo. Deve ter aprendido com Ranulfo, um viciado...".

"O que aconteceu entre vocês? Por que..."

Interrompeu-me, batendo no peito com força e repetindo: "Um viciado".

O nome do meu tio lhe causava raiva, descontrole. Ele esperou muito tempo para desabafar, pensei. Entendi que devia ir embora quando atou na cintura um avental preto e retomou a pintura de um quadro. A cúpula verde-amarela do teatro Amazonas alcançava nuvens marmóreas repletas de animais e pássaros. Uma tela com pretensão surrealista, quase cômica. Foi a única vez que Arana calou diante de sua obra. O ódio e o despeito contra Mundo e Ranulfo se somaram à vaidade. E alguma coisa que extrapolava o trabalho artístico parecia exasperá-lo.

Entregou-me a sacola do meu amigo e disse, mais nervoso que mal-humorado: "Só o teu tio fanfarrão pode impedir Mundo de fazer uma grande besteira".

Na semana seguinte, quando me preparava para os exames de direito penal, não vi nem tio Ran nem meu amigo. Nas madrugadas de estudo, encontrava os olhos cansados de minha tia, o corpo debruçado sobre a máquina. Uma noite, ouvi a voz abafada: "Sonhei com Ranulfo... enterrado no Morro".

Olhei para Ramira: parecia uma mulher de pano. A máquina parada, ela pegou uma tesoura, fez um pequeno corte na alpaca e continuou a cortá-la com as mãos: o som rascante me assustou.

"Tio Ran enterrado no Morro? Como?", perguntei de manhã cedo. Ramira não respondeu. Estava entorpecida diante das calças e camisas que havia costurado sozinha e com esmero e pendurado em araras. Seu rosto ficara até inchado. Ela só descansou depois de contar e recontar as quarenta e duas peças, oito a mais que a quantia encomendada. Além disso, tinha uma surpresa para Jano: uma camisa, feita com a sobra de uma fazenda que uma cliente comprara na Esquina das Sedas, a antiga Au Bon Marché. Naquela época em Manaus, quase tudo podia ser importado, e um dos prazeres de minha tia era admirar, em pleno sol da tarde, as vitrines repletas de peças de organdi suíço e de seda do Oriente e da Itália. Mostrou-me a camisa branca de linho irlandês, com as iniciais de Jano bordadas no bolso; alisou o tecido, o cheirou como se fosse uma flor rara, com a serenidade que a trégua lhe dava.

No domingo vestiu seu traje de missa, e, antes das dez, um carregador levou toda a roupa para a carroça. Ela foi a pé, com passos picados, segurando uma bolsa preta; não entrou na igreja, apenas se benzeu. Nunca a vi tão resoluta, parecia que ia realizar a grande missão de sua vida. Deixara vestígios da alegria em casa: a música no rádio, o almoço preparado de manhãzinha e um bilhete afetuoso, escrito com caligrafia torta e sem pontuação: "Sobrinho Querido quando eu voltar vamos fazer só nós dois uma festa no almoço".

A euforia a fizera esquecer o sonho agourento com o irmão? Ouvi o sino da igreja bater onze vezes. Estava enfastiado de estudar leis, de ler processos maçantes sobre crimes variados. Recordei as estocadas de tio Ran: "Tanta lei pra nada! Os militares jogaram todas as leis no inferno".

"O governo militar é mais efêmero que as leis", eu replicava, com um fiapo de esperança que faltava ao meu tio. Talvez ele chegasse com Corel e Chiquilito para o almoço: era feriado da

República. Escutei uns gritos, fui ver se eram eles. Deparei com umas rodelas vermelhas empilhadas num tabuleiro. O vendedor de melancias, coxo e desdentado, era um velho conhecido na Vila da Ópera. Enfiou a cabeça no vão da janela: a patroa estava na igreja? Com as mãos trêmulas, abaixou o tabuleiro, pôs umas fatias suculentas num pedaço de papel e pediu que as entregasse a minha tia. Parecia um ambulante imortal, outro que sobrevivia a mais um Quinze de Novembro da nossa história. Dei-lhe uns trocados, e ele saiu mancando naquela tarde quente.

Tio Ran não veio para o almoço. Ninguém veio. Fechei o livro grosso de direito penal e lembrei da sacola verde de Mundo. Encontrei um exemplar do *Manual de Sobrevivência na Selva*, o *MSS*, com anotações de leitura e observações sobre caça e pesca, instruções a respeito de reconhecimento de pegadas, camuflagem, uso de bússola, raízes e plantas que contêm água potável. Numa caderneta, os esboços da obra que ele queria fazer no Novo Eldorado e o projeto de um trabalho futuro: *Sete desenhos*: *Pai-Filho-Vila Amazônia-História*. Duas caricaturas: a primeira, de um certo general J.-F. d'Aisselle — rosto rechonchudo, olhos afundados, de vidro, uma papada de peru de onde escorriam medalhas e cadáveres; a outra ilustrava a cara bexiguenta e apalermada do tenente N. Trevo, que, "depois de contrair malária, tremia e falava fino". E também trechos de um diário:

> O tenente Trevo via subversivos nas árvores, ouvia um ruído na folhagem e disparava com ferocidade. Quando tinha sorte, matava um macaco. Detestava esses bichos inofensivos, os guinchos dos guaribas durante a noite o enlouqueciam. A natureza tramava armadilhas o tempo todo... Ele era um idiota na floresta. Tudo isso por causa da guerrilha de 1967. O tenente jurava que um general do Comando Militar da Amazônia ia ser presidente do Brasil... A maioria dos alunos do internato é cobaia. Ainda não mexeram comigo, meu pai é conhecido no Gabinete do Comando. Com os outros internos é diferente. O Cará era tratado como bicho,

mangavam dele o tempo todo. Quando chovia, hasteava a bandeira no centro do pátio e tinha que ajudar na faxina. Com os pés-rapados não tem moleza... Os filhos pobres de suboficiais que servem nas fronteiras, moleques que fazem o trabalho pesado e nunca vão conseguir ingressar numa Escola Preparatória de Cadetes, muito menos numa Academia Militar, jamais serão aspirantes a oficial. No máximo um sargento, um auxiliar de instrutor do Curso de Operações na Selva. Mas o Cará conhecia a mata como ninguém. "Me larguem em qualquer lugar, sem canivete sem água sem nada; posso sobreviver meses", ele dizia. "Vocês não iam aguentar três dias, são frouxos." O Cará, tão valente... Atravessava um rio com mochila nas costas, dormia molhado, trepava em palmeiras cheias de espinhos... Catava tapurus em coquinhos de buriti, enchia a boca com essas larvas cruas, mastigava e engolia a gosma, não vomitava; quando comeu carne de uma paca doente, morreu infectado.

Depois, a impressão digital de cinco dedos e estas palavras: "Tirei a impressão com tinta vermelha, extraída de sementes de urucum. Cará já estava morto".

No começo da tarde saí à procura de tia Ramira. Fui à casa de Jano: portas e janelas fechadas. Havia cinzas no ar; senti cheiro de fumaça. Ninguém respondeu às batidas no portão.

Ranulfo enterrado no Morro. Não sei por que essas palavras evocaram também meu amigo. Onde encontrá-los na tarde quase deserta do feriado? Meu tio se pavoneava de não dormir duas semanas seguidas sob o mesmo teto. Enquanto eu procurava Mundo, a voz de Ramira crescia na minha imaginação. Na Castanhola, pouca gente na festa ao ar livre. Daiana Cleide me reconheceu: "E o soldadinho, não vem?". Beliscou-me o queixo e piscou, esticando os lábios para a praça. Entendeu que eu não queria, então apontou o quiosque de ferro: "Vamos merendar um peixe assado?". Dei o dinheiro da merenda, ela se afastou e ficou de olho no edifício da Capitania dos Portos. Naquele Quinze de Novembro a Castanhola era um corredor de batucadas tristes; Mundo não passara por ali, nem pelos bares dos Educandos. Fui de canoa até o Três Estrelas; de longe reconheci o bote com listas vermelhas. Arana gesticulava entre dois homens. Os três, engravatados diante do rio e da floresta, pareciam membros de uma confraria tramando alguma coisa.

Voltei à Vila da Ópera sem pistas do meu amigo. Entrei faminto em casa, tia Ramira estava parada perto da mesa: mãos na cabeça, os dedos enfiados no cabelo, a blusa de seda colada à pele suada. Ao me ver, apanhou no chão o jornal do dia e o jogou contra mim, como se eu fosse culpado pela notícia de sua desgraça. Vi a foto do rosto de Mundo, e ia ler a reportagem, quando Ramira desviou minha atenção, dizendo que Macau não queria deixar o carroceiro entrar na casa de Jano. Aí ela deu uns gritos, e aquele besta abriu o portão. Viu um monte de livros e papéis na quadra de cimento. Não entendeu. Olhou para a varanda da cozinha, e Jano estava lá, de braços cruzados. Ele deu um envelope para o chofer e cochichou algo. Era o dinheiro da roupa. Macau falou grosso com o carroceiro, e os dois puseram a roupa em cima dos livros e da papelada, aí Macau jogou querosene e tocou fogo. A roupa novinha queimando... virando cinzas.

"Meu trabalho... tanto esforço", lamentou ela. "Estava tão zonza que esqueci de dar a camisa que fiz para ele, deixei tudo junto... Jano não tirava os olhos da fogueira. Não entendo... O chofer me levou para fora e disse: 'Leia o jornal, dona Ramira'. Comprei o jornal e li a notícia. Esse teu amigo, filho daquela mulher... Grande amizade. Teu tio não veio almoçar, vai ver que meu sonho..."

Não quis falar mais. Na cozinha, o prato e os talheres de Ranulfo, intocados. Devorei o peixe recheado de farofa; olhei de relance para Ramira: contava o dinheiro, concentrada. Agora parecia menos chocada ou magoada. O fogo devorou a roupa, alguns livros de Arana e todos os livros e desenhos de Mundo. A obra do meu amigo, no Novo Eldorado, também terminara em cinzas. Na foto do jornal, o tronco e os galhos secos de uma única árvore, cheios de trapos pretos, e uma fileira de cruzes de madeira fincadas nas ruas sem calçada. O título e o subtítulo da reportagem sem dúvida haviam escandalizado o pai: "*Campo de cruzes* — Filho de magnata inaugura 'obra de arte' macabra".

A matéria, em sua maior parte um resumo elogioso da biografia de Jano, ironizava a pretensão de Mundo: "um filho rebelde, estudante fracassado e dândi fardado que queria fazer arte contemporânea num bairro de gente pobre, onde quase todos são analfabetos". Numa das fotos, ele estava entre um homem e uma mulher, os pais do Cará, o amigo morto de Mundo; no fundo, a floresta.

No dia seguinte bem cedo fui ao Novo Eldorado. O *Campo de cruzes* havia sido destruído pela polícia na tarde do feriado. A visão das ruínas acentuava a tristeza do lugar. Cruzes de madeira crestadas cobriam um descampado; o tronco da seringueira fora abatido, as raízes arrancadas; galhos secos espetados em trapos queimados pareciam carcaças carbonizadas. Nas ruas de terra, mulheres juntavam pedaços de cruzes para acender um fogareiro. Por volta das oito, os empregados da prefeitura jogaram os destroços na carroceria de um caminhão, deixando apenas a árvore derrubada.

Atravessei o descampado e caminhei devagar até o fim do bairro. Mundo não exagerara: nenhuma árvore, um lugar sem sombra. Mostrei a um morador a foto do meu amigo entre os pais do Cará e perguntei se os conhecia. Ele indicou a última casa, a uns cem metros da floresta.

Disse-lhes que era amigo de Mundo. Ainda estavam assustados com o que acontecera no dia anterior. O pai usava um fumo no bolso, a mãe apontou o retrato do filho com a farda do Colégio Militar: desde criança queria ser soldado, sonhava com o Batalhão de Infantaria da Selva. Trouxe uma caricatura do Cará feita por Mundo: testa alta, olhos rasgados, orelhas de abano; fardado, faca na mão, uma das botas apoiada na cabeça de um porco-do-mato.

"Era cheio de coragem", disse ela. "Depois do enterro um tenente veio aqui, deixou uma caixinha com uma medalha... Diz que vão fazer um torneio de futebol com o nome do meu filho."

Reclamou do Novo Eldorado: faltava água e luz, o banheiro não tinha fossa, os moradores jogavam o lixo perto da mata, aí os bichos vinham comer naquele chiqueiro.

Perguntei se ela e o marido tinham visto a obra do meu amigo.

"A fumaceira? Aquele homem que andava com ele... Ranulfo... trepou num galho da seringueira e falou umas coisas. Depois o povo do bairro queimou as cruzes e a árvore... Convidei Mundo pra almoçar aqui, mas o outro estava aperreado, não quis. Aí eles foram embora... Diz que são aparentados. Pai e filho?"

ANTES DE SE PERDER PELA CIDADE, *Algisa nos surpreendeu duas vezes. A primeira foi na festa domingueira do padroeiro do Morro, quando eu acabara de chegar do batalhão de fronteira. Íamos todos para a quermesse. Havia gente de outros bairros, e alguns soldados de folga passeavam pelas ruas. De repente, Algisa se desgarrou de Ozélia e tirou a roupa na beira do barranco, e todos nós vimos a beleza do corpo esguio no meio da tarde. Naquele momento, estremeci ao imaginar como seria tua mãe. Chiquilito quis correr pra agarrar Algisa, mas Corel o derrubou com uma rasteira e lhe deu uma chave de braço. Derrotado, Chiquilito preferiu virar as costas para o barranco. Ela deu uns passos na escadinha, saltou no rio como uma flecha e só emergiu perto da outra margem. Nadou o resto da tarde, e cada braçada era um desespero para o padre Tadeu, que implorava aos fiéis pra que voltassem às barracas de guloseimas. Nem meu cunhado, tão respeitoso, deixou de olhar o corpo moreno que ia e vinha. Minha irmã Raimunda se impressionou com a rapidez das braçadas e com os mergulhos demorados, e Ramira comentou com malícia: "Essa aí vai longe". Então tua mãe disse: "Algisa sempre foi meio doida". Ao entardecer, Ozélia jogou no rio a roupa da nadadora, que se vestiu dentro d'água, mas quando pisou a margem parecia ainda mais nua. Algisa não olhou para ninguém, nem disse nada: entrou em casa, onde a esperava a noite solitária e sem luz. Um ano depois, ela enterrou para sempre a fama de medrosa. Ozélia apareceu nos fundos da chácara e deu a entender que Algisa estava em apuros. Esticou o braço apontando o lugar mais remoto do Castanhal, e meu cunhado perguntou se Algisa se perdera no mato. Ela negou. Algum bicho, animal? Ela fez que sim. Eu e Jonas corremos para o Castanhal até o limite da área militar, onde hoje existe a Vila dos Sargentos. Jonas foi o primeiro a vê-la. Estava enganchada num galho grosso e alto de um jatobá, empunhando um terçado, os olhos sem piscar voltados pra baixo, o corpo inerte. Procuramos o animal perigoso que a ameaçava e o encontramos mimetizado no verde da mata. De cócoras, cabeça erguida, um soldado raso se masturbava. Estava tão possuído pelo transe do prazer e pela visão da mulher, que não teve tempo de reagir ao chutão que Jonas lhe deu na bunda. Caiu, rolou na folhagem e sentou, a mão da punheta enfiada na calça; a boca aberta lhe dava uma expressão de asmático. Rastejou pra trás, e tivemos de segurar Algisa pra que ela não o emasculasse com o terçado; mesmo assim, ainda cuspiu no rosto do agressor e o xingou de todos os palavrões que conhecia. Jonas prometeu a Algisa que ia denunciar o soldado a um amigo do Exército, ela ignorou a promessa e gritou: "Se esse filho da puta pisar no bairro, retalho o corpo dele". Foi uma ameaça que nunca esqueci, sobretudo nos cinco meses em que dormimos em redes separadas no porão úmido da Vila Amazônia. Meu cunhado esperou o recruta sumir na folhagem como um camaleão medroso, e Algisa quis voltar sozinha ao Jardim dos Barés. Nós a acompanhamos à distância, vendo-a cortar galhos com golpes de terçado, e já perto das chácaras meu cunhado sussurrou uma premonição: "Quem viver com essa mulher vai ter que morder a língua dia e noite". E, uns seis meses mais tarde, Algisa e Ozélia entraram na canoa de um catraieiro e desceram o rio sem dizer para onde estavam indo nem quando iam voltar. Tua mãe perguntava pra todo mundo: "Onde está aquela doida?". Então fui com meu cunhado atrás das duas, mas não as encontramos. A polícia começou a procurá-las, e, como não havia fotos de Algisa, o jeito foi mostrar tua mãe aos policiais e dizer: "É a cara da fugitiva, só que um pouco menos bonita, um pouco mais baixa e uns três anos mais velha". Depois de uma semana de busca, um policial civil disse a Jonas que Algisa fora internada no hospício de Flores por ter perseguido e agarrado no porto um homem que ela dizia ser seu pai; o homem negara com uma risada, fora unhado no rosto e a acusara de louca perigosa. Meu cunhado conversou com o diretor do estabelecimento e soube que ela fora conduzida ao hospício por engano e seria encaminhada como indigente à Legião Brasileira de Assistência. Jonas explicou que Algisa morava no Jardim dos Barés e que trouxera a irmã dela, Alícia, como testemunha. O diretor perguntou por que ela não tinha documento de identidade. "A metade da popu-*

lação não tem", respondeu Jonas. *Algisa estava sentada no gramado sombreado por um louro-vermelho, admirando a cabeça de uma santa de barro que Pai Jobel esculpia. Disse que não era doida e que só estava procurando o homem, o pai, depois que Ozélia viajara para o interior, deixando-a sozinha.* "*Interior? Qual interior?*", *tua mãe quis saber.* "*Lá onde a gente nasceu*", *disse Algisa.* "*Tu não lembras, mas eu lembro quando o homem apareceu e conversou com Ozélia, e nós quatro entramos num barco e viajamos três dias e duas noites, e lembro da nossa casa na beira do rio...*" *Tua mãe ficou envergonhada, depois enfurecida. Disse:* "*Não temos pai, aquele homem não é nada para nós*". *Mas Alícia não sabia, não tinha certeza disso. E então Algisa disse que queria ficar no hospício, ali comia, passeava no quintal e conversava com as pessoas. Continuou sentada, olhando para as mãos do Jobel. Então nós a levamos na marra. Ela esperneou:* "*Me larguem, quero ficar aqui*", *e chorou até chegar ao porto de São Raimundo, e contou, soluçando, que um homem tinha abusado dela numa pensão onde ela queria dormir mas não tinha dinheiro. Havia lutado com ele, esfolara seu nariz com unhadas, depois fugira e dormira num banco da praça da Matriz. Meu cunhado queria que a polícia prendesse o homem, mas Algisa não revelou quem ele era nem onde ficava a pensão.* "*Para de me amolar com essa história de polícia*", *ela disse a Jonas, encerrando o assunto. Perdeu o hábito de tomar caiçuma e olhar o rio no fim da tarde. De vez em quando saía ao pôr do sol e só voltava no dia seguinte, de roupa nova, brincos, sapatos de couro, e cumprimentava os moradores. Menos arisca, quase amável conosco, até sorria. Mas ninguém podia lhe perguntar onde dormia nas noites em que se ausentava do Morro.*

11

NA TARDE EM QUE A OBRA de Mundo foi inaugurada, o coronel Zanda logo informou Jano. No Novo Eldorado, ele viu um horizonte de cruzes chamuscadas e quis saber que diabo era aquilo: por que tinham construído as casas num cemitério? onde estava o trabalho do filho? Rindo, o prefeito disse: "Na tua cara, Trajano. Teu filho é atrevido: fez do bairro um cemitério. Bela obra. Mas vamos destruir toda essa porcaria em pouco tempo. Um dia a gente dá um susto nele. Agora passa no Gabinete do Comando do Colégio Militar, o diretor quer falar contigo".

Na praça General Osório, Jano demorou a descer do carro: temia o encontro com o diretor, temia ouvir o que depois Macau contaria a Naiá. O chofer o aguardou na calçada do colégio, entre os dois canhões que apontam para o rio. Trocou umas palavras com as sentinelas, olhando para a escada de madeira escura por onde o patrão havia subido. Não esperou muito tempo: Jano saiu encolhido, devagar, as mãos protegendo os olhos contra a claridade. No carro, dava para escutar a respiração sôfrega e os estalos da língua. Na avenida Epaminondas, Jano murmurou que estava com sede; o chofer comprou uma garrafa de água mineral num bar. Ele molhou o rosto, bebeu no gargalo, descansou por alguns minutos. Queria passar no escritório antes de ir para casa, mas na Marechal Deodoro mudou de ideia: não conseguiria subir a escada. Tremia muito, estava pálido, de medo ou raiva, parecia sufocado. Ainda no caminho, Macau ouviu o patrão contar, com voz fraca, como fora humilhado. Jano logo notara a expressão contrariada do diretor, que o cumprimentara secamente. Tentara disfarçar, observando na parede o busto do Duque de Caxias e as fotografias dos últimos presidentes fardados. Olhou um por um, em silêncio, sentindo um mal-estar diante das fisionomias sisudas, e lembrou de dois daqueles generais, que conhecera quando passaram pela cidade. Agora pareciam ameaçadores, inclusive o que tinha morrido. Era o que pensava quando o coronel que ele considerava amigo pronunciou a sentença severa: "Não se brinca com o pai nem com a instituição". Então Jano ficou sabendo que Mundo enganara todos, inclusive o diretor. Levara uma carta do pai, com assinatura falsificada e tudo, em que este solicitava uma licença de duas semanas para o filho, que o acompanharia numa viagem ao Rio de Janeiro. O militar descobriu um novelo de mentiras, todas aludindo à doença de Jano; soube que Mundo havia protestado com palavras subversivas contra a morte acidental de um aluno durante um estágio de sobrevivência na selva e que às sextas-feiras pedia permissão para ir visitar o pai, que estava hospitalizado. Jano viu e assinou o último boletim de Mundo: praticamente reprovado — não receberia o diploma. Além disso, a evasão ou fuga do colégio era uma grave transgressão disciplinar. Mais grave ainda era a insubordinação. Como podia? Um estudante incitar todo um bairro contra o prefeito, um oficial das Forças Armadas! Mundo podia ser preso: ele e um pé-rapado, um tal de Ranulfo. Dois idiotas. O coronel citou a Lei de Ensino do Exército: o caso fora submetido ao Comando Militar da Amazônia, que decidira expulsar Mundo.

Macau não quis acreditar: expulsar o menino?

"Ele já não é um menino", disse a voz rouca de Jano. "É um homem... um delinquente."

Em casa, Jano sentiu tontura, começou a suar e caiu na cama; Naiá o ajudou a vestir o pijama e preparou um caldo de arroz com pedaços de músculo. Jano já havia tomado a dose de insulina, não quis chamar o médico. Implorou à empregada que convencesse a mulher a dormir com ele. Alícia relutou. Então Naiá agiu como uma amiga indignada: levou a patroa ao quarto e, diante do homem pálido e triste ali deitado, ameaçou: "Ou a senhora dorme aqui ou vou embora desta casa".

Alícia só foi dormir de madrugada, meio de pileque, querendo saber de Mundo. De manhã, Macau lia os jornais quando viu Jano se aproximar da quadra. Ainda pálido, andava devagar, as mãos nos bolsos, pensativo. Deu-lhe bom-dia e rodeou as palmeiras, parava para catar folhas no chão e arrancar goiabas bichadas, tentando se distrair. De repente, se voltou para ele e perguntou: "Que foi, Macau? Que cara é essa?".

As mãos do chofer começaram a tremer; ele gaguejou, balançou a cabeça, se atrapalhou e, sem conseguir dizer uma palavra, entregou os jornais ao patrão e se acocorou perto do carro. Jano folheou-os, um por um, e seus olhos se fixaram na fotografia do filho. Dobrou os jornais, ergueu a cabeça e, avistando Naiá na varanda da cozinha, a chamou.

"Macau vai me ajudar a fazer um serviço", disse. "E eu quero fazer uma surpresa para Alícia. Passa na confeitaria Avenida e compra uns doces para o café."

Esperou Naiá sair e friamente pôs em prática o que decidira: entrou com o chofer no quarto de Mundo, Macau carregou os livros, revistas e desenhos para a quadra de cimento. Quando a empregada voltou, entendeu o que havia acontecido. Encontrou Alícia dormindo no chão, encolhida, com a roupa do dia anterior. Naiá demorou para despertar a patroa; só conseguiu tirá-la do quarto do casal depois das onze. A quadra estava coberta de cinzas, folhas de papel e trapos chamuscados se espalhavam pelo quintal.

"Por pouco a senhora não ouviu a gritaria", Naiá contou a Ramira. "O patrão ficou com medo de levar uma sova e chamou Macau... Eu também fiquei com medo... até Macau se assustou. Ela soltou uns palavrões, abriu as mãos e avançou pra cima de Jano e gritou que ele era covarde. Quando chegou perto do marido, tropeçou na escada, ficou zonza e vomitou na parede e em cima da gente, e ainda segurou no corrimão pra não cair. Arranhava a madeira e a parede com as unhas. Um chiado horrível. Levantou sozinha, e Jano saiu correndo da sala. Aí ela arrancou a fotografia da Vila Amazônia e atirou na cristaleira. Pegou os soldadinhos e aqueles brinquedos de guerra e jogou no chão cheio de vômito e de pedaços de vidro. Depois pegou toda a sua roupa e os sapatos e levou para o quarto do menino. Acho que o patrão vai acabar morrendo antes do tempo."

* * *

Alícia se mudou de vez para o quarto de Mundo. Nunca pensou que Jano fosse capaz de queimar o que era tão importante para o filho. Deu um gelo nele e também em Macau, e dizia a Naiá que o chofer era um sonso, um incendiário a mando do patrão, nem um centavo a mais para o bajulador, que de agora em diante ia comer na toca onde dormia. Ela só se dirigia a Naiá, que, além de cuidar da casa, ia tomar conta do marido. O médico passava uma vez por semana para ver Jano, e, quando este se sentia indisposto, uma enfermeira o acompanhava ao escritório.

Mesmo à distância, tia Ramira foi penetrando e se imiscuindo no ambiente do palacete que sempre sonhara conhecer; envolveu-se de tal maneira na vida dos Mattoso que parecia renascer nas manhãs de sua ida ao Mercado. Ouviu de Naiá o que Jano contara a Macau sobre o encontro com o diretor do Colégio Militar, e ouviu uma conversa tensa entre Jano e Albino Palha. Jano não se conformava com a queda brusca demais do preço da juta e da malva. Palha havia sugerido ao amigo que mudasse de ramo: devia construir casas e edifícios, exportar minérios ou madeira nobre, ou então participar de uma sociedade com alguma indústria eletrônica da Ásia, muita gente do Sul estava fazendo isso em Manaus.

"Tudo, menos juta e castanha, Trajano."

O amigo esperava uma resposta, mas Jano permaneceu calado, roçando os dedos nas orelhas de Fogo e olhando para a fotografia da Vila Amazônia. Quando Palha perguntou por Mundo, ele levantou, se despediu com um aperto de mão seco, como se não tivesse ouvido a pergunta, como se o outro fosse um visitante qualquer. E nesse mesmo dia pediu a Naiá que lhe aplicasse uma injeção de insulina. Poucas vezes fizera isso: não gostava, tinha vergonha, mas agora se sentia fraco, nervoso. A empregada passou algodão embebido de álcool na coxa dele, viu os orifícios das agulhadas, pontos escuros no músculo avermelhado. Perna de pombo, pobrezinho! Cravou a agulha, o patrão não gemeu: encostou a cabeça no espaldar vermelho, os olhos fechados, a testa suada. Disse a ela que estava angustiado e que não havia remédio para a sua dor. Depois pediu para ficar só, queria fazer a sesta. Naiá escutou o queixume: "Devia ter queimado também outras coisas... Alícia não merece nada, nem uma canoa, de herança".

Minha tia me contava essas conversas com voz triste. Tomou coragem e revelou a Naiá que costurara uma camisa para Jano. Puro linho irlandês! Uma semana depois, durante o jantar, tirou do sutiã um cartão e leu para mim a mensagem escrita à mão pelo homem que ela venerava. Jano lamentava o que fizera com a camisa. No fim, lamentava estar vivo. Tia Ramira soluçou e guardou o cartão como se fosse uma relíquia. No dia sete de dezembro, seu aniversário, Naiá lhe entregou um buquê de flores do mato com umas palavras ternas de Jano. Ramira caiu em êxtase. O único buquê enviado por um homem em quase meio século de vida. Ela passou a remoer a ilusão de algo parecido com o amor. E então costurou para ele uma calça azul-marinho, caprichando no corte e no acabamento. Perguntei se não era preciso tirar a medida da altura e da cintura. "Claro que não", respondeu minha tia. "Uma boa costureira não tira a medida de quem admira."

Ela decidiu ir à missa dominical do fim da tarde, Jano poderia estar na igreja de São Sebastião. Pediu-me que a acompanhasse, só queria agradecer as flores e entregar a calça; tinha vergonha de ir sozinha: os outros iam cochichar, maldizer, inventar. Fiquei de pé, perto da porta, ladeado por devotos pobres. Jano, sozinho, estava ajoelhado na primeira fila. Ele e minha tia rezaram, se entreolharam. Não esperei terminar a homilia, e não sei que outra comunhão houve entre os dois. Às sete jantei na cozinha, de onde podia ver o brilho de lantejoulas em apliques de fantasias. Ramira demorou, e ao chegar não quis trabalhar nem comer: estava exausta, só queria dormir. Tinha conversado com Jano?

Ela sorriu: "Conversei... e muito. Que homem!".

No entanto, o sumiço prolongado do irmão a inquietava. Isso não acontecia desde que Ranulfo fugira da Vila Amazônia. Ramira o imaginava afogado, esfaqueado, agonizante. Entrava no meu quarto e me acusava: "Só pensas no teu amigo. E o teu tio, por que não vais atrás dele?".

No dia seguinte mudava de humor, se animava com as cápsulas rígidas, avermelhadas, das flores selvagens. Plantara-as num vaso de argila em forma de concha, não queria ver murchos os talos verdes. Vivia dividida por sentimentos fortes, pensando em Jano e em tio Ran, extenuando-se para entregar encomendas de fim de ano.

Nos últimos dias de dezembro eu saíra atrás de Mundo numa busca desorientada, contando com o acaso. Seu único amigo do Colégio Militar estava morto. Não havia mais ninguém, a não ser meu tio e Alícia.

Naiá me viu no portão dos fundos, parou de quarar a roupa e acenou: que eu entrasse. E avisou a Macau que já estava na hora de ir pegar o patrão.

"A mulher não desce mais", disse. "Os donos da casa parecem hóspedes, e não um casal. Vou avisar que queres falar com ela."

Fiquei uns minutos na sala, bisbilhotando os discos, a biblioteca e uns soldadinhos quebrados. Guerras, livros e música para uma vida. O dono daquele acervo odiava a arte do filho, talvez odiasse a arte e o próprio filho. Na cristaleira, a fotografia de Fogo, ainda filhote, nos braços de Jano. Como crescera! Pançudo, triste e muito velho, já não dava os saltos que irritavam Mundo, mas o cheiro dele era de animal mimado, tratado com afagos e nutrido com as refeições do senhorio. Os olhos murchos surgiram no sofá vermelho; acariciei seu focinho, e ele se aproximou mais de mim. Soltou um rosnado fraco ao ver Naiá na escada: eu podia subir, Alícia me esperava.

Encontrei-a sentada numa cadeira de palha, as pernas cruzadas, a mesma cadeira e a mesma pose de anos depois, quando a vi na sala de um apartamento no Rio. Desculpou-se por me receber no quarto. Maquiada e perfumada, não para me ver, mas para falar do filho e talvez do meu tio. "Olha o que o crápula do meu marido fez", disse, varrendo com o olhar os riscos de retângulos e quadrados nas paredes. "Os desenhos e os objetos... nunca mais. Jano sabe como atingir Mundo, só que dessa vez atingiu a mim também."

Folhas secas e sementes, pedaços de madeira, caixas de lápis e tubos de tinta, tudo havia desaparecido. O quarto vazio traduzia a violência do ato paterno. Apenas um fio delgado pendia do teto.

"Um par de asas ou lâminas, sei lá", disse Alícia, "foi arrancado e queimado. Mundo ganhou de um artista do Rio. Vai virar bicho quando souber."

Disse-lhe que não tinha mais visto o meu amigo: sabia por onde andava?

"Deve estar bem escondido", disse ela, com pressa. E logo disfarçou: "Teu tio não convenceu meu filho a adiar esse... nem sei como dizer... isso que fizeram no Novo Eldorado. Ranulfo não faz ideia do que aconteceu nesta casa".

Jano planejara uma festança na Vila Amazônia para comemorar a formatura do filho, com músicos de Parintins, comida e bebida à vontade. Ia alugar um barco de recreio para levar os alunos, professores e convidados até a propriedade. Ela não iria, mas o marido só falava nisso. Ia esbanjar por causa de Mundo, já havia contratado um fotógrafo e um cinegrafista, queria mostrar o menino fardado com a turma do Colégio Militar. O arcebispo de Manaus rezaria uma missa. Jano sabia que a juta não tinha futuro, mas apostava no futuro do filho. Era o sonho dele. Além disso, a prefeitura ia comprar juta da Vila Amazônia. Zanda faria isso para ajudá-lo, os dois negociavam. Palha dava conselhos, sugeria preços, intermediava. Mas Zanda se afastara, ia cancelar o negócio.

Na voz, o medo de uma ameaça. Apanhou um baralho, as mãos abriam e fechavam o leque de cartas, o ouro e as pedras dos anéis brilhavam no arco do gesto; o olhar, sombrio, fixava as paredes. "Teu tio também foi longe demais... Jano sempre gostou muito de mim. E o que eu podia fazer? Uma mulher faz o que quer ao lado de um homem apaixonado. Ranulfo nunca quis aceitar..."

Jogou o baralho na cama, parecia sem jeito com o que acabara de dizer, ou com o que deixara de dizer. Ouvi latidos, e temi a chegada de Jano.

"Fome... ele quer almoçar", disse Alícia. "Fogo é o único que ainda come na hora certa. Mas não se preocupa mais comigo. Antes, quando entrava homem em casa, ele soltava uns ronquinhos de ciúme. Agora posso andar nua pelo corredor que nem vem me cheirar."

Olhou-me de esguelha, percebeu que eu ia perguntar de novo por Mundo e começou a dizer que o igarapé dos Cornos não era a imundície de hoje. Ela nadava e passeava de canoa ali com o meu tio, mas brigavam muito. Ciúmes. E teimosia de Ranulfo, que não queria estudar. Ele dizia: "Não nasci pra ficar sentado em banco de escola. Desasnei lendo bons livros". Livros e namoradas.

"Ele nunca falou de outra", eu disse. "Sei que casou com a tua irmã."

"Algisa se engraçou com o teu tio e embirrou, quis casar. Diz que ia domar a onça, mas teu tio não perdeu o assanhamento, queria as duas, e ainda achava pouco. Aí pensei na Vila Amazônia. Ranulfo podia ser um bom administrador, e a propriedade ia salvar todos nós: eu, ele, minha irmã... e meu casamento. Mas, quando Mundo nasceu, ele ficou furioso; depois se apegou demais à criança, e eu deixei..."

Altiva, ainda bonita; as pernas cruzadas: coxas rijas, de dançarina; olhos um pouco rasgados, de felina sagaz. A voz macia escondia raiva represada? Pediu que eu ficasse para o almoço, só eu e Jano, juntos. Ela não sentava mais à mesa com o marido.

"Ele te admira, Lavo. Um órfão criado por uma tia pobre... Vai ser advogado, e pode vir a ser juiz, doutor... Mais um que vem lá de baixo! Jano pensa que Mundo se degenerou. Tem medo do filho artista. Por que não almoças com ele? As palavras de um órfão valem mais que as minhas."

Com naturalidade forçada, acrescentou: "Jurei que só vou descer para a ceia natalina. Todos vão estar à mesa... do cachorro ao Macau".

Recusei o convite, então ela insistiu para que eu voltasse depois do Natal.

Levantou para se despedir; o corpo inteiro, que tio Ran conhecia de sobra e ainda desejava, se grudou ao meu, num abraço. Lembrei da manhã em que a vi de perto, molhada, subindo a escadaria do Pedro II, os alunos assobiando para a mulher que se dirigia resoluta à sala do diretor; depois ela reapareceu, sorrindo, e atravessou o corredor debaixo dos assobios e galanteios. Nunca se esforçou para parecer atraente. Mas agora alguma coisa, além da fala reticente e do riso interrompido, velava seus gestos espontâneos. Tive a impressão de que Alícia sabia onde Mundo e meu tio estavam escondidos.

"A patroa está estranha, não é?", disse Naiá, abrindo o portão da garagem. "Tua tia também. Ramira vivia nas nuvens, agora anda azeda, com raiva de todo mundo. Que deu nela?"

Vimos o carro de Jano vindo em direção ao palacete.

"E o patrão, então? Quase não come, está meio biruta, vive tagarelando com a alma dele."

Contou que se entristecia ao vê-lo mortificado, sem vontade para nada. Nem tocava no prato que mais apreciava: escabeche de tucunaré com pirão. E já não tinha ânimo para passear com Fogo, nem para arrancar goiabas nas caminhadas pelo quintal. Nos últimos dias, ela até o estava ajudando a comer, pois Jano, como um bebê, desviava o garfo da boca e a comida lhe escorria pelo queixo.

"Mas Alícia me pediu para almoçar com ele", eu disse.

"Almoçar com um morto-vivo?", replicou Naiá. "Às vezes ele está mais vivo do que morto, mas isso é raro."

O que Naiá dissera sobre minha tia era verdade. Num sábado chuvoso, Ramira chegou exausta do Mercado: poucas palavras, e uma expressão de raiva que demorou a se dissipar. Estendeu uma peça na mesa e se pôs a cortar o tecido; a tesoura aberta, enganchada nos dedos, parecia uma arma.

"Naiá está mentindo para mim", disse ela, ainda sem se mover.

A mão que segurava a tesoura girou e caiu: "Mentindo ou escondendo alguma coisa, dá no mesmo. Não gosto de gente falsa, com pele de camaleão. Lá no Mercado ela me disse que ouviu uma conversinha do patrão com o Macau. Perguntei se na conversinha não aparecia o nome de Ranulfo. Fingiu de surda. Apertou o olho de um peixe... de outro... não escolheu peixe nenhum. Depois foi comprar maxixe e quiabo no quiosque dos japoneses: disse que ia preparar um guisadinho para a mãe do teu amigo".

Nem pronunciou o nome de Alícia, e só parou de se intrigar com Naiá quando chegou uma cliente importante: a dona Santita Biró, que era mãe de duas debutantes gêmeas. Estava tão perfumada que Ramira deixou a porta aberta. Santita mostrou a fotografia de uma princesa alta e loira: queria os vestidos das filhas que nem aquele. Minha tia ficou na dúvida e, de olho na foto, piscou, foi franzindo a testa, meio irritada: "Mas as tuas filhas não têm altura...".

"E daí? Não vou pagar o feitio?"

Mal ela se foi, tia Ramira resmungou: aquela cliente passava o dia olhando fotografias de princesas...

Costurando, se atrapalhava, perdia um molde, errava o corte de uma cava, sem mais nem menos xingava Naiá e a mãe do meu amigo. Um pensamento não revelado, talvez no irmão e em Jano, a desviava do trabalho, ela atrasava as encomendas; odiava a dispersão, a fraqueza, a dúvida.

Na véspera do Natal, sentamos à mesa do café da manhã, no pequeno pátio dos fundos; escutamos o canto da passarinhada nas mangueiras e palmeiras da mansão dos Calvado. Os sons monótonos da fonte e da cascata foram apagados pelo barulho de mergulhos e braçadas.

Ela me encarou, séria: "Como vão teus crimes?".

"Os crimes dos outros, tu queres dizer."

"O estágio no escritório do teu professor. Já ganhas alguma coisa? Ou vou ter de passar o resto da vida costurando para princesas e piratas?"

Pôs a xícara na mesa, olhou com asco para um camaleão que devorava insetos na trepadeira da cerca. O réptil se enfiou num buraco, reapareceu no jardim dos Calvado.

"Não vai faltar processo para ti, Lavo. Tem criminosos saindo pelo ladrão."

Mais tarde alguém bateu na porta. No centro da janela surgiu um rosto meio indígena: dois olhos graúdos e esgazeados nos fitaram com a dureza dos exaustos.

"Vim pegar o tailleur", disse o rapaz, acentuando a pronúncia da palavra francesa. Não quis entrar, os olhos cresceram ainda mais e repararam em tudo: no interior da casa, em mim e na minha tia. Recebeu o pacote, pagou e saiu afobado.

"É o filho natural de uma família da rua dos Barés", disse Ramira.

Na hora do almoço, Corel e Chiquilito entraram sem avisar: pareciam menos bêbados que atordoados; Chiquilito, o mais agitado, gaguejava, não conseguia juntar palavras e expirava um sopro quente, ventas abertas que nem cavalo.

"O que vocês querem? Faz mais de um mês que meu irmão não pisa nesta casa", disse minha tia.

Corel enxugou o rosto: "É por isso mesmo que estamos aqui. Pegaram o Ranulfo".

"Pegaram?! Que conversa é essa?", perguntou ela, entortando uma agulha.

"Acharam ele... uns capangas... ou gente da polícia, ninguém sabe. Encheram teu irmão de porrada. Está deitado no hospital da Beneficente Portuguesa."

Ramira passou entre os dois e desembestou para o hospital. Corria com passos curtos, a camisola cinzenta inflava, e o cabelo grisalho se espalhava sobre as costas; perto do quintal da Beneficente, deixou as sandálias surradas e desapareceu na entrada da capela do necrotério, talvez para atalhar o caminho. No canteiro central da Getulio Vargas homens armados me obrigaram a recuar. Ouvi gritos, sinos, roncos de motor: era um comboio de caminhões, a carroceria cheia de sujeitos balofos, todos de vermelho e de gorro, as barbas de algodão empapadas de suor. Agitavam sininhos, atiravam bolas de plástico e bombons para um bando de crianças com os pés no asfalto. O comboio vinha dos bairros distantes e agora circulava pelo centro, festejando a inauguração de uma cadeia de lojas. Segui com o olhar os fantasiados e percebi que uma boca de papelão, risonha e colorida, cobria metade do rosto deles. Na esquina do beco, uma figura alta se destacava: Mundo, sem camisa, braços e ombros escoriados, descalço, a calça arregaçada; cachos despenteados em vez do corte à escovinha. Assustado, parecia em transe, e o corpo ameaçava investir contra o comboio. De repente, ele agitou os braços, fez gestos obscenos, tentou trepar na boleia de um caminhão; foi empurrado pelos seguranças e conduzido à calçada. Ergueu as mãos fechadas e continuou a gesticular ferozmente, até que deu as costas ao tumulto e sumiu no beco.

A cabeça do comboio já alcançava a avenida Sete de Setembro, mas aqueles risos iguais ainda desfilavam diante de mim. Demorei uns minutos para decidir se visitava tio Ran ou se seguia Mundo. O Natal em família, do cachorro a Macau, todos juntos, dissera Alícia. Meu amigo chegaria de surpresa, molambento e com cara de bicho, para espantar o pai; soltaria gargalhadas, ou se trancaria com a mãe, no quarto, em cochichos íntimos. Barulho de rojões, sinos e gritos; a música natalina e a voz estridente: "Tudo de Taiwan e do Panamá pelo menor preço". Corri até a capela, nenhum conhecido. Pensei no meu tio deitado no quarto e em Mundo sumindo no beco. Contornei a fachada lateral da Beneficente Portuguesa, e, próximo da escadaria da entrada, me afastei. Lembrei das palavras de Corel ao anunciar a agressão a tio Ran: "capangas... ou gente da polícia...". Mundo poderia se confrontar com algo mais grave, pensei, enquanto subia o beco. Lá do alto só avistava, acima da copa das mangueiras, as janelas do hospital. O portão da casa de Jano estava aberto, passei sob o caramanchão, e na varanda ouvi gritos e latidos. Quando entrei na sala, vi primeiro Mundo dizendo para o pai: "Por que não tiras o cinturão agora? Por que não me trancas no porão?".

Em pé, as mãos espalmadas no peito, Jano começou a recuar quando o filho avançou para cima dele. Corri, mas, antes que eu pudesse segurar Mundo pela cintura, ele cravou as mãos na camisa do pai e o empurrou com violência.

"Sai daqui, Lavo, nossa conversa ainda não acabou", gritou ele, querendo atingir o homem caído.

Agarrei-o pelos braços, os olhos furiosos me encararam, pensei que ia me agredir. Não parou de gritar: "Ele não é homem pra minha mãe", enquanto eu o arrastava para a porta. Não quis me ouvir e, de mãos fechadas, berrou: "Me solta, porra. Vai lá com aquele covarde. Não és o filho que ele queria ter?". Com um solavanco, se desgarrou e saiu devagar, olhando para o chão da sala, onde tombara o pai.

Carreguei Jano até o sofá. Os olhos entreabertos, virados para o teto, me assustaram. Chumaços de algodão, um frasco de álcool e duas ampolas quebradas sobre a mesa de centro. Subi até os quartos. Ninguém. Procurei Macau nos fundos da casa, não vi o DKW. Quando voltei, Fogo farejava a cabeça do dono. Gemeu, erguendo os olhos amarelos e murchos para mim. Peguei o pulso de Jano e senti uma palpitação fraca, demorada. Não sei quanto tempo fiquei ali, ouvindo ganidos, perto dos dois: quatro olhos que já não se encontravam.

Parecia que toda uma época se deitara para sempre.

12

NAIÁ E O MÉDICO desceram de um táxi, mas só o médico entrou na casa: ela não quis ver Jano, ficou na calçada, me perguntando com os olhos se ele morrera, e meu silêncio a deixou mais nervosa. Disse que acordara ansioso, não tomara os medicamentos nem comera nada. No meio da manhã chegou um tipo esquisito querendo falar com ele. Os dois conversaram, e o patrão sorriu quando o sujeito disse que Ranulfo estava quebrado; aí o homem disse não sei mais o quê, ela não conseguiu entender. Então Jano se irritou, mandou o homem embora, mas Alícia ainda o alcançou na porta e quis obrigá-lo a dizer onde estava o filho. Ele não sabia, não tinha encontrado Mundo. "Teu filho escapuliu", disse. Então ela voltou à sala; ficou encarando o marido, sem falar. Isso foi pior, Jano queria ouvir a voz dela, mas Alícia olhou para ele com ódio e saiu com Macau. Naiá ficou com o patrão, morta de medo.

"Ainda pelejei pra ele comer ou beber alguma coisa, mas não escutou o que eu disse", prosseguiu a empregada. "Me tratou como uma estranha, sentou no sofá e fechou os olhos, nem conseguiu acariciar Fogo. Um homem amargurado, parecia que queria morrer."

Eu quis saber para onde Alícia havia ido, Naiá respondeu com uma pergunta: Mundo tinha passado por ali?

"Estava insultando o pai... Ia bater nele", eu disse.

"Então só conseguiram pegar o Ranulfo..."

"E Alícia?", insisti.

"Devem ter machucado teu tio", disse Naiá, desprezando minha pergunta.

Eu ia dizer que me dirigia para o hospital, quando o médico a chamou. Esperei na calçada, e quando Naiá apareceu na porta da sala, entendi que Jano estava morto.

Morto ou agonizante, Jano não me provocava piedade; mas eu não sentia raiva dele, nem aversão, nem sequer o menosprezava, e isso Mundo notara desde o começo da nossa amizade. O que eu sentia era medo de Jano...

Ramira me viu na calçada da Beneficente: ia trocar de roupa e buscar comida para o irmão. Segurou minhas mãos, pressentindo algo: "Que cara de assombração é essa?".

"Estou preocupado com Ranulfo", eu disse.

"Só com ele? O que aconteceu? Por que demoraste tanto?"

"Fui atrás do meu amigo... só isso."

Ainda tentou adivinhar nos meus olhos as palavras que eu escondia. E, como se já as tivesse encontrado, entristeceu, e uma voz fraca apenas informou: "Sobe, ele está no 102".

A porta do quarto, aberta. Corel parecia contar alguma coisa grave. Depois Chiquilito se exaltou: "Ninguém sabe como os capangas descobriram o esconderijo... Algum coroinha... ou a cozinheira da igreja...".

"Coroinha porra nenhuma... muito menos cozinheira... Não importa. Quero saber onde Mundo se escondeu, isso sim."

Reconheci a voz do meu tio e entrei. Disfarçaram. Corel cutucou o gesso da perna de Ranulfo, deu uma risadinha: "Nosso herói caiu! Já tens um caso jurídico pra resolver".

"Processo penal, doutor Lavo", acrescentou Chiquilito.

Tio Ran estava todo quebrado; lábios intumescidos, marcas roxas no rosto, pontos de sutura perto do nariz. A perna esquerda engessada; as unhas dos pés, compridas e sujas, de lagalhé. Os dois amigos foram para o corredor. Perto do leito, segurei o braço de Ranulfo, que fez um gesto com os dedos: água. Tomou uns goles com canudinho, sorvendo com dificuldade. Falou desafinando, meio engasgado: "Mundo conseguiu escapar. Cadê ele?".

"Acabo de chegar da casa de Jano", eu disse.

Tentou fechar as mãos e gemeu: "Aquele filho duma puta...".

Fui até a janela: duas freiras de preto se dirigiam à capela do necrotério. A casa de Jano, fechada. A folhagem do quintal da

Beneficente se agitava, os hábitos das freiras inflavam que nem asas escuras. Vento de chuva forte. Voltei para perto do leito.

"Acho que ele morreu", eu disse. "Estava sozinho na casa... ele e Fogo."

Ranulfo tentou erguer a cabeça, os olhos bem abertos: um sorriso malvado e demorado deformou ainda mais seu rosto.

Despedi-me logo que os amigos retornaram. Imobilizado, meu tio parecia inútil. Amanhã ou depois voltaria para a casa da Vila da Ópera, comeria e beberia às custas da irmã, aguentaria as rabugices dela.

À noitinha fui ao velório na Beneficente Portuguesa. Os mortos se revezam, mas Jano não foi velado na capela do quintal: merecia uma posição mais alta, degraus acima do defunto da manhã, e não sei quantas homenagens. O ataúde, entre as bandeiras do Amazonas e do Brasil, ficou no salão nobre do hospital. O recinto cheirava a suor e flores, e lá estavam o arcebispo de Manaus, freiras e membros da direção da Beneficente, funcionários da firma de Jano e parentes de japoneses da Vila Amazônia, que moravam na cidade.

Alícia usava um vestido cinza: o decote acentuado atraía mais olhares que o colar de pérolas, e o cabelo penteado para trás mostrava por inteiro o rosto, de uma beleza persistente. Recebia condolências de braço dado com Naiá, ambas elegantes; os olhos da empregada, vermelhos, voltados para a cabeça do patrão. Por coincidência ou intenção perversa, ele usava a calça azul-marinho costurada por Ramira, que ficara frouxa e comprida demais. E o mesmo cinturão de couro que golpeara Mundo.

Atrás das duas mulheres, encostado à parede, Macau fitava o chão. Às vezes Alícia olhava em redor, à procura do filho. O murmúrio foi abafado por um trotear crescente. Aquiles Zanda surgiu à frente de um grupo de homens. Reconheci dois ou três parceiros do carteado na casa de Alícia; cada jogador encarou o morto, se benzeu e foi abraçar a viúva. Pouco depois, Albino Palha emergiu de uma roda de militares e foi o único a se demorar ao lado dela; trocaram sussurros, ele assentia com a cabeçorra engomada. Em seguida o arcebispo abriu os braços diante do morto e puxou uma cantoria em latim; os outros fizeram coro em voz alta e grave. Foi o momento mais solene do velório. Até o coronel-prefeito parecia enlevado com a melodia do latim vulgar, apesar de não entender nem uma palavra. Ausente, mesmo, só Mundo.

Quando fui dar os pêsames a Alícia, tive a impressão de que os olhos secos nas faces molhadas misturavam tristeza, alívio e anseio de liberdade; ou talvez escondessem algum segredo. Perguntei sobre Mundo, e ela soprou no meu ouvido: "Deve estar lá em cima, com teu tio. Soube que Ranulfo não pode andar, mas está vivinho".

Percebeu o espanto que essas palavras me causaram e estendeu a mão para velhos conhecidos do marido: dois açougueiros do Canto do Quintela e um grupo de japoneses humildes, pequenos agricultores das cercanias de Manaus. Abracei Naiá, que soluçou e murmurou duas vezes: "Eu gostava de Jano...". Macau não disse nada, preferiu estender a mão. Acabou estendendo ambas, como se nós fôssemos parentes próximos do finado. O quepe de comandante que ele prendia no sovaco caiu. E eu subi às pressas até o primeiro andar do hospital. Ranulfo dormia, Mundo não estava no quarto. Ramira, quieta e azumbrada numa poltrona, a fisionomia amarelada pela luz de um abajur. Ela, sim, triste e encolhida, mais viúva que a outra, a verdadeira. Não deu uma palavra, os olhos aguados fixavam a perna entalada do irmão.

Naquela noite, antes de voltar à Vila da Ópera, passei no palacete. Bati à porta, fiquei esperando na varanda. Nem sombra de Mundo, nem de Fogo. Nada. Depois, em casa, vi a saleta sem a mulher diante da máquina. Costuras inacabadas de fantasias e fardas davam um estranho aspecto ao ambiente quieto.

O toró anunciado não desabara, os tabiques do meu quarto, ainda mornos; abri a janela e liguei o ventilador de teto: uma zuinada do motor e das palhetas incomodava, mas dissipava a quentura. Mais alguns meses e caio fora, pensei. Os dois vão brigar todo dia, Ramira vai xingá-lo de ladrão e parasita, trancar comida e dinheiro no armário, enxotar Corel e Chiquilito. O ar fica mais espesso e tépido quando a chuva não cai; deitado, posso ver moscas lá fora; os vizinhos jogam restos de peixe na servidão, os gatos vêm comer e gritam e se azunham a noite inteira.

Demorei a pegar no sono, a visão de Jano e Fogo, juntos no sofá, me impressionou mais que o defunto no salão nobre do hospital. Lembrei dos cochichos no velório: "Por que o filho não veio?"; "Nem o pai morto ele quis ver!"; "Culpa da mãe?"; "Diz que é vadio, quer ser artista...". Em algum momento da noite, vi num sonho a imagem de arlequins, corsários, debutantes e alunos do Colégio Militar. Fantasiados pela metade, todos se divertiam na sala da Vila Amazônia. Mundo surgiu com uma toga de magistrado, depois com farda de cadete, e seu pai mudava de expressão a cada traje, mas sempre ria. Parecia um homem pacificado. Durante o baile de formatura, meu amigo reapareceu vestido de arlequim no meio de cadetes e oficiais; os músicos pararam de tocar, um alvoroço agitou o recinto, o vulto de Alícia rodopiou e não pôde deter os passos de Jano, a mão dele segurando uma pistola, e o tiro no rosto do filho. O estrondo, as vozes estridentes, em pânico. Mundo no chão...

Acordei suado, o ventilador silencioso na escuridão; os gritos na madrugada vinham da mansão dos Calvado; em seguida ouvi mulheres falando e barulho na piscina. Quando amanheceu, a chuva grossa alagava a servidão e respingava no quarto. Era 25 de dezembro. Fui à saleta e cobri com plástico as costuras e os moldes. A laje do teto da cozinha vedava a água. Armei a rede ali e adormeci na feia manhã em que Jano descia.

13

DEPOIS DA MORTE DE JANO, conversei uma única vez com Mundo, pois o segundo e último encontro foi uma breve despedida no aeroporto, onde meu amigo, sua mãe e Naiá deram adeus à cidade. Partiram apressados, como fugitivos. Alícia não quis celebrar missa de sétimo dia: cumpriu à risca o que prometera, deixando nas mãos de Albino Palha o inventário e a venda das propriedades e de todos os bens.

Na segunda-feira, Mundo não estava no palacete. Naiá sugeriu que no dia seguinte, no fim da tarde, eu fosse até o bar Horizonte, na avenida Beira-Rio. Pude ver, de relance, volumes cobertos por lençóis brancos. Alícia, na urgência de viajar, esvaziava a casa. Senti falta de Fogo e perguntei por ele. Naiá passou a mão nos olhos, ficou muda, entrou.

Na tarde da terça-feira fui a pé ao Mercado Municipal e peguei uma catraia até a Baixa da Égua; cheguei ao bar Horizonte antes das seis. A luz do poente se alastrava pelas águas do Negro, feirantes desciam o barranco para embarcar de volta aos povoados do interior.

Já me impacientava com a demora de Mundo. Uma única lâmpada iluminava o local, e da cozinha vinha um cheiro de fritura, banana e peixe. Virei a cabeça para pedir a conta e deparei com ele, amoitado na última mesa. Inerte na penumbra, parecia um lobo. Deve ter entrado pelos fundos, pensei; ficou esse tempo todo observando, bebendo, matutando. Esquivo como sempre. Acenou, balançando uma folha de papel; mostrou um desenho do interior do bar com uma perspectiva da baía.

"Minha última visão desse rio", disse, me oferecendo o desenho. "Foi Naiá que te avisou que eu vinha, não foi? Ela nunca falha."

Mais magro, cabelo emaranhado. Não vi no seu rosto expressão de tristeza: só fadiga. Lamentei o que acontecera no Novo Eldorado e a queima de todas as coisas dele...

"Meu pai se inspirou no *Campo de cruzes*. Até a roupa barata que a tua tia costurou ele incendiou, não é? Esse era o homem que queria civilizar a Amazônia."

Ingeriu com avidez um copo de cerveja, passou a mão na boca, limpando a espuma e a saliva. Disse que conhecera meu bairro: "Os becos, esconderijos, os quintais, as pessoas e todo o morro da tua infância". Perguntei sobre tio Ran: o que os dois haviam tramado? Por que se esconderam no Morro? Quem tinha espancado meu tio?

"Teu tio me ajudou a construir o *Campo de cruzes*; passamos meses planejando a obra. Ele detestava o projeto das casinhas populares. 'Tocas de bicho', dizia. Teu tio tinha uma birra com Zanda. Me contou que tinha sido perseguido por ele... vingança por causa de mulher... Não quis contar mais... e não sei se minha mãe estava metida nisso. Ranulfo juntou a vingança com a política e se entusiasmou com a minha ideia. Queria molhar as cruzes com querosene e tocar fogo nelas antes do amanhecer, mas os moradores ficaram com medo, não concordaram. Ranulfo roubava sobras de pano da tua tia e tingia tudo de preto. Fomos várias vezes ao Novo Eldorado. Ele reunia umas cinco famílias e falava: 'Vocês foram enganados; prometeram tudo, e olha só que lugar triste... triste e longe do porto...'."

"Ele te ajudou só para atingir teu pai?"

"Me ajudou porque gosta de mim."

"Uma vez meus tios estavam brigando, e Ramira pediu ao tio Ran que me contasse um segredo. Ela disse que tu fazias parte da história..."

Meu amigo inclinou um pouco a cabeça e revelou em voz baixa: "Ranulfo sempre foi louco pela minha mãe, Lavo. Tentei descobrir outras coisas, nenhum dos dois abriu o bico. Discuti com ela e tive coragem pra perguntar se eu podia ser filho dele. Ela deu um pinote, me pediu pra nem pensar nisso. Não sei... O que sei é que ele arriscou a vida e não se dobrou aos pedidos de Alícia. Ficamos escondidos mais de um mês, perto da igreja de São Francisco. Teu tio conhece o povo todo do bairro, do padre ao maloqueiro... conhece as famílias antigas, donos de chácaras e o pessoal que tem banca de jogo do bicho. O Morro era a casa dele. Agora é um formigueiro, bairro em cima de bairro. A gente dormia num barraco de madeira nos fundos da paróquia. Um terreno cheio de árvores, frutas à vontade. Às vezes Ranulfo saía de madrugada e voltava com dinheiro e bebida, não sei como conseguia. Um amigo dele, o Américo, trazia comida do Mercado, a cozinheira preparava o peixe e de manhã trazia café com tapioca e banana frita. Os dias eram longos... Jogávamos dominó, o padre Tadeu emprestava romances e livros de história, e me dava papel e lápis. Eu desenhava e lia o dia todo, mas pouco antes do Natal o sossego acabou. Uns caras estranhos estavam rondando a igreja. O padre quis nos levar para outro bairro, Ranulfo não aceitou. Aí cavei um buraco no quintal, uma cova para guardar as redes, a nossa roupa e os desenhos; cobri com folhas e galhos, teu tio riu... mas a cova nos salvou dos cupinchas de Jano... uns sujeitos da polícia, ligados ao prefeito. Na primeira batida eles entraram na igreja, revistaram tudo... Escutamos a conversa, o interrogatório, os passos. Invadiram o depósito vazio, chegaram pertinho da cova; teu tio tremia de ódio, queria sair e brigar, o valentão. Ele foi se irritando com isso, e saía atrás da minha mãe, louco pra cheirar a saia dela... não aguentava mais. Deve ter contado tudo, em troca de alguma promessa... Mas ela não dedurou, deve ter sido um vizinho... Deram grana gorda para alguém do Morro. Os homens voltaram no meio da madrugada. A cachorrada latiu, foi o primeiro aviso. Depois teve a gritaria na casa do padre, e o louco do teu tio saiu da nossa toca e deu uns berros... foi enfrentar os capangas. Por instinto, trepei numa mangueira e fiquei lá em cima, quieto. Ouvi os urros, as porradas, destruíram o depósito; acharam o penico no quintal e jogaram a merda na cara do teu tio, eram muitos; só pararam quando o padre chegou com os vizinhos; uns três ou quatro meganhas ainda ficaram rondando com uma lanterna; eles queriam me dar um susto... acho que iam quebrar minhas mãos. Um meganha perguntava pelo artista... Não era o Macau, conheço a voz dele. Macau não ia me dedurar. Devia ser um puto qualquer a mando do meu pai e do Zanda. Passei o resto da noite sentado no galho da mangueira. Antes de clarear, o padre Tadeu chegou com a cozinheira, o Américo e uns meninos pobres, coroinhas... Estavam atrás de mim, vasculharam o quintal, acordaram os vizinhos...".

Mundo sorriu com ironia: "Esqueceram de olhar pra cima... Arranquei uma manga e joguei no chão. Nem assim! Quando desci, olharam pra mim como se eu fosse um diabo. Dormi um pouco, tomei café e comi. Conheci moradores da vizinhança, vinham tentar a sorte na banca de jogo do bicho. Gente do Jardim dos Barés e da Cidade das Palhas, um bairro novo, só barracos de ponta de madeira e papelão. E conheci a casa onde minha mãe morou com a irmã dela. Ranulfo disse que a casa era bem menor, outros moradores reformaram e ampliaram. Minha mãe nunca me levou para o Morro, passou a vida querendo esquecer de onde veio. Quando eu pedia pra visitar a casa, ela dizia que não existia mais, tinha sido destruída. No fim da manhã fui à desforra. Era véspera do Natal. Entrei em casa chutando a porta e dei meu esporro, falei alto. De homem pra homem, como ele sempre quis. Toquei no medo dele, ouviu o que não esperava: que era um impotente de corpo e alma... a Vila Amazônia estava falida, só ele não enxergava".

Apontou o dedo torto para o meu peito: "Ainda não terminei. Quero fazer uma obra sobre a Vila Amazônia... Falta a desforra da imaginação, a desforra da arte, Lavo. Vou fazer o diabo com o rosto dele, com a crueldade e a loucura...".

"Com a *tua* loucura, Mundo."

Um par amoroso começou a dançar entre as mesas. Um debruçado no outro, balançavam o corpo, devagar. Calados, observamos os dançarinos no bar daquele bairro pobre da nossa cidade.

Na tarde de sexta-feira, no antigo aeroporto de Ponta Pelada, ele se afastou da mãe e de Naiá, saiu da sala de embarque e me deu um abraço. Quando o Electra prateado decolou, fiquei pensando na promessa de Alícia: depois da morte de Jano, ela nunca mais viria a Manaus... Mas eu ainda tinha esperança de rever Mundo.

No oitavo mês de gravidez, *tua mãe pediu a Jano que adiasse uma viagem à Vila Amazônia. Alícia não fez chantagem, queria apenas que o marido esperasse que ela desse à luz. Uma viagem rápida, disse Jano. O pai dele, o Mattosão, queria dar adeus à propriedade antes de ir de vez para Portugal. Jano, que venerava o pai, não desejava decepcioná-lo: embarcou no* Santa Maria. *Desde essa viagem tua mãe embirrou com a Vila Amazônia. Porque ela nunca o perdoou, talvez tenha até desejado parir na ausência dele. Foi o que aconteceu, e ela nem sequer lhe enviou uma mensagem pela rádio Voz da Amazônia. E, enquanto Jano estava na propriedade — ia passar poucos dias e ficou três semanas com o pai —, tu nasceste prematuro na Beneficente Portuguesa, e eu te conheci no segundo dia de vida. Macau apareceu no Morro pra dar a notícia. Eu, meu cunhado e Raimunda entramos no quarto da maternidade e vimos um bebê com traços da tua mãe, nenhum do teu pai: nem as orelhas, nem os dedos, nada. Passamos a tarde com ela, e eu a beijava enquanto tu mamavas, beijava e lambia o rosto dela na presença de Jonas, de Raimunda e da mocinha que ia cuidar de ti: Naiá. E no dia seguinte ela foi para o palacete, e minha irmã, grávida, ia visitá-la todos os dias. Ela disse que tua mãe ia te batizar de Raimundo, e três meses depois, quando te vi com Alícia e Naiá na praça, me aproximei e te chamei de Mundo e te carreguei no colo. Ela me disse que Jano estava feliz por ter um herdeiro Mattoso, um homem, e não falava em outra coisa, e depois tua mãe percebeu que ele estava envaidecido não com o filho, mas com o herdeiro, até que um dia brigaram por causa da palavra* herdeiro, *que ela não aguentava mais ouvir, como se tu não fosses um bebê e sim um homem à frente da Vila Amazônia. Jano disse: "É o que meu pai mais queria, um neto... um herdeiro, por isso ele te deu tantas joias antes de viajar para Portugal. Joias da minha finada mãe. Se fosse uma menina, não sei...". E, quando Lavo nasceu, minha irmã* e *Alícia se encontravam pra tomar tacacá em frente ao cine Odeon, Raimunda ficava com Lavo, Naiá contigo, e eu e tua mãe entrávamos na sala escura do cinema, namorávamos na última fila como dois adolescentes e saíamos antes do fim do filme; fizemos isso várias vezes em sessões vespertinas de outros cinemas, enquanto teu pai trabalhava para o herdeiro. E, logo que ele chegava em casa e perguntava: "Onde está o herdeiro?", tua mãe dizia: "Nosso filho tem nome: Raimundo, Mundo". Então aconteceu o desastre. Jano quis festejar teu primeiro aniversário na Vila Amazônia, e os jornais noticiaram que ele contratara um cinegrafista português e um fotógrafo alemão que trabalhavam para as famílias mais ricas de Manaus. Para desespero de tua mãe, o título do artigo era "Vila Amazônia festeja primeiro aniversário do herdeiro Mattoso". Na tarde da festa Jano distribuiu víveres aos empregados que iam te dar parabéns e posar para as lentes na varanda da casa. No galpão arruinado do antigo* kaikan *eles se fartaram de tanta comida e guaraná, mas Jano proibira música, dança e bebida alcoólica. Uma semana depois, a imprensa começou a publicar essas notícias e algumas fotografias: tu, com um ano de idade, sentado num monte de castanhas; de pé, entre fardos de juta; deitado num bote de borracha que flutuava na piscina; no colo do doutor Kazuma; vestido de branco com uma gravatinha-borboleta, sendo abençoado pelo arcebispo no interior da catedral de Parintins; com teus pais e Naiá na sala da casa, uma foto grande em que Alícia te segurava no colo e Jano apontava para tua cabeça. Vocês ficaram um mês por lá, e tua mãe só soube da tragédia quando voltou à cidade. Estava exausta e perturbada de tanto assistir a cenas absurdas e ouvir Jano dizer, a cada visitante, que tu serias o maior exportador da região. Quando contei para Alícia o naufrágio do* Fé em Deus *perto do paraná da Eva, ela chorou com tremedeira, o que me surpreendeu, pois era forte, tinha osso no coração. Nem quando tu estavas na clínica ela chorou tanto, aliás, nem chorou, certa de que tu ias viver. Disse que minha irmã Raimunda era sua única amiga, quase uma mãe para ela. Sempre me perguntava: "Como está o Lavo?", ela queria que vocês fossem amigos. Ramira pensava que eu roubava os brinquedos e livros que dava para Lavo, mas eu os comprava com dinheiro de Alícia, o dinheiro que Jano dava pra tua mãe; aí minha irmã desconfiou e não aceitou mais nada, ela jurou que ia se matar de trabalhar pra educar o sobrinho, e, quando Lavo era criança e morava no Morro, ela não desgrudava dele, o acompanhava até a escola primária, o proibia de ir sozinho ao centro; por isso que só quando se mudaram para a Vila da Ópera é que Lavo fez amizade contigo. E isso também Ramira nunca quis. Desde a época em que eu namorava tua mãe, ela odiava os nossos encontros em casa e nos arraiais do Morro, invejava nossas viagens e pescarias, sempre invejou o riso de Alícia, e embirrava contigo antes mesmo de te conhecer. Reprovava até o teu nome: "Não sei por que essa mulher batizou o filho de Raimundo, é o masculino do nome da minha finada irmã", dizia. Ramira tinha certeza que tu ias me desprezar, sempre torceu por isso, e perdeu a aposta: eu e tu fomos pai e filho... Percebi que ias ser um artista quando tua mãe me mostrou os desenhos que fazias em dias de chuva, sozinho, trancado no subsolo do palacete. Certa vez, perguntei a origem de uma cicatriz na tua mão direita, tu ficaste calado e depois disseste: "Minha mãe nunca me falou como surgiu...".*

14

QUANDO DEIXEI a Vila da Ópera para morar numa casa perto do igarapé de Manaus, tio Ran já dava seus primeiros passos: apoiava-se numa forquilha, mancava e saltitava, fingindo sentir dores horríveis, para que a irmã lhe servisse de muleta. Ramira o amparou, lhe deu os dois braços e, de sobra, as rabugices de carola. Ela rezava pela alma de Jano, enquanto Ranulfo esperava cartas de Alícia. De tanto meu tio alardear que ia viver como um nababo no Rio, os conhecidos de bares e os jogadores de dominó das praças zombavam dele: "Cadê a viúva Alícia Dalemer Mattoso?"; "Quando vais morar em Copacabana?"; "O Ranulfo vai herdar as tartarugas da Vila Amazônia...".

Ramira jurava que ele nunca recebera nem um bilhete do Rio, nem um telegrama. Nada. No entanto, penso que meu tio se comunicava às escondidas com Alícia ou Naiá; ele silenciava sobre esses contatos, e aos poucos fui percebendo que eu e Ranulfo recebíamos notícias ao mesmo tempo coincidentes, incompletas e desencontradas a respeito de Mundo. E até hoje não sei ao certo quem foi o artífice dessa confusão.

Mantive com meu amigo uma estranha correspondência: ele não respondia aos assuntos que eu comentava nas cartas. Queria passar seis meses no Rio com a mãe e Naiá, mas antecipara sua ida à Europa porque fora preso durante um protesto contra a censura em frente à Biblioteca Nacional:

Preso, e depois internado num hospício, Lavo... Fui sedado, amarrado... Quando Alícia me viu daquele jeito, disse que era melhor eu viajar e seguir minha carreira de artista na Europa. Não gosto de vê-la jogar e beber até o amanhecer dos domingos... com olheiras... A viúva que mais perde no carteado... perde até a beleza... De noite seu olhar muda, os olhos de ressaca se acendem, ávidos ao anoitecer, e exaustos na madrugada. Acorda depois do almoço, fica sozinha, angustiada, bebendo, ansiosa pelo próximo carteado... Eu e Naiá quisemos levá-la ao Arpoador, ao Jardim Botânico, à Urca, ao largo da Carioca, ao Saara, até a Petrópolis, mas ela não arreda o pé do Labourdett. A sala do apartamento virou um cassino, Naiá serve o jantar aos jogadores e passa a madrugada oferecendo-lhes café e bebida. E ainda tem tempo e vontade pra me mimar, entra no meu quarto e deixa na cama uma travessa cheia de tapioquinha com manteiga, como fazia em Manaus. Vejo minha mãe preencher cheques, o dinheiro da venda das propriedades vai sumir nessas madrugadas. Quando fui preso e internado, ela e Naiá me visitaram. Minha mãe não quis entender o que acontecera. Disse que eu tinha sido preso porque estava drogado, que ia virar um delinquente, que bastava o vexame a que ela se submetera em Manaus, onde a imprensa havia me desmoralizado. Percebi que estava de ressaca e com raiva de ter saído da cama. Devo ser um fardo para sua vida, pensei, depois que ela perguntou, no hospício: "Onde está tua roupa? Por que essa cara de múmia?". Disse a ela que ia viajar pra Berlim Ocidental com pouco dinheiro... ia morar no ateliê de Alex Flem. Ela admirou minha coragem e até me incentivou: "Já podes caminhar sozinho", disse.

Mundo escreveu que sentia saudades de mim e do meu tio, e que desenhava os esboços de uma sequência de quadros intitulada *Capital na selva*, "pinturas da calçada da Castanhola, retratos de mulheres e meninas que tão cedo não vou ver, ouvir, nem tocar".

Perguntei a tio Ran se sabia que Mundo fora preso e internado. Ele reagiu como um bicho ferido: "Claro que sei".

"Telefonei várias vezes, mas ninguém atende no Labourdett", eu disse.

"Não adianta telefonar pro Labourdett", disse ele, como se

conhecesse algum segredo. "A prisão de Mundo é uma vingança de Zanda... Esse prefeito de merda tem parceiros no Rio, e é capaz de perseguir e punir quem ele quiser."

Longe de Alícia e de seu filho, Ranulfo parecia tomado por uma sensação de impotência que o transtornava ainda mais. A ausência de Mundo deixara um vazio que eu e tio Ran nunca havíamos sentido. Dava-me tristeza rever os vários lugares da cidade que tínhamos frequentado juntos. Mesmo longe, Mundo e Alícia continuaram presentes em nossa vida e nas conversas na Vila da Ópera, aonde eu ia ver meus tios e pegar a correspondência do meu amigo.

A novidade era a posição da máquina de costura: agora minha tia trabalhava de costas para a servidão e de frente para o pequeno pátio, que ela enchera de avencas e tajás. Assim evitava dar de cara com o irmão cada vez que ele cruzava a sala ou saía.

"Ainda brigam muito?"

"Sem olhar na cara do outro", respondeu, sem pestanejar.

Quando eu chegava, ela largava panos e agulhas, e me servia torta de castanha e guaraná. Derretia-se para mim, virou uma santa para o sobrinho, que, antes de ir embora, deixava umas cédulas na mesa atulhada de tecidos. Desconfiei que estava perdendo clientes quando me perguntou, meio contrariada: "No escritório ou no Tribunal... os advogados... doutores e mulheres... não precisam de um terno, uma toga, um conjuntinho?".

Ramira deixou escapar que Ranulfo pegava parte do meu dinheiro e ia torrá-lo em noitadas na boate dos Ingleses, onde tentava compensar a ausência da mulher que amava. Quando ele me via, se fingia ocupado, andava pra lá e pra cá com passos curtos, vigiado por minha tia: um olho na agulha, o outro no irmão. As cacetadas que levara dos capangas de Jano marcaram os braços dele com cicatrizes longas e finas. E uma estria grossa, perto do nariz, lhe dava um ar de homem irascível e assustado. Mesmo assim, não perdera o jeito insolente, torpe, de se dirigir aos outros, e também a mim: "E as chicanas judiciais? Já começaste a aplicar as leis?".

Como eu não respondia, continuava: "Não tem lei porra nenhuma, rapaz. Tudo depende das circunstâncias: o réu tem ou não tem grana. Amigo togado também serve. Essa é a lei, o princípio e o fim de todas as sentenças".

Essas palavras davam uma certa dignidade a tio Ran: a grandeza de um ser revoltado. Não sei se falava por despeito ou apenas para me humilhar. Talvez pensasse isso mesmo de minha profissão e de toda a humanidade.

O meu quarto, que agora ele ocupava, era um caos fedorento. Ranulfo largava tudo no chão, que nem criança, e, na mesinha onde eu havia lido e estudado tantas leis e códigos, vi um bloco de papel de carta, folhas amassadas e uma foto em que ele e Alícia se beijavam no convés do *Fé em Deus*. No verso, escrito a lápis: "Última viagem ao paraná da Eva, maio, 1951".

"Mais de vinte anos depois ele ainda sonha com aquela mulher", disse Ramira, quando lhe contei que vira a foto. "Jano tinha razão para desconfiar de todos os homens que jogavam naquela casa. Só o cachorro..."

Desgrudou da cadeira, pegou um retalho e assoou o nariz.

"Só o cachorro...", repetiu.

Estendeu um corte de linho preto, tentando disfarçar o descontrole. Começou a contar que de manhã, ao passar em frente ao palacete, tinha visto a placa de uma empresa de demolição. "E sabes quem estava na calçada? Aquele gigante, o Palha... Conversava com três homens, gente de fora, do Sul. Ou estrangeiros. Apontavam aqueles edifícios horrorosos no centro, perto do teatro Amazonas. Quando foram embora, entrei. Nunca tinha pisado naquele jardim. A trepadeira estava seca, as azaleias também. Arrancaram o caramanchão. Uma pena! Antes eu passava por lá e sentia o cheiro... parava para cheirar os copos-de-leite. Lá de baixo dava para ver as paredes e o teto do quarto. Sei que Jano dormia sozinho, ele e o cachorro. A falsa da Naiá me contava essas coisas. O jardim da frente, meu Deus!, cheio de entulho, a grama morta. Olhei para a soleira e não acreditei... O bichinho estava ali, com as patas esticadas, querendo entrar... Era só o esqueleto de Fogo... a pelanca amarela e seca... Coitado! Acho que jogaram ele no mato, e ele voltou; morreu na soleira, com saudades do dono..."

Fui atrás da carcaça de Fogo, não a encontrei. Outro esqueleto, muito maior, se destroçava e prometia virar ruínas. O palacete de Jano já estava destelhado, janelas e portas arrancadas. Vi pela última vez a *A glorificação das belas-artes na Amazônia* no teto da sala: com cortes de formão e marteladas os operários a destruíram. O estuque caiu e se espatifou como uma casca de ovo; no assoalho se espalharam cacos de musas, cavaletes e liras, que os homens varriam, ensacavam e jogavam no jardim cheio de entulho; pedi a um demolidor um pedaço da pintura com o desenho de um pincel. "Pode levar todo esse lixo", disse ele, tossindo na poeira.

Apanhei só o pincel com a assinatura de De Angelis, como lembrança. Depois me dirigi ao Tribunal. Enquanto subia a avenida Eduardo Ribeiro, Arana, de terno e gravata, veio andando em minha direção, medindo os passos como um equilibrista; parou sob um oitizeiro e jogou moedas aos mendigos deitados na calçada. A uns dez metros de mim, abriu os braços compridos e gordos. "Grande doutor e magistrado", gritou com voz reverencial, sabendo que esses epítetos me irritavam. Foi logo tirando do bolso um desenho e um envelope: "Nosso amigo cosmopolita se lembrou do velho Arana". Mostrou uma carta enviada de Colônia e um desenho: "Isso não parece um dos meus trabalhos? Aquela sequência de ciclos brasileiros que vendi a um colecionador francês?".

"E se parecer?", perguntei. "Tudo parece com alguma coisa."

"Não digo que seja só imitação. Quer dizer, em algum momento da vida, um jovem imita um grande artista."

Observei o desenho e balancei a cabeça, impaciente. Arana entendeu que eu havia concordado. Então mencionei o recurso no Tribunal: hora marcada, eu estava com pressa.

Seguimos caminho. Ele continuou: "Sabes o que diz na carta? Que está indo a exposições na Alemanha, visitando museus, conhecendo artistas".

"Mundo virou um viajante esnobe", eu disse, rindo.

Ele olhou para mim, tentando decifrar o riso.

Paramos em frente ao Tribunal. Da sombra do oitizeiro uma mulher idosa veio rastejando; ficou agachada aos pés de Arana e lhe puxou a bainha da calça. Ele deu um coice no braço da velha, que caiu de costas. Ela ergueu a cabeça: "Doutor de merda".

"Um inferno! Não me deixam em paz", disse ele, os olhos no chão. "Todo domingo o pessoal do bairro vai ciscar comida no ateliê. Não me sinto culpado por tanta desgraça. Quando Mundo foi se despedir de mim, não gostou de ouvir isso..."

"Ele passou no ateliê?"

"Uma manhã inteira... Escutei as acusações dele no dia de Natal. Eu não quis discutir por respeito ao morto. Jano estava sendo enterrado..."

Virou a cabeça: pressentira a sombra da mulher aos pés dele, e me puxou para perto da parede; tirou da carteira uma cédula, a dobrou e atirou ao tronco da árvore. Olhou para a roda de mendigos e fez uma careta de asco: leprosos. Enxugou a boca com um lenço.

"Mundo contou como se escondeu com o teu tio e como enfrentou Jano. Pediu desculpas pelos livros queimados. O pai dele... aquele demente... que Deus o tenha. Mas Mundo parecia culpado por alguma coisa muito mais grave. O pai morreu, mas a mãe... Ele não vai aguentar ficar longe dela por muito tempo."

Espreitou os corpos perto do oitizeiro. A mulher pressionava com a mão o braço machucado. Na sombra oito olhos se fixavam no rosto de Arana.

"Bom, estás com pressa. Também tenho um encontro com meus clientes. Mas eu te garanto, doutor Lavo: Mundo não vai demorar, em menos de um ano ele está de volta."

Ele tinha certeza de que Mundo voltaria a Manaus para

vê-lo, e isso me deixava confuso. Fazia mais de dois anos que meu amigo morava na Europa, e em nenhuma carta falara em regressar. Talvez não vivesse da herança do pai, pois contou que lavava pratos num bar latino-americano em Berlim, e que comprava tinta e papel com o dinheiro da venda de suas obras em bares e restaurantes. Morava de graça no ateliê de Alex Flem em Kreuzberg e, no verão, ia nadar numa piscina pública de Charlottenburg, um luxo art déco, com água morna e pinturas no teto. Ou então na Spreewald, perto do ateliê. Quando Alex vendia uns quadros, podia passar uma semana no Brasil. Mas não ele: "O Brasil começa a ficar distante, Lavo. E o Amazonas, só na memória". Num cartão-postal, anexou o desenho de uma caricatura de Arana, deitado numa rede, no jardim do ateliê, cercado de meninos pobres. "O descanso do impostor", escreveu ao lado.

Agora, Arana transformava toras de mogno em animais enormes, que nem metiam medo, nem surpreendiam, nem emocionavam. Suas telas, que traziam paisagens com caboclas e índias nuas, a pele acobreada e um sorriso complacente, eram pastiches pobres de Gauguin e das pinturas do salão nobre do Teatro Amazonas. A técnica não era menos impecável que o exotismo. Num dos quadros, uma plateia de índios extasiados assistia a uma ópera.

Contemplei essas obras na época em que Mundo estava de mudança para Londres. Na manhã de um domingo, eu examinava os autos de um processo, em casa, quando Arana chegou de surpresa, com a intimidade de um velho amigo: usava uma bermuda verde e uma camisa folgada, em cores papagaiadas, que escondia a pança. Arrastou-me para o ateliê.

Uma lancha azul nos esperava no Manaus Harbour. Nas duas curvaturas da proa, o nome da embarcação em letras brancas: *O Artista da Ilha*. Navegou velozmente ao largo da baía antes de entrar no igarapé de São Raimundo. Ele queria mostrar o galpão no fundo do quintal e a reforma da casa. Agora as ferramentas e máquinas estavam no novo ateliê. A sala crescera para um lado, onde terminava numa piscina em forma de trevo; o efeito da refração e a água de uma cascata artificial davam volume e movimento ao mosaico de animais amazônicos no fundo. Mais adiante, um caminho cercado por um taquaral conduzia ao galpão. Senti o cheiro de madeira verde, de benzina. E também cheiro de terra, folhagem, umidade. No meio do recinto, uma pequena floresta transplantada, isolada por placas de vidro e com uma abertura para o céu, se misturava com as árvores do quintal. Arana me convidou a entrar. A maior novidade vinha do alto: bichos empalhados, imensos e tristes, presos por fios de tucum amarrados nas vigas de aço. Flutuavam, encerrados em caixas também de vidro, como seres sequestrados da floresta e imobilizados para sempre. Por um momento ficamos imóveis, escutando o canto de algum pássaro intruso que mergulhava na vegetação e escapava pela abertura. Alguma coisa me incomodou, então percebi que ali, no centro, todos os animais nos fitavam. A luz incidente nas placas acendia seus olhos, que brilhavam na penumbra. Isso tudo tem algo de tétrico, pensei; uma decoração macabra, nada mais. Ouvi um risinho diabólico e logo a voz: "Quando chove, eles ficam encantados. Entram na minha floresta e se sentem no Paraíso".

"Eles quem?"

"Os visitantes... Turistas. Vão chegar no meio da tarde."

Ao ouvir isso, me apressei para ver os quadros de que Arana tanto se orgulhava. Quatro em cada parede lateral: oito painéis de uma "sequência amazônica".

Ele explicou que os painéis ficavam expostos aos domingos, quando os visitantes escolhiam os modelos, que depois eram embalados e enviados a eles. Pensava em pintar uma série que intitularia *A redescoberta do Paraíso*, baseada na ideia de que a origem e o futuro do Brasil se encontram na Amazônia.

"O problema é que a pintura dos painéis é um trabalho solitário...", lamentou. "Os rapazes me ajudam no corte e acabamento dos objetos esculpidos. Mas a pintura... só eu mesmo. Os motivos nascem com a gente, e a escolha das cores, as pinceladas, a luminosidade e a perspectiva, tudo depende de um único indivíduo: o artista."

O galpão esquentava que nem estufa, senti os latejos de uma enxaqueca, não suportava mais a voz de Arana nem a visão da floresta e da fauna artificial. Na sala, ele ligou os aparelhos de ar condicionado e mostrou uns esboços que Mundo pensava ter perdido. Lembro que em vários períodos de folga do internato meu amigo trabalhara naquela obra. Primeiro tinha desenhado numa tela o mapa da Amazônia datado de 1889 e escrevera muitos nomes indígenas, com uma cruz ao lado de cada tribo; em seguida, no centro da tela, havia composto um grande círculo com sementes verdes e amarelas recortado por folhas secas e ossos de pássaros. Arana, eufórico diante daquele círculo, exclamara: "O olho do Amazonas".

"Não. O ogro da pátria", corrigira Mundo.

"Ajudei teu amigo a construir essa obra", disse Arana, segurando as folhas de papel. "Ajudei com ideias e com as mãos. Quando terminamos, ele destruiu tudo. Estava enfurecido, rasgou a tela, chutou os ossos, as sementes. Depois deu no pé."

"Mundo criticava com raiva o que ele fazia...", observei.

"Se fosse só isso, vá lá", disse Arana. "Uns meses antes da morte de Jano, não parou de criticar tudo o que *eu* fazia. Uma vez, brincando, perguntei se queria ser o autor de obras destruídas. Sabes o que respondeu? 'Esse é um artista verdadeiro.'"

Olhei para a água barrenta e suja do igarapé, para os casebres, para a gente pobre da beira do rio, e pensei no meu amigo em Berlim.

Já passava das duas da tarde, minha cabeça não parava de latejar. Não aceitei a carona de volta. Chamei um catraieiro, e, quando entrei na canoa, Arana pisou na tábua da proa e curvou o corpo: "Sabias que Mundo está na pendura?".

Neguei com um gesto: ele não me contara.

"Está penando para viver na Europa... A mãe deve estar lisa."

Segurou o remo, tentando me deter mais um pouco. "Um bom advogado deve conhecer um bom doleiro", prosseguiu, com voz de cúmplice. "Quero mandar dinheiro para o teu amigo. Um doleiro experiente faz esse serviço. Não tenho o endereço, Lavo. O sacana não quer mais saber de mim. Orgulho... ou arrogância de artista jovem. Tanto faz. O importante é o dinheiro chegar nas mãos dele."

Não esperou minha pergunta.

"Deves dizer a ele que o dinheiro é teu. Tu és o único amigo de Mundo nesta cidade. Teu tio não conta, é um iludido. Mundo não se corresponde com mais ninguém. Nunca te pedi nada, doutor Lavo. Manda esse dinheiro..."

Virou a cabeça para a água barrenta, revelando uma preocupação sincera.

"Mundo anda confuso... acho que está baqueado... perdido", disse, com tristeza.

Baqueado? Alguma doença?

Desatou a corda, enfiou a mão no bolso e me entregou um envelope. Insisti: por que estava perdido? como ficara sabendo?

Arana entrou na água, empurrou com força a canoa e me encarou, sério. Mais da metade do corpo imergia na água suja. Só a cabeça parecia impoluta: o rosto austero e ambicioso à frente da casa e dos empregados.

Como é que Arana estava a par da situação de Mundo? Podia ser mais uma artimanha dele. Ao abrir o envelope, me espantei com o valor do cheque; o catraieiro percebeu e parou de remar. Virei o corpo para a ilhota: Arana continuava na beira do rio, olhando para a canoa, como se adivinhasse minha reação. Talvez quisesse pagar a passagem de Mundo para Manaus, ou pagar dívidas que eu desconhecia. O fedor da água e das latrinas dos casebres era insuportável, e aquela quantia, uma aberração na paisagem devastada. O que Mundo ia pensar? O órfão se tornara advogado de empresas estrangeiras que mantêm laços estreitos com burocratas do governo. Mais que um julgamento moral do meu amigo, eu temia um golpe insidioso de Arana.

15

Consultei doleiros, a remessa não era difícil. Decidi rasgar o cheque e devolvê-lo a Arana. Mandei um catraieiro levar ao "artista da ilha" o envelope, ao qual anexei um bilhete: "Mundo se extraviou".

Fiz isso depois de ler na Vila da Ópera uma carta que Mundo enviara de Dover: a exposição que ia fazer em Berlim fora cancelada, e ele tivera de deixar a Alemanha, pois temia ser processado ou deportado. Contou que durante cinco dias havia trabalhado na montagem da mostra na Die Ursache, uma pequena galeria de Kreuzberg, onde terminaria algumas obras da exposição; conversava com a mãe seis, sete horas por dia; às vezes, adormecia com o fone no peito, os funcionários o encontravam de manhã falando em português e ouviam a mesma língua quando se despediam.

Falei mais de trinta horas com o Brasil, quer dizer, eu falava e minha mãe escutava: um monólogo. Não ouvi nenhuma palavra de afeto, Lavo. Nenhum sopro de amor... o que aqui se diz: *Liebeshauch*. Minha mãe desligava, e eu tornava a ligar. Quando amanhecia em Berlim, ela já estava embriagada no meio da noite, lá no Rio...

Teve de dar parte de sua obra à galeria para pagar a conta de telefone; ainda tentou fazer ligações gratuitas para o Brasil, instalando gambiarra ou colocando moedas de gelo em telefones públicos. Sabia que a mãe estava deprimida, entregue à bebida e ao jogo:

Ela está se acabando, acho que nós dois estamos... Mesmo assim, vou para a Inglaterra. Consegui vender três das cinco pinturas da sequência *Capital na selva*. Dois rostos da mesma mulher num quarto da pensão Marapatá e na cabine de um barco encalhado para sempre num estaleiro dos Educandos. O terceiro quadro é o rosto misterioso da minha mãe... Escrevo de Dover, a caminho de Londres.

Eu não duvidava mais do que meu tio tantas vezes dissera sobre Arana. No entanto, Ranulfo podia ter exagerado, pois havia uma rivalidade entre os dois, um conflito de caráter e situação social; Arana subira vários degraus e aspirava ao topo da escada, enquanto meu tio só descera, e continuava a descer.

Mal acabara de ler a carta quando tio Ran deu um bote meio trôpego e abanou o jornal na minha cara: "Não te disse? Olha só o artista revolucionário! Um patife, isso sim".

Amassou as folhas e chutou a bola de papel contra a parede; ouvi as pedaladas firmes de Ramira na máquina de costura; logo o zunido metálico cessou, e Ranulfo encheu a saleta com uma arfada de ódio, impotência e desespero.

"Mas é um homem que se sustenta", soprou minha tia.

"Um homem! Para ti, o Jano também era um exemplo de homem", disse Ranulfo. "Conta pro nosso sobrinho advogado quem é o Arana."

Já não brigavam em silêncio; pareciam afiados para o bate-boca. Vivos de novo, pensei.

"Tu é que estás muito mais próximo dessa cachorrada", acusou ela, como se fosse destravar a língua. "Diz para o Lavo, na minha frente... agora que a viúva está sem um tostão e não quer nada contigo. Nunca te escreveu uma linha."

Ranulfo só faltou derrubar a irmã com o olhar; ela se pôs de pé e ergueu as sobrancelhas. Ele não reagiu: foi ficando submisso, se desfibrou, queixo no peito; tia Ramira remexeu na mesa, fisgou uma calça e uma camisa e jogou no chão, perto dele.

"Veste isso", ordenou, esquadrinhando-o da cabeça aos pés. "Estás um trapo... feio e magricelo."

Ele obedeceu; foi até o quarto e reapareceu de roupa nova,

frouxa e solta no corpo magro; os sapatos de sempre. Saiu sem falar conosco.

"Ele volta para comer", disse tia Ramira. "Só gasta com bebida. Está economizando... Pôs na cabeça que a viúva está esperando ele no Rio."

"Não estou falando disso. Queria saber da história que tio Ran não contou."

"Ah... eu não sei tudo, e tu não vais achar nada nos jornais velhos."

Deixei um dinheiro na mesa dos tecidos. Ela esticou o pescoço, ávida para ver as cédulas.

"De que cachorrada ele falava?", perguntei, impaciente.

"O que eu sei não preciso esconder..."

Apanhei o jornal amassado e me plantei perto da porta.

"Toda essa sujeira tem que ver com o teu amigo", disse Ramira. "Um dia ele vai descobrir."

Recuou um passo, sorrindo maldosa para o meu rosto sufocado de tanta curiosidade.

"Não é uma certeza, Lavo. É só uma intuição..."

Ela observou os selos do envelope que eu segurava e prosseguiu, com a mesma serenidade, mas ferina. "Ele já está na Inglaterra? Queimando a Vila Amazônia na Europa... Isso é que é um grande filho..."

Fosse ela menos carola, teria dito "um grande filho duma puta", mas a voz de cainçada e a expressão dura ofendiam mais que esse e outros palavrões.

"Faz tempo que moras sozinho. Por que teu amigo só manda carta pra cá? Vai ver que ele sente saudades do teu tio, não de ti. Agora tenho que voltar aos meus panos."

Não sei quantas cartas enviei ao ateliê de Alex Flem, na Oranienstrasse. Cartas longas, em que fazia muitas perguntas sobre a vida na Europa, evocava passagens da época do Pedro II e dava notícias da situação política no Brasil e do caos de Manaus. Quando ele fazia viagens breves para visitar um museu, começava assim:

Te escrevo de Madri: Goya e Velázquez... Francis Bacon é o espelho deformador de Velázquez... Amanhã vou a Toledo, quero ver as obras de El Greco... Te escrevo de Barcelona: Miró... Assisti a uma peça espetacular do grupo Els Comediants na praça da Catalunha.

Desde que deixara o Brasil, nenhuma alusão às minhas cartas. Mas naquele dia, quando sentei num banco da praça São Sebastião, entre o teatro Amazonas e a Casa Africana, quis realmente que ele respondesse à carta que enviara ao seu endereço londrino. De frente para as naus de bronze do monumento, onde vi Mundo desenhar um barco adernado e à deriva, li num jornal a reportagem que tanto exasperara Ranulfo. Ao lado do texto, uma fotografia de Arana com um sujeito que acabara de voltar do exílio. Os mais velhos conheciam a honrosa biografia daquele "exilado": um político cassado em 1964 pelo governo militar, não por suas ideias, mas por sua riqueza súbita, exorbitante e inexplicável. Na foto, os braços abertos de um gesto triunfante; meio palmo da folha fora usurpado por uma risada ameaçadora, voraz, num rosto inchado. Arana lhe oferecera uma pintura com a bandeira do Amazonas. "Um quadro do nosso futuro, com pinceladas de esperança e liberdade. Uma mensagem artística aos jovens da nossa terra", dissera ele.

Não fora apenas essa recepção calorosa a um escroque que exasperara meu tio, mas também a menção do nome de Mundo. No fim da matéria Arana afirmara que seu ex-discípulo viria ao Brasil em dezembro: ia expor numa galeria do Rio e em seguida no "ateliê da ilha", em Manaus.

O que Arana pretendia ao declarar esse absurdo? Duas semanas depois, pensei em peitar o impostor, lhe mostrar o cartão-postal que Mundo me enviara de Londres:

Tão cedo não volto ao Brasil. Faço uns trabalhos maçantes e idiotas para sobreviver, mas consegui um teto num bairro operário, sudeste de Londres. As aulas de mrs. Holly Hern na chácara da Vila Municipal me ajudaram. Tenho planos e novidades, prometo que um dia escrevo uma carta contando tudo.

De junho a setembro me enviou num mesmo envelope dois postais, um da National Gallery, o outro da Tate. Encontrara Francis Bacon num pub e pretendia visitar seu ateliê. Num dos cartões escreveu:

> Arana bem que tentou inocular na minha cabeça o veneno de uma "arte amazônica autêntica e pura", mas agora estou imunizado contra as suas preleções. Nada é puro, autêntico, original... Planejo desenvolver uma obra sobre a Vila Amazônia. Quero usar a roupa e os dejetos do meu pai. Uma ideia que tive em Berlim, quando andava pelo Tiergarten...

Roupa e dejetos de Jano? O que Mundo queria dizer com isso? Em outubro recebi sua última carta da Europa...

16

Brixton, Londres

8-18 de outubro, 1977

Malditos papeletes, Lavo! E malditas palavras emperradas, frases travadas... Desenhar é minha sina, escrever é um martírio... Como será para os advogados? Quem redige os autos de um processo: vocês ou os escribas? Se eu não começar a rabiscar agora, nunca mais... Vou escrever em ritmo de conta-gotas, meia página por dia. Europa: três anos aqui e apenas dois amigos, talvez três, se eu contar Mona. Minha reclusão não é atributo da geografia, mas a vida seria mais penosa sem certas coincidências, sem os amigos e a memória. Em abril, quando desembarquei na Kings Cross, fiquei perdido, sem saber pra onde ir. Tudo começou na noite de despedida em Berlim, eu e Alex bebíamos no ateliê da Oranienstrasse... Alex ia passar um mês na França: Paris, Poitiers, Lyon, Arles, Montpellier, Aix-en-Provence... Parecia contente, e não era uma alegria do conhaque cotidiano: a França e suas galerias abriam as portas para o artista brasileiro de Kreuzberg. Alex disse que eu podia ficar morando no ateliê. "Podes usar tinta, pincel, rolo, papel e tela à vontade, mas não o telefone para insultar tua mãe", ele disse, jogando no meu colo uma cópia da chave. Devolvi o chaveiro e avisei logo de cara: "Alex, vou cair fora, quero morar em Londres. Fracassei no continente, quem sabe se na ilha... Vou de trem a Ostend e pego um ferry pra Dover". Eu já devia mais de oitocentos marcos para Alex, mas seu olhar não foi de cobrança, e sim de saudade: intuiu que eu não voltaria, e no rosto dele a alegria deu lugar à dúvida e ao temor, a mesma expressão das figuras desnorteadas e errantes de seus painéis e colagens. "Em Londres podes ficar na casa de uma grande amiga", ele disse. "Eu e Mona participamos de uma exposição aqui na mesma galeria que te expulsou, a Ursache." Alex me ofereceu mais uma dose de conhaque e escreveu o endereço de Mona num papelete que eu perdi e só na Kings Cross é que fui me dar conta que tinha perdido. Brixton: a única palavra que a memória havia pinçado no maldito papelete. Sem dinheiro para voltar e sem um Alex Flem sob o céu de abril, fiquei sabendo que Brixton era um bairro distante, ao sul do Tâmisa. Então fiz minha primeira viagem de ônibus em Londres, e esse foi só o começo de uma descoberta, porque do alto do ônibus a cidade me pareceu infinita. Peguei o número 2 na Charing Cross Road, o vermelhão atravessou o Tâmisa pela Westminster e seguiu até Stockwell. Saltei em Brixton, esquina com a Atlantic, e caminhei a esmo, puxando a maleta com uma corda. Passei por ruas tristes e sombrias, que me conduziram a um parque onde havia africanos e antilhanos deitados com os filhos, e outros cantavam ou conversavam ou batiam bola. Subi um morrote e avistei um edifício que lembrava uma imensa masmorra medieval. Saí do parque, subi a Brixton Road, e uma hora depois parei diante de um edifício vermelho parecido com o da Alfândega de Manaus, e me perguntei se já não tinha passado por ali. Estava de novo na Atlantic Road, e nada de Mona. Então pensei na avenida Atlântica e na minha mãe na varanda do Labourdett, e senti a melancolia do ferry-boat misturada com o sentimento de mais uma derrota. Com fome e a garganta ralada entrei pela primeira vez num pub. Devorei um prato de purê de batata com carne moída, matei a sede com uma cerveja e contei as seis libras que me restavam. Ali mesmo abri a maleta e tirei dois desenhos das mulheres da Castanhola. Observei o rosto de cada cantora do cabaré a céu aberto, e lembrei das tardes e noites que parecem pertencer a outro tempo. A Castanhola ainda existe? Fui de mesa em mesa, tentando vender os desenhos, e nada. Seis libras no bolso, e angustiado até o tutano... Alex Flem flanando na França... Se eu pudesse, iria agora mesmo ao aeroporto e voaria para o Brasil, foi o que pensei naquele momento. A volta seria uma capitulação. Se ao menos lembrasse do sobrenome de Mona... Saí do pub e segui um grupo de imigrantes africanos até a esquina da Brixton Road, e continuei a segui-los sem saber por quê, ou sabendo que eles também estavam perdidos. Me juntei a eles, e caminhamos lado a lado durante uns minutos; quando entramos numa rua barulhenta, o grupo se afastou de mim e prossegui sozinho; então senti, pela primeira vez em Londres, alguma coisa íntima: um cheiro que só o porto quente e úmido da infância exala. Um pedaço das Antilhas, da África e da Amazônia se espalhava nos pequenos empórios e nas tendas que vendiam quiabo, farinha de mandioca, azeite de dendê, melancia... No outro lado da rua uma mulher alta e vistosa oferecia pedaços de uma fruta de casca verde. Segurava a fruta partida ao meio. Me aproximei: de onde ela era? "Georgetown, Guiana", sorriu. Encarei os olhos escuros e senti o cheiro da polpa, e pude ver por inteiro o corpo de Naiá com um copo de suco de graviola nas tardes em que ficávamos sozinhos na casa de Manaus e eu sempre perguntava pela minha mãe e Naiá respondia: "Foi fazer uma visitinha, volta logo", mas Alícia só chegava pouco antes do meu pai, entrava no banheiro e vinha falar comigo enrolada numa toalha, o rosto de felicidade, a voz perguntando: "Naiá trouxe o teu suco de graviola?". Fiquei por ali, observando as pessoas, cheirando frutas familiares, até retomar a caminhada e dar de cara com o nome de uma rua que atiçou a imagem do meu pai: Villa Road. Sobrados elegantes, de estilo georgiano... Não lembravam o casarão da Vila Amazônia, mas esse nome, Villa Road, soava como um estampido na memória. Fui atraído por uma agitação: um muro alto estava sendo derrubado, carrinhos de mão cheios de tijolos e galhos se enfileiravam na calçada. Parei na porta de um sobrado e fiquei olhando para um cara magro, meio corcunda e muito simpático. Ele segurava uma filmadora que parecia de brinquedo. O desespero ia me impelir a perguntar por Mona, mas ele focou meu rosto e disse em inglês: "Faça o quiser, fale o que quiser...". Com a voz cansada, falei umas palavras em português. Quem ia entender? O cara abaixou a câmera, riu: "*Brazilian*? Adrian", e estendeu a mão antes de dizer: "*I speak Spantuguese*" e me interrogar com o olhar e depois com palavras em inglês: procurava alguém? "Mona", eu disse. "Uma artista... amiga de Alex Flem", tentei esclarecer. Ele tornou a rir: "Se for Mona, minha vizinha, é uma grande coincidência! Mas ela não está em casa". Adrian explicou que os sobrados de tijolos vermelhos tinham sido invadidos fazia mais de um ano. Muitas casas foram ocupadas por artistas, cineastas, escritores, atores e também por imigrantes, expatriados e exilados. "Não falta um brasileiro na Villa?", perguntei. Adrian me convidou a entrar na casa que seria minha morada londrina; preparou um sanduíche e um chá preto, disse que eu podia deitar na sala, voltaria mais tarde: estava filmando a destruição do muro, os moradores iam fazer um jardim coletivo. Adrian foi uma amizade à primeira vista. Pegou a filmadora e saiu. Comi, bebi, deitei no chão, meio zonzo, sentindo a mesma tontura que tinha me derrubado num passeio pelo Tiergarten em Berlim e outra vez no ferry-boat, perto de Dover. Quando meu corpo claudica, lembro da tontura com enxaqueca e febre no ateliê do Arana... Tontura e comichão, a pele fica cheia de bolhas e feridas, e aqueles malditos treinamentos na selva latejam na minha memória juntamente com os nomes dos militares. Antes de começar esta carta, fui ao médico; no exame que durou uns cinco minutos, ele observou os arranhões da coceira e as feridas, perguntou de onde eu era, como vivia em Londres, e, sem olhar nos meus olhos, sabes o que me disse? "Mude seu estilo de vida." Parecia meu pai falando, e é ele, Jano, que surge nos meus pesadelos e na sequência de quadros-objetos que estou fazendo. Só agora tenho mais tempo para me dedicar a essa obra; nos últimos meses tive de biscatear para comer, pagar as contas e o haxixe, porque na Villa Road tudo é dividido. Se não fosse por Adrian, eu já teria voltado ao Brasil. Mona é uma mulher arisca: um sorriso no seu rosto é um acontecimento. Desconfia até da própria sombra, e tem um olhar melancólico e autoirônico dos para sempre expatriados. Só em junho, quando Alex disse a Mona por telefone que somos amigos, é que ela acreditou no papelete perdido, e então eu soube que minha memória falhara mais uma vez, pois, além do endereço, Alex escrevera: "Cuide bem dele". Ela mesma me disse isso, dando o sorriso sazonal. Desde junho nós somos vizinhos e talvez amigos, pois ela me contou que quer filmar o interior do seu corpo, para que as entranhas apareçam na tela. Mas foi Adrian que, em abril, arranjou uns biscates no labor exchange de Brixton e me convidou para ajudá-lo. Minha mãe não imagina o que tenho feito para sobreviver, pensa que estou enriquecendo com a minha arte. Se soubesse que o herdeiro da Vila Amazônia virou um biscateiro... Lembro que Ranulfo me dizia para recusar trabalhos tediosos e mal remunerados. "Nunca deves trabalhar para ser um escravo", ele dizia. Mas foi o que fiz esse tempo todo na Europa, e continuei fazendo até o mês passado. Meu primeiro biscate em Londres foi contar o número de carros, caminhões, motos e bicicletas que passam por minuto numa faixa de pedestres nas ruas mais movimentadas de Brixton; depois trabalhei em reformas de apartamentos daqui do bairro. Mas o que me deu um pouco de dinheiro foi um emprego de driver's mate na Wallpaper Center. Enquanto Adrian dirigia o caminhão, eu fazia uns trabalhos braçais, entregando papel de parede e latas de tinta no subúrbio de Londres e em cidades do sul da Inglaterra. Horas e horas circulando num trânsito infernal: às vezes nossa jornada durava umas doze horas, e Adrian dirigia como um maluco. Entre freadas e solavancos que me davam ânsia, ele cantarolava canções de Bob Dylan e falava de filmes de Antonioni, Resnais e Fellini, como se estivéssemos sentados no Academy Cinema ou no Notting Hill Electric, e eu pensava nos cinemas antigos de Manaus, que já devem ter sido demolidos pelo coronel-prefeito. Mais adiante uma curva fechada me jogava contra a porta, e eu gritava: "Assim a gente vai morrer", e Adrian ria: "Vamos morrer falando de cinema", e o caminhão cantava pneu e sacolejava na entrada de Southampton, onde parávamos para tomar chá e comer um monte de coisas fritas, e conversar com outros motoristas. Eu não entendia, e até hoje não entendo, nada do cockney London, que exclui os estrangeiros e até mesmo os ingleses. Numa dessas algaravias Adrian me apresentou como um artista brasileiro, e então eu comecei a vender desenhos aos gerentes e funcionários das lojas. Eu perguntava com a maior cara de pau: "Não gostarias de decorar teu quarto ou tua sala com um desenho ou aquarela?". Alguns compravam, talvez por comiseração, e eu embolsava cinco, oito libras, e ia comprar tubos de tinta, papel e tela. E assim eu empurrava desenhos e aquarelas aos clientes da Wallpaper Center ou os oferecia em bares e restaurantes, como fazia na Alemanha. Muitas imagens da Vila Amazônia, de Manaus, Berlim e Londres estão penduradas por aí ou foram jogadas no lixo. Lembrei da primeira vez que vi Arana no centro de uma roda de turistas na calçada do Manaus Harbour vendendo seus objetos por uma bagatela. Sentia raiva de repetir a farsa dele, pois sou também um artista da calçada e dos bares, e cheguei a ganhar vinte e cinco libras por semana nos três meses que circulamos, eu e Adrian, entregando papel de parede com estampa horrorosa. Eu teria pesadelos se dormisse num quarto com desenhos monótonos. Por Deus, Lavo, o mau gosto assaltou o universo, e a uniformidade vai matar a alma do ser humano. Saíamos às oito da manhã e só voltávamos à noite, loucos para beber e fumar haxixe na Villa Road. Nos fins de semana Adrian ia assistir a vários filmes, enquanto eu esboçava minhas memórias visuais. Mona percebia o abismo que me cercava, dizia que eu ia enlouquecer enclausurado nos fins de semana, e me arrastava para participar de performances em Notting Hill ou nas imediações do Hyde Park, onde outros artistas se juntavam para provocar e depois atrair os transeuntes. Eram encenações quase sempre divertidas, não fosse uma ou outra agressão ou ofensa de algum desabusado que nos chamava de pervertidos, a mesma palavra expelida pelo meu pai na frente dos meninos índios e nisseis da Vila Amazônia. Toda a brutalidade de Jano ressurgia em Notting Hill e me dava náusea e revolta. No fim de junho, a liberdade de circular na boleia de um caminhão se tornou ilusória. Voltávamos de uma viagem maçante, eu e Adrian cansados e com dor de cabeça no fim da tarde chuvosa, ansiosos para chegar ao depósito da WPC antes do momento mais caótico do trânsito. O espaço entre um contêiner de aço na calçada e um ônibus era apertado demais, mas Adrian confiou na sua habilidade ou alucinação, e acelerou. Mal tive tempo de gritar: "Vai bater", e a porta da cabine já estava sendo rasgada pelo ônibus, que também acelerava. Eu e Adrian vimos os rostos apavorados dos passageiros olhando para nós. Quebramos o vidro da janela e saltamos. Uma multidão na Kingston High Street nos acusava com olhar ameaçador. Adrian disse que eu devia ir para Villa Road, um estrangeiro só complicaria as coisas. Mais tarde, onze da noite, ele contou que fora demitido, mas estava aliviado. "Um alívio também para ti", observou, sabendo que meu corpo claudicava e eu mal conseguia carregar os rolos de papel. Em agosto a vida do meu amigo mudou, e eu peguei carona nessa vida nova. Mona pediu a ele que filmasse uma apresentação do grupo Street Action Alive, a própria Mona ia encenar com o seu corpo de contorcionista no Hyde Park. Adrian ganhou um prêmio num festival de super-8, conseguiu um emprego na distribuidora The Other Cinema, e há mais de um mês eu o ajudo a fazer contatos com cineastas e pequenas produtoras do mundo todo. Agora tenho duas tardes livres, e posso passar noites inteiras desenhando e construindo objetos para as minhas memórias. Pensei em enviar uns esboços para Alícia, mas ela só tem olhos para as cartas de baralho, as sequências que terminam com um ás de ouro, o royal de suas fantasias noturnas. Ontem consegui falar com Naiá: minha mãe está endividada até o talo... Passa o dia deitada, diz que está deprimida. Perguntei se à noite ela não levanta para uma rodada de pôquer. Naiá sente mais vergonha que a patroa. Quis saber quando eu ia voltar. Nunca mais, Lavo. Por pouco não contei que me sinto debilitado, com uma febre teimosa... A síncope me persegue, e também essas malditas bolhas com secreção, meu corpo inchado e inflamado... Amanhã vou com Adrian ao hospital. Ele e Mona me ajudaram a cortar pedaços de roupa e construir os suportes das minhas memórias visuais. Mona disse que devo expor esse trabalho numa galeria e depois ingressar numa escola de arte, a Slade. Queria tanto me encontrar com o teu tio e contigo. Ranulfo não tem um vintém, mas um advogado pode viajar. Por que não vens a Londres? Tens um lugar aqui, na Villa Road, meu abrigo por muito tempo...

TINHAS CINCO ANOS. Nos dias de chuva saías sozinho para brincar no quintal, no beco, e tua mãe se preocupava com doenças: tifo, febre amarela, papeira... Jano temia outras coisas. Numa manhã de aguaceiro, Macau te encontrou perto da Legião Brasileira de Assistência brincando com uns meninos pobres das palafitas do centro. "Mundo só se dá com caboquinhos", teu pai dizia a Alícia. "As crianças da vizinhança são filhos de casais distintos, mas ele só procura os selvagens." Tua mãe quis te aproximar dos garotos das redondezas do palacete, filhos de grandes comerciantes e magistrados. Foi um desastre. Tu ficavas ensimesmado numa redoma de mau humor e mutismo, desprezando aviões metálicos, ursos que tocavam tambor, carrosséis com cavalinhos coloridos e toda a tralha de brinquedos elétricos adquiridos de um contrabandista conhecido de Corel. Tua mãe percebeu que tua maior diversão era perambular na chuva e teu maior prazer era desenhar. E tu querias ficar sozinho para fazer as duas coisas. Então Jano te proibiu de sair na chuva, te trancava no porão e às vezes demorava a ir ao trabalho, queria te vigiar e também vigiar tua mãe, que te libertava logo que ele saía. Ela dizia a Jano que não havia problema em brincar na rua em dias chuvosos, as crianças adoravam, mas Jano não a ouvia: durante os meses de inverno daquele ano mandava um funcionário ao palacete para ver se ainda estavas no porão, e tua mãe o expulsava aos berros: "Diz pro teu patrão que meu filho não é um bicho"; então ele mesmo, Jano, voltava pra te vigiar, e, enquanto teus pais discutiam, tu fugias, e tua mãe cachinava de tanto nervosismo, e o idiota do Jano pensava que ela fazia pouco dele. Aí Macau ia atrás de ti, e teu pai te confinava de novo no porão. Perguntavas a tua mãe por que tudo era tão escuro e por que agora só escutavas o barulho da chuva e das trovoadas, e por que tinhas que comer sozinho e só podias sair à noite pra ir dormir no quarto, e ela, tua mãe, não sabia o que dizer. Eu quis peitar teu pai, mas Alícia disse:

"Não, seria o fim, o cúmulo", e um dia tu desenhaste o rosto de uma criança gritando, e quando vi o desenho, disse pra tua mãe: "Mundo vai ser um artista, pode esquecer todas as outras profissões", e ela não entendeu ou pensou que era uma opinião absurda demais pra ser considerada. Foi em janeiro de 1958. Antes de sair para o escritório, teu pai ordenou que Macau e Naiá te vigiassem. Ele voltou pra almoçar e te chamou para comer à mesa; durante o almoço tu lhe mostraste os desenhos, e teu pai, sem olhar para as folhas de papel nem para o teu rosto, perguntou: "É só isso que ele sabe fazer?". E tua mãe: "É uma criança, gosta de desenhar, ele brinca e desenha sozinho no porão". Então teus pais começaram a discutir, e no meio da gritaria tu choraste e correste para o porão, e tua mãe foi atrás de ti, e Jano disse: "Deixa o menino lá embaixo, ele já se acostumou, agora aprendeu que não deve brincar com malandros na chuva". E naquele mesmo dia — era um fim de tarde, o céu escuro e fechado, e ainda chuviscava — eu tomava sopa no restaurante do Luso, quando vi um táxi parado na rua e o rosto molhado da tua mãe na janela. Larguei a colher, fui até o carro e ouvi: "Mundo quebrou a janela do porão e fugiu". Ela já tinha visitado a vizinhança e rodado pelo centro, e nada. Volta pra tua casa, vou atrás de Mundo, eu disse. Saí do Luso para o porto e dei uma volta nos arredores do palacete de Jano: um menino de cinco anos não podia estar muito longe de sua casa. E aí voltei para o porto, passando pelas mesmas praças, mas por outras ruas. O relógio da matriz marcava sete horas. Teu pai já devia estar em casa, e eu lembrei das lojas de brinquedos; ao cruzar a Marechal Deodoro, vi uma roda de homens e mulheres e pensei: algum vendedor ambulante, um bêbado arriado ou um acidente. Perguntei o que estava acontecendo, um homem disse: "Um menino perdido... diz que quer mostrar os desenhos para o pai". Tu choravas no meio da roda e seguravas uma folha de papel, e um talho na tua mão direita ainda sangrava, e manchava o papel. Eu te carreguei até a avenida Eduardo Ribeiro, e fomos de táxi pra tua casa, e continuaste a chorar, querendo mostrar os desenhos ao teu pai, e eu tentava estancar o sangue com a minha camisa; na porta do palacete eu pedi que o motorista te acompanhasse até a sala. Se eu visse teu pai naquela noite, seria capaz de matá-lo. Tinha medo que ele te batesse ou fizesse coisa pior, mas Alícia me con-

tou que Jano aprovara tua ousadia e começara a dizer que o herdeiro já era um rapazinho corajoso, e, ao ver o ferimento na tua mão e a folha de papel molhada de sangue, repetira várias vezes: "Um menino corajoso, nem chorou". Aí eu disse a Alícia: "Esse louco vai matar teu filho", e isso ela entendeu, ficou preocupada. Sabia que a doença do marido não era apenas um mal do corpo. Se fosse, tua mãe não teria começado a beber e jogar. Antes era apenas um passatempo, depois ela passou a jogar com o prazer, a gula e a paixão de uma viciada, ganhando e perdendo, e quando ganhava um pouco mais, ela me dava uma parte do dinheiro e dizia: "Ajuda o Lavo, compra livros e roupa para o filho da minha finada amiga". Bebendo, ganhando, perdendo... e teu pai aturando tudo porque era embeiçado por ela, mas já temia que o filho se desviasse do destino de herdeiro. Porque depois do castigo no porão ele te obrigou a ir uma vez por semana, à tarde, ao escritório da Marechal Deodoro, de onde só voltavas no fim do expediente. Em casa, Jano dizia a Alícia que mostrara ao filho faturas, promissórias e contratos, e falara sobre a produção da juta, e tua mãe argumentava que nada disso te interessava e que tu não tinhas idade para entender essas coisas, e ele dizia: "Aos dez anos comecei a trabalhar com meu pai". E na tarde em que ela entrou no escritório, tu estavas na cadeira do Mattosão, pálido, e quieto como um boneco; Alícia perguntou ao gerente onde estava Jano, e o gerente disse: "Saiu para vacinar um cachorrinho que ele encontrou hoje de manhã", e ela quis saber o que tu fazias ali sentado, e o gerente disse: "Está de castigo porque ficou o tempo todo desenhando e rasgou um bloco de nota fiscal". Ela te levou pra casa, pediu a Naiá que ficasse contigo, e eu soube de tudo isto uns três dias depois: ela, tua mãe, se trancou no porão e começou a beber, e só à tardinha Macau arrombou a porta e a encontrou desmaiada ao lado de uma poça de vômito; levou-a ao hospital, para onde Jano se dirigiu às pressas e, ao vê-la tomando soro, disse: "É castigo: nunca foste à missa, nem quiseste batizar nosso filho...". Lá, diante de tua mãe, um amigo dele, um tal de Palha, o aconselhou a não te castigar, e Jano argumentou que tu passavas o dia desenhando, e o amigo disse: "Deixa a criança desenhar, um dia ele vai se interessar por outra coisa". E foi esse Palha que sugeriu a teu pai que comprasse um apartamento no Rio e passasse as férias com a família, e Jano fez isso. Mas ele foi apenas uma vez para o Rio, não quis mais ir. Antes das férias de fim de ano ele dizia: "Primeiro vamos à Vila Amazônia, depois vocês viajam para o Rio", e essas temporadas na propriedade eram uma tortura para tua mãe. Nessa época — tu tinhas uns nove anos —, lembro que saímos juntos pela primeira vez, e tu me olhaste desconfiado durante o passeio de barco até a ilha do Camaleão. Depois eu te apanhava na porta do grupo escolar, e íamos ao Manaus Harbour e nadávamos na piscina do Hilary, *o navio da Booth Line que fazia uma de suas últimas viagens ao Amazonas. Tua mãe me dava dinheiro, e eu comprava caixas de lápis e tubos de tinta suíços e ingleses para ti. Eu te incentivei a ser artista e fazer caricaturas que causaram constrangimento e vergonha a teu pai. Eu dizia para Alícia que tu serias um artista e não um sucessor da Vila Amazônia, ela às vezes te apoiava, mas outras vezes era pressionada por Jano, que interferia na tua vida. Ela mesma me disse que o marido a ameaçava só com o olhar... A maior ameaça era a perda da herança, e o medo de Alícia foi crescendo com o tempo. Nosso grande desacordo foi o teu ingresso no Colégio Militar. Eu não queria te ver no internato, mas tua mãe disse que era só uma artimanha para satisfazer teu pai, e assim ela cedeu mais uma vez à chantagem de Jano. Mas não abri mão da execução do* Campo de cruzes.

17

UM DIA VOU TE VISITAR EM LONDRES, escrevi na resposta à carta de Brixton. Perguntei se ele pensava vir ao Brasil em dezembro, pois Arana anunciara uma exposição de seu ex-discípulo no ateliê da ilha. Mais uma vez, Mundo não respondeu. No fim de novembro recebi quatro esboços com desenhos de roupa rasgada e três pequenas aquarelas com paisagens da Vila Amazônia. Nenhuma carta, nem mesmo um bilhete. Mais estranha foi a série de envelopes que Mundo me enviou em seguida, todos postados na mesma data: em cada um deles, uma folha branca, na frente e no verso. Uma brincadeira? Ramira perguntou: "O que esse maluco do teu amigo quer dizer?".

Eu observava as sete folhas, tentando encontrar algum sinal. Foram as últimas "mensagens" dele. Parei de pensar num jogo ou numa brincadeira. Decidi telefonar para o Rio. Reconheci a voz de Naiá; no início, ficou animada com o telefonema, aos poucos a voz foi murchando, até revelar que Mundo não se sentia bem, desmaiava de fraqueza... Estava doente?

"Uma febre esquisita, com manchas no corpo. Acho que é cansaço, ou saudade do Brasil."

Pedi para falar com Alícia; esperei uns segundos, e a mesma voz disse: "Lavo, a patroa está em Londres. Ela e o menino vão voltar... Mas ainda não disseram quando".

Não sabia o número do telefone de Alícia em Londres. Talvez mentisse, mas sua entonação contrariava essa hipótese. Dei a Naiá meu novo endereço e lhe pedi que enviasse notícias.

"Te aviso quando o menino chegar. Parece que em janeiro ele vai passar uns dias em Manaus."

Naiá desligou, deixando na minha memória o eco de uma voz triste e distante.

Alguma coisa do que Arana me dissera e declarara na imprensa podia ser verdade. Mas como ele soubera? Todas as críticas de Mundo ao artista da ilha tinham sido insinceras? Depois de tudo o que acontecera entre os dois, das divergências em relação à arte e à vida, ao modo de olhar o Amazonas, Mundo ia retornar à cidade, expor seus trabalhos no ateliê de Arana e, quem sabe, se hospedar na casa dele. Ia capitular, voltar ao tempo da juventude, da ingenuidade, da crença fervorosa e cega no artista da ilha. Que mensagem inaudita havia nas folhas brancas? Enquanto esperava o telefonema de Naiá, eu esquadrinhava os jornais em busca de um sinal do meu amigo. Em poucos anos Manaus crescera tanto que Mundo não reconheceria certos bairros. Ele só presenciara o começo da destruição; não chegara a ver a "reforma urbana" do coronel Zanda, as praças do centro, como a Nove de Novembro, serem rasgadas por avenidas e terem todos os seus monumentos saqueados. Não viu sua casa ser demolida, nem o hotel gigantesco erguido no mesmo lugar. Arana, hábil e sagaz, percebeu que o mogno era valioso no Brasil e no mundo, e então juntou a matéria de sua arte a um empreendimento suspeitoso: passou a exportar objetos e móveis feitos de madeira nobre.

No primeiro domingo de 1978, ao ver Ranulfo sentado na escada que conduz a minha casa, pensei: veio contar a façanha de Arana, da qual todos já sabiam. A serraria e a fábrica de móveis que o artista da ilha estava construindo em surdina haviam sido inauguradas com estardalhaço na tarde do dia anterior. Na fotografia mais divulgada do evento, Arana aparecia de pé, braços abertos entre duas toras de mogno, na balsa atracada num pequeno porto dos Educandos.

Ranulfo segurava um embrulho, a cabeça voltada para os jogadores de sinuca e dominó na calçada em frente a um boteco; depois, para as crianças que jogavam futebol e empinavam papagaio num descampado entre a rua e a margem do rio. Cuspiu no asfalto, subiu com passos ágeis a escadinha e deu uma olhada na sala: "Lar modesto demais para um advogado. Os delitos da vizinhança pagam uma fiada de sardinhas?".

Ofereci uma bebida, ele abanou as mãos: não queria nada.

Um bafo de cachaça se misturou ao pitiú do pacote molhado. Tio Ran o desembrulhou, jogou as folhas de jornal no chão, pegou a pescada pela cauda e a deixou na cozinha; quando voltou, percebeu que eu olhava com enfado as notícias do dia anterior.

"Nosso ilustre artista agora é o homem do mogno... um visionário da Amazônia. Essa é a grande obra do Arana, a única que será lembrada."

Sentou na cadeira de palha, enxugou o suor da testa com a manga da camisa e observou os calhamaços dos processos e os livros sobre a escrivaninha.

"Nem ar-condicionado, Lavo! Como podes ler e escrever neste forno? Advogar neste inferno já é uma condenação."

O rosto queimava de tanto álcool. Apanhou o jornal molhado, o espremeu até escorrer um fio grosso de água suja, emporcalhando o assoalho. Levantou-se, rabiscou um número na folha de um processo e a jogou na minha cara: "Vim pegar esse dinheiro, Lavo. Uma passagem de avião, só isso. Tenho de viajar para o Rio. Assunto seríssimo, tu vais saber depois".

Encostou o corpo magro no batente da janela e se apoiou no pé esquerdo. "Mundo te mandou umas folhas brancas, não é? Tua tia contou... adora revelar absurdos. Ramira e suas fantasias... e os ossos de Fogo. Sabias que ela enterrou o esqueleto no pátio? Coveira das boas, a costureira. Sabe onde enfiar agulhas e ossos. Fiel até à carcaça do cachorro! Só não foi fiel ao irmão. Teve coragem de rasgar umas cartas que mandaram pra mim... Por isso caí fora daquela Vila."

"Cartas?", perguntei.

"Não vou te pedir mais porra nenhuma. Só esse cheque..."

"O que aconteceu no Rio?"

"Um pedaço dessa história eu mesmo vou escrever", disse ele, descontrolado. Escancarou a janela, assobiou e deu uma gargalhada: "Que paisagem magnífica, hein, rapaz? Esse igarapé cheio de crianças sadias, essas palafitas lindas, um cheiro de essências raras no crepúsculo. E quanta animação! Dominó, cachaça, sinuca... Como o povo se diverte no sétimo dia!".

Espichou a cabeça para fora, escarrou na escadinha. Tornou a cobrar: "Bora logo com isso, Lavo. Quero viajar amanhã".

Continuou a contemplar o crepúsculo enquanto eu preenchia o cheque. Zomba de todo mundo, não sente vergonha, exige dinheiro como se fosse o pagamento de uma dívida. Pôs o cheque no bolso da calça, nem obrigado. Desceu com pressa a escadinha e caminhou em direção à Sete de Setembro. Viagem para o Rio. Assunto seríssimo. Mentiroso! Daqui a dois meses está de volta para tripudiar sobre a irmã e contar outras mentiras.

Dias depois passei na Vila da Ópera, queria saber se a costureira enterrara mesmo os ossos de Fogo no pátio.

"Ranulfo te contou? Peguei o cadáver do bichinho e trouxe para cá. Não aguentei ver o cachorro naquela pose de misericórdia. Enterrei nos fundos, teu tio viu. Está queimado com alguma coisa. Fez um escândalo na cara das minhas clientes, não me deixou trabalhar..."

"Tio Ran falou de umas cartas...", eu disse.

Ela separou o molde de uma calça e me encarou: "Rasguei as cartas que o teu amigo mandava para ele. Deve ser isso".

"Cartas do Mundo?"

"Poucas."

Disse que isso era um crime e perguntei se ela queria estragar a amizade dos dois.

Em vez de responder, falou, sem alarde: "Sei por que Ranulfo foi atrás de ti. Dinheiro, não é? Deve estar no Rio... Vai levar uma canada da viúva. Idiota. Uma vida inteira de ilusão! Não conhece a mulher que deixou ele caído".

Empilhou calças verdes e camisas brancas. Não disse mais nada. Rasgara sem remorso ou culpa as cartas de Mundo, com a mesma frieza com que costurava ou cortava um tecido. Nem olhou mais para mim. O corpo acompanhava o vaivém das mãos, o olhar fixo na agulha que picotava. O encontro de Ranulfo com Alícia ameaçava tia Ramira.

Fui até o pequeno pátio nos fundos. Latas de querosene com tajás e avencas. Encostada à cerca viva, uma calota de cimento escondia os ossos do cachorro, e uma acácia da mansão vizinha sombreava o túmulo de Fogo e as flores de Jano. Os talos num vaso em forma de concha cresciam com viço, os cachos de florzinhas vermelhas, umedecidos. O túmulo do cão e a concha, lado a lado, davam ao lugar um pouco de relevo e cor.

Depois, em casa, retomei meu trabalho. Era uma sexta-feira, fim de tarde. Lá fora uma agitação crescia: vozes embrutecidas e estalos vinham do bar. Da janela, vi um jogador debruçado na mesa de sinuca; mulheres de short, sentadas na calçada, pintavam as unhas dos pés e descascavam tucumãs com os dentes. Uma tacada violenta empurrou a bola preta contra a vermelha, e outras foram atingidas. A branca ainda rolava, quando um jogador espetou o taco na terra e escarrou no chão. Uma mulher atirou um caroço no perdedor. Gritou: "Anta, não sabes jogar nem perder". Bate-boca feroz. Voltei à leitura do processo e, ao virar uma página, deparei com a cifra escrita por tio Ran. Olhei para o assoalho manchado pela água suja que ele espremera do jornal, e só então notei um envelope que o carteiro enfiara por baixo da porta. Estava lacrado, sem remetente; havia sido postado no Rio. Tirei dali uma página dobrada de um jornal carioca. No verso, uma propaganda; na frente, uma reportagem com a fotografia de um índio, de cocar, em pé na boca de um túnel de Copacabana; o rosto e o peito magros, e os olhos salientes, vidrados, dirigidos para o alto. Empunhava um remo e fora detido porque ameaçava motoristas e passageiros. Boca aberta, depois de um grito ou ofensa, ele segura o remo com as mãos algemadas. Um guerreiro esquálido, desgarrado no Rio de Janeiro. O índio revoltado se dizia filho da Lua e estava ali, nu, na boca do túnel, para festejar o ocaso do regime militar. Mundo? Por que não me avisara que tinha voltado? Naiá não telefonara, e quando eu ligava para o apartamento do Labourdett, ninguém atendia.

Lembrei de Albino Palha. Não o via desde o velório de Jano; encontrei-o no último andar de um edifício no centro, onde ele administrava uma construtora. O escritório era amplo e refrigerado, com janelas de vidro cinzento que escureciam o rio e a floresta. Senti seus dedos frios quando apertou minha mão. O olhar, distante e soberbo, evitava intimidade. Pediu à secretária guaraná e café. Não perdera o hábito de sorrir friamente, sem motivo: era como um cacoete. Disse que me via de vez em quando nos arredores do Tribunal e de varas cíveis e criminais; perguntou se eu ainda morava na Vila da Ópera e apontou a maquete de um edifício sobre um pedestal: procurava apartamento novo?

Disse-lhe que procurava outra coisa: o endereço de Alícia. Recostou-se na cadeira, murmurou: "Alícia Delemer Mattoso... Ela vendeu o apartamento do edifício Labourdett e está morando numa biboca perto de Copacabana".

Abriu uma caderneta, copiou o endereço no verso de um cartão de visita e falou com desprezo: "Quer dizer, a Alícia teve de vender um colosso de apartamento e ainda me pediu ajuda para comprar uma espelunca. Acabei ajudando, só por causa do Trajano. Disse que ia viajar para Londres... queria trazer o artista de volta. Ela e o filho gastaram toda a herança em poucos anos".

"Mas já estão no Brasil?", perguntei, pensando em Ranulfo.

"Não sei", disse ele. Levantou-se e me entregou o cartão. "Mas acho que a mulher está atrás de um advogado."

Nenhum objeto ou imagem no escritório lembrava a amizade e os negócios com Jano. Ao me virar, vi a parede coberta por um painel pintado com araras. Imensas, sobrevoavam um amontoado de torres de vidro e concreto no horizonte desmatado. A visão alucinada e grotesca da floresta, e talvez do futuro, me arrepiou.

"Nossa empresa encomendou esse quadro a um artista... Arana", disse Palha. "Um pintor talentoso."

Ainda tive tempo de perguntar sobre a Vila Amazônia.

"Foi vendida a um empresário de Taiwan", respondeu ele, com pressa. "O chinês não aguentou muito tempo, abandonou a juta e abriu uma mineradora. Diz que o governo encampou toda aquela área para assentar colonos da região. O interior do Amazonas está um deserto..."

Na porta, ele parecia mais afobado, o olhar impaciente me mandava embora. Enquanto eu caminhava no calor da tarde, lembrava dos olhos frios. "A mulher está atrás de um advogado", a voz sem inflexão, neutra, como se emitisse sons para as janelas cinzentas.

Eu planejava ir ao Rio em meados de fevereiro, durante o recesso do Tribunal, mas decidi antecipar a viagem, pois intuí que meu tio ficara sabendo de alguma coisa. Talvez ele fosse se encontrar com Mundo e não quis me falar, pensei. Mais de uma vez Ramira insinuara isso: o irmão, incapaz de conquistar Alícia, conquistaria Mundo.

18

Dois dias antes da minha viagem, ouvi batidas fortes na porta de casa. Era muito cedo, nem sete horas, e eu ainda estava deitado na rede. Estranhei as pancadas e, quando abri, levei um susto ao ver Ranulfo chorando e soluçando que nem criança. Não conseguia falar, nem precisava: li a notícia trágica no rosto devastado. O homem impetuoso e cáustico parecia vencido pela dor. Como tinha acontecido? Quando? Por que não contava logo?

"Magro de dar dó. Quando morreu, era pouco mais que um esqueleto."

Sufocado, esforçava-se para parar de chorar; disse que Alícia queria me ver, não logo, não amanhã nem no ano que vem. Um dia...

"O que ela quer comigo? Por que *um dia*?", perguntei.

"Ela não disse, não quis dizer."

Tio Ran tentou escapulir, talvez vexado pelo choro. Agarrei-o pelos braços, sacudindo-o, forçando-o a sentar; ele se desvencilhou e gritou: "Não vim pedir dinheiro, só vim dizer isto: Mundo morreu seco, sozinho... Nos últimos dias não me deixaram entrar no quarto da clínica".

Não pude detê-lo por muito tempo; logo jogou na minha cara: por que eu não viajara para o Rio? Por que tanta omissão, tanto descaso, nessa amizade?

"Tu e teu egoísmo, teus processos", berrou, socando a papelada sobre a mesa. "O mais necessitado era o teu amigo. Trabalhas que nem Ramira: vocês não enxergam o que está além... Tudo isso é roupagem, perfumaria, perda de tempo."

Demorou em acender um cigarro, queimou os dedos com o fósforo, os lábios e as mãos tremiam; deu uma baforada, tossiu. O corpo aquietou, apenas as mãos continuaram a tremer; no rosto, um olhar vago.

"Alícia não quer mais... A morte de Mundo matou minha esperança. Ele queria vir pra Manaus, ia fazer uma surpresa. Ainda tentei trazer o corpo pra ser enterrado aqui... Alícia me chamou de demente... Foi a nossa última briga."

Antes de ir embora, disse que estava escrevendo o "relato sobre Mundo" e que, assim que terminasse, me entregaria. Deixou um cheiro de bebida barata, mas não estava aloprado. Nada havia dado certo em sua temporada no Rio. Cancelei a viagem e fiquei pensando, com culpa, se já não deveria ter viajado, mesmo sem ter certeza de que Mundo voltara. Pensei também nas acusações que Ranulfo me fizera: o egoísmo, a falta de atenção com meu amigo, o trabalho presunçoso, a cegueira profissional. Talvez fossem acusações de um homem enlutado e desesperado, que perdera a grande aposta de sua vida bem antes do fim. De nada adiantaria dizer a ele que Mundo sempre fora arredio, ainda que tivesse me contado episódios da infância, expressando a angústia de ter de enfrentar o pai, dentro e fora de casa, como se esse enfrentamento fosse o móvel de sua vida e de sua arte inacabada. Mundo sabia que dificilmente eu sairia de Manaus; nas cartas que lhe enviei, insisti nesse assunto, dizendo que minha cidade era minha sina, que eu tinha medo de ir embora, e mais forte que o medo era o desejo de ficar, ilhado, enredado na rotina de um trabalho sem ambição. Eu declamava, quase brincando, os versos decorados no Pedro II, que uma noite ele recitou com pompa, afogado na bebida e na esbórnia da Castanhola: "Ingrato o filho que não ama os berços do seu primeiro sol". Ria e me provocava: "Acho que sou esse filho, mesmo sem querer ser...".

Depois da morte de Mundo, Ranulfo se esquivou da irmã; quando Ramira ia encontrá-lo no Morro da Catita, ele ficava a maior parte do tempo calado; quem lhe deu abrigo nos fundos de uma casa de alvenaria foi Américo, o mesmo que levava comida para ele nos dias de cativeiro no Morro. Aos domingos a irmã o convidava para almoçar na Vila da Ópera, mas meu tio não suportava vê-la escrava da máquina de costura, nem ouvir as súplicas para que voltasse.

Eu relembrava a Ranulfo o recado de Alícia e lhe pedia que falasse com ela, ou então que revelasse o que ela queria me dizer. Ele jurava que não sabia de nada, e uma vez, quando insisti, se apoquentou e disse: "Eu também queria saber que porra de assunto é esse. Mas sabes o que Alícia respondeu? 'Nem que tu arranques minha língua. A conversa é com teu sobrinho, e ele vai saber quando'".

Invenção de Ranulfo? A voz seca, de angústia, me deixou ainda mais curioso. E o recado de Alícia não saía da minha cabeça.

Ele passava muito tempo fora de Manaus; subia o rio Negro até Barcelos e, na época da cheia, visitava povoados no rio Branco. Viagens longas, de seis a sete semanas; quando voltava a Manaus, a barba folhuda, com raros fios pretos, e os cachos de cabelo grisalho caindo nos ombros como réstias de cebola lhe apequenavam os olhos e escondiam o rosto. Trazia objetos de artesanato indígena, escovas e vassouras de piaçaba e sacos de castanha para serem vendidos na tenda do Américo. Mas a razão principal dessas viagens era outra.

Um dos amigos, o Corel, agora exportava peixes ornamentais. Tio Ran era pago para fazer contatos e negociar com os piabeiros do Negro. "Peixinhos coloridos, Lavo", dizia. "Ganho uma gaita viajando de barco e trazendo pra Manaus milhares de cardinais e acarás-disco. É uma boa diversão, rapaz. E como tem sacanagem nessas águas mornas... claras e escuras."

Continuou vivendo dessa diversão; às vezes eu esbarrava com ele no porto da Panair ou na Baixa da Égua, onde vigiava homens que levavam caixas de isopor de um barco para uma caçamba. Sem camisa, de bermuda e sandália, o barbudo de pele queimada dava ordens aos carregadores com uma urgência estranha; depois pagava os homens e descia o barranco. Uma ocasião, quando fazia compras no empório português no Mercado Adolpho Lisboa, ele me viu e veio puxar conversa. Sentamos à mesa do Recanto, na Castanhola; Ranulfo pediu cerveja e um prato de pacu frito com farinha. Era dia de semana, mas ali estavam as dançarinas e cantoras.

"Mundo gostava daqui", disse ele, categórico, e empinou o queixo para as mulheres que nos cercavam. "Olha só a grandeza da nossa cidade." Pegou uma cédula de cinco, a enodou na barba, bem no canto da boca, e chamou uma morena de short azul, camiseta curta com estampa de tucanos e estrelas vermelhas descorados. Baixinha, apesar do salto alto, mãos na cintura, se encostou à mesa e me lançou um olhar demorado e curioso. Procurei no passado algum encontro. Então ela recordou: "Foi no barco, mano. Olha, já faz tempo. Cadê aquele cara? Não te lembras? Vocês dois no iate... e eu com as meninas no barco enguiçado... lá no Rebojal".

A viagem à Vila Amazônia... a menina que dançara com Mundo... Ela abriu a boquinha, dentes escuros e quebrados. Não escondia a cicatriz que dividia o ventre.

"Que porra está acontecendo?", resmungou tio Ran. A cédula verde-amarela enroscada na barba lhe dava um ar cômico. Agarrou as coxas da mulher, esticou a língua até tocar a cédula. Ela entendeu, e sentou no colo dele, beijando-o e acariciando-o, e depois tentando puxar o dinheiro. Fisgou a cédula com uma dentada e se afastou, piscando.

"Essas guerreiras dão um duro danado pra encher o bucho", disse ele. "E tu vives perdendo tempo para defender as fraudes da canalha. Agora quero que defendas um aposentado, Lavo. Um pobre pescador, um santo que tentou reproduzir peixes. O Corel te paga, teu tio agradece, e Deus te abençoa."

Era um alvará de soltura para um funcionário de Corel: Jesuíno Macedônio Caulim. Fora preso por uma patrulha naval no porto de Barcelos, onde carregava caixas de peixinhos ornamentais num barco clandestino. Estudei o caso e descobri que Jesuíno fora detido por desacato à autoridade. Encaminhei a petição inicial ao juiz e consegui libertar o homem, que, encarcerado havia cinco meses, esperava julgamento.

Na antiga penitenciária, o carcereiro apontou um sujeito arriado num canto da cela. Jesuíno se ergueu. Sem camisa, as faces encovadas e o corpo magro, costelas salientes. Demorei uns segundos para reconhecê-lo.

"Macau", murmurei, atônito.

Mirou meu rosto e, sem baixar a cabeça, saiu da cela; arrijou, antes de me abraçar: "Doutor, o Macau já morreu, agora sou esse Jesuíno".

Acompanhei-o até o Novo Eldorado, onde morava numa casinha doada por Jano. O bairro se multiplicara, era uma cidade no subúrbio de Manaus. As ruas tinham sido asfaltadas, e uma fina camada de cimento repleta de buracos semelhava uma calçada. Não havia vestígio do *Campo de cruzes*, e o descampado se tornara um capinzal com uma árvore no centro. No tronco, uma placa enferrujada com letras verdes: "Praça Coronel Aquiles Zanda".

"A praça ainda é uma promessa", disse Macau. "Só o capim cresceu... e essa árvore... Dizem que é louro-vermelho. Não é, não. É louro-bosta."

Várias casas agora eram quitandas, vendinhas, pequenas lojas, bares e borracharias. No fim do bairro, um amontoado de barracos com teto de palha numa área desmatada. "Invasões", disse ele. Tocavam fogo na mata e levantavam os barracos durante a noite. Apanhou a chave com um vizinho, e entramos na sala exígua. Abriu as janelas da casa vazia e empoeirada: apenas uma rede encardida no chão do quarto. O vizinho trouxe dois bancos para a calçada, e ficamos ali sentados. Macau esfregou a perna esquerda, dobrou a bainha, mostrou uma chaga arroxeada. Facada?

"Doença... leishmaniose. O inseto fura a carne que nem broca. Até o osso. Derrubaram a mata, aí essas pragas atacaram a gente. Leishmaniose, malária, o diabo..."

Depois da morte de Jano, Macau tinha se juntado com uma moça que chegara ao Novo Eldorado com uma penca de parentes. Brasileiros do Maranhão... todos pobres, só com os farrapos do corpo. Ela trabalhava num babaçual. Veio atrás de fartura, não encontrou nada. Uns meses antes de ele ser preso, a mulher entrara numa seita religiosa e levara quase tudo da casa: TV, geladeira e fogão.

"Endoidou de tanta prece, de tantas aleluias ao Senhor Jesus. E ainda pelejou pra me converter", desabafou Macau. "Catava todo o meu dinheirinho e dava ao pastor da igreja. Lábia que só: Jesus salva... e umas moedas em troca. Ela trocou o Jesuíno por Jesus, não sobrou nada pra mim, nem carícias. Mas a casa ela não arrastou, não. Está no meu nome."

Do bolso da calça, tirou uma fotografia: ele e Jano na cabine de comando do iate. Com os olhos na imagem, confessou o que tinha feito na casa de Alícia: "Fiz maldades... menti muito. Já paguei em triplo... Lá no presídio, o cristão que amanhece vivo se benze três vezes e duvida se Deus existe".

Sabia da morte de Mundo?

"Teu tio me contou. Diz que Mundo morreu de doença feia. Ainda lembro daquele mês antes da morte do patrão. Ranulfo e o menino fizeram uma doideira de arte aqui no bairro e se esconderam. Jano deu ordem pra ir atrás do menino, me deu uma boa gaita pra gastar com gasolina e informantes. Se fosse vinte anos atrás, era mais fácil, mas naquele ano a cidade já era um monstro. Aí pensei: o bicho sempre procura sua toca. E a toca de Ranulfo era o Morro da Catita. Fui até lá. Ninguém abria o bico: quem ia entregar teu tio? Mas descobri: o Saúva era velho no Morro, aceitou umas notas, contou. Mas não falei nada, ia ficar com remorso... sempre gostei muito do Ranulfo e de Mundo. Guardei a gaita do patrão e fingi que ainda catava o menino. Não sabia que outros também caçavam os dois. Aí, na véspera do Natal, um policial civil foi falar com o patrão. Disse que quatro homens tinham dado uma sova no Ranulfo, quebraram a perna dele e até riscaram o rosto com uma faca. Jano soltava umas risadas e tossia. Acho que ele não estava regulando bem. Aí perguntou pelo filho, o policial não respondeu, o menino tinha escapado. O patrão só faltou comer a língua de tanta raiva. Pagou o policial e botou ele na rua. Naiá me chamou, e eu pensei: os patrões vão brigar de novo. Mas não. Alícia derrubou o homem só com o olhar. Olhou bem de perto, um palmo de distância. Alícia mal falava comigo, e de repente me chamou, gritou: 'Vamos sair, Macau'. Ele caiu no sofá. E eu obedeci: tirei o carro da garagem e perguntei pra onde ela queria ir. 'Pra longe da cidade', disse. Peguei a estrada da Ponte da Bolívia e dirigi quase meia hora, devagar, como ela queria. Aí ela disse: 'Macau, me leva pro Jardim dos Barés, quero ver a casa onde morei'. Dei meia-volta, e, quando passávamos pela estrada de Flores, ela pediu pra estacionar na porta do hospício e ficou espiando o edifício e o gramado. Disse baixinho: 'Minha irmã Algisa veio parar aqui'. E aí segui até São Jorge e entrei no bairro. Ela nem sabia que tudo tinha mudado. Perguntou: 'Cadê o Castanhal, a floresta, as chácaras?'. Não respondi. Estacionei perto da casa e lembrei da tarde em que levei ela de barco pro centro, no dia do casamento na matriz. Ela chorava muito, chorou até entrar no carro de praça que nos esperava no porto da Escadaria. Lembrei de tantas coisas... Ela e o teu tio se divertiram... Aí ela cutucou meu ombro: 'Macau, vamos pra casa. Não me sinto bem aqui...'."

"Jano já estava morto", eu disse.

"E parece que ela adivinhou... Falou que estava com um pressentimento horrível, e eu acelerei. Naiá esperava a patroa; se abraçaram e foram ver o morto. Coitado do Jano. Pai e filho sempre tiveram a alma danada. Mas, olha, eu tinha pena do menino... e nem podia falar isso, o patrão não ia gostar. Jano não parava de invocar com o filho. Um pai torto: nunca pôs a criança nos braços. Tinha uma birra esquisita com o Raimundinho. E dona Alícia era muitas... Queria ser mais que esposa o tempo todo; mulher solta, sem marido e filho. Mas, neste mundo, quem vive é que vê o pior."

Encabulado, Macau disse que não podia oferecer nada, nem café: amanhã ia dar um pulo na firma, Corel ia ajudá-lo.

Naquele mês de agosto de 1980, um peixeiro passou em casa, me entregou fiadas de sardinhas gordas e um bilhete com estas palavras: "Agradece o Jesuíno pescador".

QUANDO CASEI COM ALGISA, nosso plano era passar dois anos na Vila Amazônia, mas não aguentei nem seis meses. Tua mãe queria a todo custo que eu trabalhasse. Desde que dei baixa no Exército, ela se convenceu de que eu nunca mais ia estudar, e, quando o Fé em Deus naufragou, não perdi apenas meu cunhado e minha irmã, mas também toda esperança no trabalho. Ainda tentei ser radialista, ganhava pouco e trabalhava muito, porque tinha que escrever histórias e lê-las com entonação de ator. Isso me divertia, mas também não deu certo. Então eu e tua mãe armamos o plano do casamento e do emprego na Vila Amazônia. Jano acreditou. E eu colaborei: fui um anjo enquanto vivia com Algisa uma lua de mel mentirosa na casinha de uma estância, fingindo que procurava um emprego mas dando toda a liberdade para que ela procurasse turistas no porto. Já conhecia um pouco minha esposa, seu gênio impetuoso, seu medo congênito de que tirava força para enfrentar qualquer situação perigosa. Era uma espécie de medo falso, que em pouco tempo se transformava em ferocidade. Quando mudamos para lá, ela me revelou que não gostava de ouvir voz de homem nenhum. Disse: "Não gosto de ouvir voz masculina nem de ver sangue". Escutei sem dar um pio, e isso facilitou nossa vida conjugal durante a temporada no Médio Amazonas. Nós nos comunicávamos com frases curtas, que o tempo reduziu a monossílabos, expressões faciais ou gestos. No fim do quinto mês, quando a cozinheira da propriedade contou para Algisa que eu engravidara uma moça, ela protestou com desaforos de matriarca poderosa, rompendo nosso pacto de silêncio e me acuando de tal maneira que só me restou uma saída: fugir. Pra ser sincero, eu já tinha fugido outras vezes, sempre na surdina. Todos acreditaram que passei cinco meses na Vila Amazônia sem ver tua mãe, mas Naiá sabia que eu vinha a Manaus todo mês e me encontrava com a tua mãe na pensão Recife — depois voltava, e Algisa pensava que eu estivera farreando em Santarém ou

Parintins. E, quando abandonei a Vila Amazônia sem avisar, não viajei pelo interior até Belém: vim pra Manaus, me escondi num beco perto do Seringal Mirim e pedi a um barqueiro que desse um recado a Naiá, uma senha que Alícia conhecia. O mesmo barqueiro levava uma mensagem a Ramira ("Ranulfo está viajando pelo Médio Amazonas, mas não vai demorar"), e em novembro de 1955 apareci no Morro e inventei pra Ramira uma história que depois contei em várias transmissões do programa Meia-Noite Nós Dois, *e em cada programa inventava a torto e a direito uma viagem cheia de peripécias e encontros amorosos. Esses encontros com outras mulheres eram na verdade encontros com a tua mãe em tardes no meio da semana — não num motel luxuoso ou nas areias de um balneário distante, mas nos cubículos sórdidos das ruas Tamandaré e Visconde de Mauá. "Vamos dar um mergulho amanhã à tarde?": era essa a senha que eu enviava a Alícia pela voz cúmplice de Naiá. Macau embolsava para forjar mentiras a teu respeito; Naiá ganhava roupa, perfume, dinheiro e noites livres pra se esbaldar uma vez por mês nas festas do Fast Clube, do Olímpico, do Barés ou do Sheik. Macau fazia um bom serviço também pra mim, pois eu tinha prometido que depois da morte de Jano arranjaria um empreguinho pra ele, e foi o que fiz. Ele me soprava tudo o que acontecia no palacete: o servilismo quase asqueroso de Jano ao coronel Aquiles Zanda; as negociatas entre os dois quando o coronel se tornou prefeito; o olhar ansioso e insinuante do paquiderme Palha para tua mãe; os jantares que Naiá preparava para militares e empresários que apoiavam o governo, e o desprezo que tua mãe sentia por todos. Mesmo assim, quando o vício lhe torcia as entranhas, ela jogava umas partidinhas até com esses pérfidos. Lembro a primeira vez que ela anunciou que ia se separar do teu pai e mandá-lo ao diabo. Estava eufórica a ponto de topar encontrar comigo numa tarde de tempestade que deixou a cidade escura. Foi num quarto espaçoso da pensão América. Chegou ensopada, sem nenhum disfarce: não usava nem mesmo a mantilha preta com que costumava ir aos nossos encontros clandestinos; despiu-se com uma encenação estudada, como se estivesse no palco de um cabaré barato. Depois acendeu várias velas sobre a penteadeira e a mesinha de cabeceira. Sentou na cama, devorei com os olhos o corpo encharcado. Per-*

guntei se ela havia alcançado uma graça divina. Disse: "Mais que isso: consegui minha liberdade". Tirou da bolsa um maço de cédulas novas, as abriu com um único gesto dos dedos mágicos e abanou o dinheiro perto do meu nariz. Senti o cheiro que o diabo gosta, e comecei a pensar e a me sentir como um milionário. Ela perguntou: "Estás agitado por causa do amor ou da fortuna?". "Os dois estão nesta cama molhada", eu disse, "mas, se for pra escolher, fico com o amor." Era o que tua mãe queria ouvir, mas era também o que eu sentia. Então ela comentou a tarde de sorte incomum no Parque Aquático do Rio Negro Clube, em que os naipes e números caíam do céu cada vez que ela pegava uma carta. Não piscava, não franzia um milímetro do rosto. Tirou duas vezes uma trinca de ás, três vezes um flush, e na penúltima rodada, quando os outros jogadores já tinham sido depenados, viu em suas mãos uma sequência máxima. Os adversários eram profissionais acostumados a jogar nos paraísos das Antilhas; mesmo assim, na última rodada um mutismo de morte os envolveu e eles foram embora deprimidos, deixando cheques altíssimos para tua mãe. Naquela tarde ela havia feito a aposta mais alta de toda a sua vida. Depois do nosso encontro na pensão América, fui procurar um terreno nos Educandos, de frente para o rio, pois não queria morar na outra ponta da praia, infestada de militares e políticos. Tua mãe sugeriu uma mudança geográfica radical: "Vamos morar no Rio de Janeiro, o Labourdett está no meu nome". Concordei sem hesitar. Nem soubeste disso: te embevecias na gatunagem artística do Arana, e eu tampouco tive tempo pra te contar, pois três dias depois tua mãe perdeu tudo o que ganhara, para os mesmos jogadores. De modo que, quando houve outras ameaças de mudança de cidade e de vida, me acostumei a considerá-las apenas isso: ameaças. O jogo de cartas era poderoso: um vício apaixonado, dissipador do corpo e da alma. E a ilusão da sorte se completava com a desilusão do azar. No fim das contas, urubus que devoram uns aos outros. Desde então ela diminuiu o valor das apostas, mas ganhava menos do que perdia, e quanto mais perdia, mais bebia. Uma das raras coisas que admirei em teu pai foi proibi-la de apostar dinheiro nos jogos no palacete. Mas foi uma admiração efêmera, pois a fraqueza empedernida de Jano o levou a fechar os olhos para jogatinas com apostas de pouca monta depois de um jantar com seus amigos mais íntimos: Zanda, Palha e Maximino Lontra, vulgo Heródoto ou Cara de Caveira. Com esses, Jano deixava tua mãe jogar na sala. Ele subia para dormir, sem se dar conta de que a jogada dos amigos era outra. Naiá me contou que Alícia jogava calada, mas de repente ela escutava advertências de tua mãe, cuja voz já estava solta e alterada pela bebida. Certa vez, Alícia disse ao coronel Zanda: "Não é preciso se comportar como um político vulgar, Aquiles. O jogo é uma diversão séria". O coronel ficou desconcertado, porque ela percebera um lance de trapaça na distribuição das cartas. Em outra ocasião, ela disse aos três, sem se dirigir a nenhum: "Comportem-se como homens, e não como cafajestes. Vou ser fiel ao meu amor até depois da morte". Não revelou quem era o seu amor: eles sabiam. Cada um se vingou de mim a seu modo: o coronel, na perseguição que comandou ao nosso cativeiro, nas tantas porradas que tomei de seus capangas e na cicatriz que deformou meu rosto. O acordo entre teu pai e Zanda era pra acabar com a minha vida, mas o coronel tinha pretensões políticas, e mais um assassinato poderia atrapalhar sua carreira ambiciosa. O paquiderme Palha, cujos gestos medidos e refinados exacerbavam sua afetação, era o gentleman do círculo de Jano. A ganância e a avidez saltam com tanta força dos olhos dele, que podem lhe devorar a própria cabeça. Roubou tua mãe depois da morte de Jano e execrou o nome do finado com a impostura truculenta dos pulhas. Palha e Arana, sentados numa gangorra, formariam o equilíbrio perfeito. O primeiro veio lá de cima, o segundo lá de baixo, e ambos lançam mão de artimanhas fantásticas pra realizar grandes negócios escusos, tudo em nome do progresso. Maximino Lontra usou sua influência e me expulsou para sempre do balcão da Booth Line, onde eu ganhava uns trocados quando tua mãe perdia até a alma na mesa do jogo. O Cara de Caveira foi mais ousado: conseguiu demitir o gerente comercial da Booth, meu amigo John Gladstone, que depois abriu a Casa Gladstone, conhecida como a boate dos Ingleses. John era o primeiro e último cliente de si mesmo: bebia mais que todos, mas era rigoroso no controle da idade dos frequentadores. Lembro que muitas moças iam festejar sua maioridade na boate, que durante muitos anos foi um escarcéu de sons e ritmos de todos os lugares no coração da zona portuária. Tua mãe lamentava não poder beber nem dançar na Gladstone nem em nenhum outro clube da cidade, pois passava suas noites mortificadas no palacete, de onde Jano não arredava o pé, salvo para ir a algum concerto no teatro Amazonas ou a um tedioso jantar de caridade, em que Alícia dava vexame às senhoras da Liga de Voluntárias para o Progresso. Tua mãe não ousava sair à noite nem quando Jano ia sozinho à Vila Amazônia. Isso me intrigava, e, quando lhe perguntei por que ficava encorujada, ela respondeu: "Por segurança. Todo mundo sai à noite pra farrear, e eu quero ser a única a sair só de dia". Às vezes eu recebia um recado urgente de Naiá e corria para o quartinho da rua Tamandaré, mas a maioria das fugas era planejada. De modo que, nas terças ou quintas da primeira e última semana do mês, Macau levava tua mãe ao salão de beleza; depois ela pegava outro táxi, dirigido pelo meu amigo Corel, e descia na calçada de uma porta estreita ao lado do bar Voo da Garça; subia a escada acompanhada pelas meninas que vinham do interior para se prostituir em Manaus. Eu já estava deitado na rede do quartinho, de braços abertos, o bolero na vitrola, "las tardes que pasé contigo, son todos mis sueños y jamás olvido", *que tua mãe ouvia até o fim, antes de tirar a roupa e dizer: "Amor", o cabelo cheirando a laquê e os óculos escuros ainda no rosto, a janelinha aberta para ela escutar as risadas e os convites das meninas aos transeuntes e depois dizer: "São meninas lindas, mesmo. Ah, se fossem minhas filhas...". Depois o táxi do Corel a deixava na porta do mesmo salão de beleza, e ela ia com Macau para o palacete. Mais de trinta anos com tua mãe, Mundo. E quanto teatro! Treinei pra ser esse ator e viver essa vida... Quando tua mãe morava no Rio, Ramira me dizia: "Tu mereces o desprezo daquela mulher. Estás ficando seco porque ela te submeteu a um silêncio pérfido". Na verdade, Alícia não silenciara: me enviava cartas para uma caixa postal, dizendo que estava tentando parar de jogar e de beber. Que esperava pelo teu regresso. E que um dia nós iríamos morar juntos no Rio. Uns três anos de fingimento na casinha da Vila da Ópera, Ramira acreditando que eu tinha sido abandonado pela tua mãe, e eu, no quarto, escrevendo e rasgando e depois reescrevendo às escondidas cartas de amor que eram enviadas para Alícia, enganando minha irmã e Lavo. Também fingi que deixei um filho na Vila Amazônia e, depois, fingi que me irritava com esse assunto. Queria acabar o casamento com*

Algisa e afastá-la de mim pra sempre, pois ela já falava em ter um filho e permanecer na propriedade. Fiquei apavorado. Aí encontrei uma moça grávida, cujo namorado tinha fugido pra Belém. Fiz um trato com ela; ofereci-lhe a metade do meu salário e disse: "Faz de conta que esse filho é nosso". A moça concordou. E ainda pedi ao doutor Kazuma que cuidasse da grávida. "É minha a criança que vai nascer", disse ao médico, sabendo que ele ia contar a Jano e que isso ia enfurecer teu pai. Fui esse farsante pra sobreviver, e durante uns trinta anos só traí tua mãe nas noites e tardes em que dormi com Algisa. O que eu pretendia que tua mãe encarasse como uma vingança sórdida e meio incestuosa de um ciumento, ela via como um ato de desespero, quase infantil. "Meu amor, sei que procuras minha irmã quando não podes me encontrar", dizia. E era verdade: as duas se pareciam tanto que às vezes eu quase me convencia de que uma podia ser a outra. Mas isso era passageiro, e logo eu me dava conta de que se tratava apenas de uma semelhança física, superficial. Ninguém podia ser tua mãe. E essa foi a única coisa que não pude fingir...

19

MENOS DE UM ANO DEPOIS, fui ao Rio participar de uma série de debates na Ordem dos Advogados e conhecer o projeto da criação da Escola da Magistratura. O caso de Macau me fez abandonar o escritório onde começara a trabalhar como estagiário; agora advogava em defesa de detentos miseráveis esquecidos nos cárceres. O lento retorno ao Estado de direito não acabara com muitos privilégios; quanto a isso, tio Ran tinha razão.

Viajei sem ter recebido o chamado de Alícia, mas desejava encontrá-la, mesmo contra sua vontade. Hospedei-me num hotel na rua do Rosário, e, após os debates, andava por lugares que haviam sido familiares para Mundo. Na véspera do meu regresso a Manaus, decidi passar pelo prédio de Alícia, na praça Bittencourt. Fica na fronteira com Copacabana, no bairro Peixoto, um bairro pequeno e calmo, meio escondido, mais próximo das montanhas que do mar. Na praça, crianças batiam bola e brincavam, velhos jogavam dominó e conversavam à sombra de mangueiras e acácias. O mais idoso desabafou: "Os militares vão cair fora!". Uma voz rouca levantou a dúvida: "E o que vem por aí?". Na calçada de um albergue, um grupo de jovens americanos que acabara de chegar da praia. Fiquei algum tempo olhando para o prédio de fachada malconservada, com roupa estendida nas varandinhas das salas, pensando como teria sido a vida de Mundo no breve período em que morara ali, até ser preso, e depois internado na clínica onde morreu. Subi até o terceiro andar e não hesitei em bater à porta. Quando Naiá apareceu, me emocionei: achava que nunca mais a veria. Ela me abraçou, pôs as mãos na minha cabeça e notou os dois rastros de calvície precoce: "Mano, o tempo é malvado com todo mundo".

Na sala, que eu imaginava menor, me ofereceu o sofá; em

seguida sumiu no corredor escuro. Quando voltou, disse que a patroa estava se arrumando.

"Sabes como ela é, gosta de se emperiquitar." Sentou num banquinho, disse que fazia tempo que ninguém entrava no apartamento. A patroa quase não saía, às vezes Naiá a arrastava para dar um passeio na praia e fazer umas comprinhas. Desculpou-se por não ter me telefonado, pois estava atrapalhada e sem tempo: "Quando os dois chegaram de Londres, a gente se mudou para cá. Cuidei da mudança, de tudo. O pior foi a prisão do menino".

Contou como o "menino" havia sido preso e depois espancado numa delegacia de Copacabana. "Isso foi no fim de janeiro, 25 de janeiro de 1978", recordou. "A gente passou uma noite toda esperando ele, e só soube da prisão pelos jornais. Dona Alícia pagou... deu uns dólares para o delegado e um dinheirinho para os policiais. Aí o menino saiu. Um bagaço, de tanta porrada. Sentia tontura, andava bambo, desmaiava. Mas, quando chegou de Londres, vivia falando de Manaus. Queria te ver, mostrar as pinturas... Dois amigos dele enviaram cartas. O Adrian desenhou e escreveu que nem história em quadrinhos. Não entendi nada, só a palavra *London* repetida quatro vezes. O outro escreveu em português, um tal de Alex. Diz que estava esperando Mundo em Berlim. Esse Alex é meio tantã, escreveu com letrinhas de formigas e desenhou uns retratos na folha. A patroa nem quis saber, nem avisou que o menino tinha morrido. Mas eu escrevi para os dois, na minha língua. Borrei as palavras de tanto apagar e corrigir, mas contei tudo. Disse que ele morreu de tristeza, no Carnaval..."

Começou a soluçar; molhou o rosto, agora rechonchudo. Enxugou-o com a barra da saia, se esforçou para sorrir, e perguntou com voz chorosa: "E a nossa cidade? A gente só lê escândalos nos jornais daqui. Escândalos e desgraças".

"Cresceu com muita miséria."

"Mas sinto tanta falta... muita saudade, Lavo. Dona Alícia não quer voltar. Quando toco no assunto, ela fica fula da vida e diz: 'Vai tu, sozinha'."

"Isso mesmo: sozinha. Mas agora vai preparar um café para a nossa visita." Alícia surgiu do corredor sombrio. Ainda altiva, maquiada com capricho, o mesmo jeito espontâneo e desprendido ao me beijar e abraçar e depois sentar na cadeira de palha que trouxera de Manaus: o corpo empinado, as pernas cruzadas e as mãos entrelaçadas no joelho; no colo, o leque espanhol.

"Sabia que um dia tu vinhas me visitar", disse, com um sotaque carioca agora nem um pouco afetado, observando-me dos pés à cabeça. Devolvi o olhar indiscreto e percebi a diferença entre o corpo e o semblante: a maquiagem não escondia o sofrimento, e os olhos estavam bem mais apagados, sem o ânimo da voz.

"Tanto tempo, não é? E quanta coisa acabou, Lavo!"
"A última vez..."
"No velório do meu marido... 24 de dezembro", interrompeu, refrescando-se com o leque. "Menti naquela noite: disse que Mundo estava com Ranulfo, no quarto do hospital. Depois a gente se viu no aeroporto. Nunca vou me esquecer daquela sexta-feira. Agora acabou. Fiquei sozinha... com a Naiá..."

Na sala, a cristaleira vazia, sem a foto de Fogo e seu dono, sem a coleção de soldadinhos e pequenas máquinas de guerra.

"Não repara, o apartamento é muito simples", disse ela, sem constrangimento. "Tive de vender o outro. Tu ias gostar do Labourdett. Agora só temos dinheiro para pagar as contas e comer. Ranulfo ficou arrasado, não esperava me encontrar de mãos abanando."

Largou o leque e mostrou as mãos nuas, nenhum anel. "A morte do meu filho, o jogo e a bebida me deixaram assim. Quando Ranulfo entrou aqui, entendeu tudo."

"Tio Ran arrumou um trabalho", eu disse, sem muita convicção.

"Que tipo de tapeação? Ajuda a tua tia a pregar botões?"
"Viaja de barco."
"Só pode ser contrabando", disse Alícia, piscando para Naiá. "Não queres trabalhar com ele? Vocês dois iam se divertir. Ranulfo trabalhando com os caboclos... essa é boa!"

Deu um cheque à empregada, pediu que o descontasse no banco e fosse fazer as compras da semana. Quando Naiá saiu, ela disse: "Essa criatura faz faxina nos apartamentos da avenida Atlântica e me ajuda nas despesas. Vendi as joias que ganhei do meu sogro, todas: anéis, broches, berloques, pulseiras... Joias de ouro português, quer dizer, de ouro brasileiro, feitas por um ourives de Lisboa. Aquele Palha me enganou: um corretor falou que ele vendeu minhas propriedades por menos do que valiam. Deu um bom dinheiro, mas tive de pedir mais pra comprar este apartamento".

Esperei cerca de meia hora, e enfim ela tocou no assunto: "Se não fosse meu filho, eu e Naiá já estaríamos na rua...".

Passou as mãos no rosto, balançando a cabeça, com tristeza. "Um marchand de Ipanema se interessou pelas obras de Mundo. Quando estou muito apertada, vendo um quadro ou um desenho. Ontem foram duas aquarelas. Naiá foi descontar o cheque. Sei que não é sempre assim, mas só consegui vender depois que ele morreu..."

"É a herança do teu filho."

Parou de balançar a cabeça, e tive a impressão de que ficou mais orgulhosa que ofendida com a minha observação.

"Soube que na Europa Mundo vendeu um monte de quadros e desenhos por uma bagatela. Não imaginas como ele vivia em Londres... O apartamento em Brixton... uma bagunça, gente de tudo que é lugar, país... branco, preto, mulato... Aquele bairro parecia o Brasil. Mundo morava com um amigo cineasta. Fizeram uma festa de despedida para ele. Os moradores da Villa Road estavam lá, e até uns artistas de Berlim. No fim da festa dormiram amontoados que nem bichos. Meu filho nunca parou em lugar nenhum, vivia dando voltas, louco para expor os trabalhos. Mandava desenhos e objetos para galerias e críticos de arte, sonhava frequentar uma escola em Londres. Queria estudar na Slade. 'The Slade é o meu futuro, mamãe', ele dizia. Contei que eu não tinha mais nem um centavo e que a gente ia ter que voltar para o Brasil. Ele já estava doente, não era a doença de Jano... Sempre perguntava por ti."

Virou o corpo para a cozinha, gritou duas vezes o nome de Naiá e, ao me ver surpreso, se desculpou: "Esqueço quando ela sai. Fico com as sombras do meu filho, Lavo, e esse é o maior sofrimento".

Levantou e foi buscar uma garrafa de uísque.

"Parei de beber, mas hoje é pela tua visita", disse, enquanto enchia os copos. "Ranulfo me levou para o álcool." Tomou um gole, sem gelo, fechando os olhos e suspirando. "Para o álcool e para a cama também, pela primeira vez. Não ia dar certo com ele, Lavo. Deu certo quando eu estava com Jano e tinha Mundo perto de mim. Sem meu filho, eu não podia... Teu tio tentou... ele quis... tentou entender o que só uma mãe sente profundamente. Ainda me escreve, sabias? Adora escrever cartas melosas, cheias de obscenidades, lembranças. Vive do passado; isso é meio covarde, não é? Já paraste? Nem um gole mais?"

Tornou a encher o copo: "Ranulfo não teve coragem de dizer que está trabalhando. Pensa que nasceu com a vocação da riqueza, e não do trabalho. Vai morrer sem vocação. Quando o assunto é trabalho, teu tio sabe fingir. Qual o ramo do contrabando?".

"Peixinhos do rio Negro... cardinais..."

"Claro, cardinais", ela deu uma gargalhada estrondosa. "E muitas iaras também. Safado! Mil vezes me pediu dinheiro para vir ao Rio, sempre neguei. Veio quando soube que Mundo estava internado. Perguntei como tinha conseguido o dinheiro da passagem. Ele riu e disse assim mesmo: 'Marreteiro, de porta em porta'. Mas gostava muito do meu filho, gostava como um pai, mais que um pai. Teu tio ia à clínica todo dia."

Com o copo na mão, se levantou e fez um gesto com a cabeça, apontando os cômodos: "Naiá dorme no meu quarto. Mundo dormia no outro".

Entramos no aposento à direita do corredor estreito: uma cama de casal no centro, uma penteadeira e, presa a ganchos na parede, uma rede vermelha. A janela dá para a parede de outro prédio, que veda parte da claridade. Alícia tirou uma chave da gaveta da penteadeira e, no fim do corredor, à esquerda, destrancou a porta do quarto do filho. Senti o cheiro de tinta ressequida. Da janela podia ver a praça: crianças correndo no coreto e a roda de velhos.

"Ele dormiu uns dias aqui. Foi preso e humilhado, só porque saiu andando nu pela rua. Depois ficou mais de uma semana na clínica, sofrendo..." Ela abriu o guarda-roupa e dali retirou aquarelas, desenhos a bico de pena, esboços e pequenos quadros com paisagens e figuras distorcidas de Kreuzberg e de bairros londrinos. Algumas obras, tinta acrílica em chapas de alumínio, com reprodução invertida em papel, eram retratos de amigos: *Alexandre Flem e suas identidades*, *Protesto de um jamaicano na Remnant Street*, *Mona e a viagem a todos os corpos*, *Adrian e os quadros cinéticos*.

De um caixote de carvalho, tirou telas enroladas em toalhas. Sete, as duas últimas mais pesadas. Desembrulhou-as e pôs, uma a uma, na bancada em L, como se formasse uma sequência.

"Mundo me pediu que te mostrasse esses quadros. Tive de jurar mil vezes que não ia vender nenhum. É o trabalho que ele queria apresentar naquela escola... The Slade. Começou na Alemanha e terminou em Londres."

Saiu do quarto e voltou com o copo cheio de uísque, o olhar triste mas sereno: "Nunca mostrei a ninguém. Quer dizer, teu tio conhece. Tudo isso é muito esquisito...".

Na primeira pintura uma figura masculina aparece de corpo inteiro, os olhos cinzentos no rosto severo, ainda jovem, terno escuro e gravata da cor dos olhos, as mãos segurando um filhote de cachorro, e, ao fundo, o casarão da Vila Amazônia, com índios, caboclos e japoneses trabalhando na beira do rio. Mundo, no meio dos trabalhadores, olha para eles e desenha. Nas quatro telas seguintes as figuras e a paisagem vão se modificando, o homem e o animal se deformando, envelhecendo, adquirindo traços estranhos e formas grotescas, até a pintura desaparecer. As duas últimas telas, de fundo escuro, eram antes objetos: numa, pregados no suporte de madeira, os farrapos da roupa usada pelo homem no primeiro quadro, que havia sido rasgada, cortada e picotada; na última, o par de sapatos pretos cravados com pregos que ocupavam toda a tela, os sapatos lado a lado mas voltados para direções opostas, e uma frase escrita à mão num papel branco fixado no canto inferior esquerdo: *História de uma decomposição — Memórias de um filho querido*.

Enquanto observava cada um dos quadros e em seguida o conjunto, descobria detalhes, sutilezas do cromatismo, traços. Tem algo de terrível e cômico nessa *História*, pensei.

"É a roupa que Jano usou no nosso casamento. Procurei-a quando ele morreu, mas não encontrei. Achei que tivesse doado aos pobres, mas não... Mundo tinha levado tudo para a Europa: o terno, a calça, a gravata, os sapatos. Só vi essas coisas aqui. Ele me mostrou as telas... estava empolgado, orgulhoso; eu implorei pra ele tirar aquele ódio da alma. Disse que não ia tirar o que sobrara da vida... 'Memórias', ele disse. Depois saiu sem avisar. Fugiu..."

Aproximou-se de uma das pinturas, a do meio, sem ousar tocá-la: "Olha para isso, Lavo. Esse rosto de ancião diabólico não lembra meu marido? O focinho do cachorro parece um velho triste. Os dois se olhando no espelho. E esses panos rasgados, os sapatos com um monte de pregos... O que tu achas? Isso é arte?".

Ficou ali, imóvel, o copo vazio entre as mãos, talvez sem perceber que os sete quadros, com a história que o filho inventara, não apenas aludiam à vida e à morte do pai, mas traduziam a angústia de Mundo e eram o presságio de sua própria morte.

"Mundo passou muito tempo pensando nisso", eu disse. "Foi sua maneira de expressar a vida. E tem sentimento..."

"Ódio...", interrompeu ela. "Não é isso que tu queres dizer? Ainda bem que ele não pintou o meu rosto nessas memórias horríveis. Sei que Jano foi duro com meu filho, mas não é injusto tripudiar sobre um morto? O pai... Eu ia jogar fora todos os quadros... teu tio não deixou: disse que seria a mesma coisa que matar Mundo. Senti remorso. Mas o pior não é isso. Um dia vou te contar..."

Cobriu as telas, e eu ajudei a arrumá-las no caixote.

"Ranulfo disse que tu querias me ver. Viajo amanhã, Alícia."

"Amanhã?", assustou-se ela.

Passou a mão no pescoço engelhado e nos lábios, e ficou parada a dois palmos de mim. Tio Ran não mentiu, pensei. Ela quer me contar alguma coisa e não está preparada, ou se arrependeu de ter mandado o recado. Vendo-a assim de perto, pude recordar meu amigo com nitidez: o mesmo jeito de olhar, como se os olhos escondessem uma história.

O suor se alastrava por suas faces tal qual uma máscara fina de papel de seda, enrugando-a. O cheiro da bebida e do perfume era mais forte que o cheiro de madeira e tinta do quarto; agora ela me observava como nunca fizera antes: séria, circunspeta, talvez mudando de ideia várias vezes, estudando a situação, calculando, até a voz murmurar: "Por que não ficas mais uns dias? Podes dormir aqui... no quarto dele".

Senti suas mãos úmidas nos meus braços, a respiração morna... A voz tornou a pedir, agora sem insistência, intuindo que eu não podia nem queria dormir no quarto do amigo morto, sob o mesmo teto que Alícia.

Ela se afastou: que a esperasse na sala, não ia demorar.

Notei que nas paredes não havia nenhuma obra de Mundo. Não estavam ali no apartamento os livros e discos de Jano, o aparelho de som, o sofá, a mesa do carteado nem as cadeiras. Dos objetos conhecidos, apenas a cadeira de palha e a cristaleira. Pensei nos sete quadros: a técnica apurada do primeiro retrato de corpo inteiro, com a paisagem e os trabalhadores no fundo, e, na sequência, o rosto de Jano envelhecendo, num tempo que ele não chegou a viver, como se até o momento da realização da pintura (e mesmo muitos anos depois) o pai estivesse vivo, e apenas a roupa e o olhar permanecessem imunes à passagem de décadas. Os olhos sumiam em cavidades ou manchas escuras, e na fisionomia se revelavam traços do focinho de um cachorro, os dentes caninos; os dois corpos deformados e decompostos. A consciência aguda da natureza animal, a verdade mais bruta, nua e crua. Mas, ao contrário de Alícia, eu não tinha certeza de que as figuras se remetiam de fato a Fogo e seu dono. Pareciam seres desconhecidos, que o tempo distorcia até tornar grotescos. A casa da Vila Amazônia tem traços do palacete de Manaus, lembrei. Mas evocava também outro lugar, que minha memória buscava, esquadrinhando cantos do passado...

Alícia trocara de roupa, agora usava um vestido de seda esverdeado; um colar de contas imitando pérolas contornava o decote. Ia me levar a um dos lugares mais bonitos do Rio. Caminhamos até a Nossa Senhora de Copacabana e continuamos pela avenida Atlântica em direção ao fim do bairro. Alícia não estava de bolsa, mas manifestava uma certa apreensão. Parou para mostrar o edifício onde moravam duas amigas cariocas, ex-parceiras de carteado, perdedoras que nem ela. Agora se reuniam antes do Natal para tomar chá e desabafar as agruras; uma era casada com um general reformado, que a proibira de jogar; a outra, mulher de um empresário, estava no auge da gastança: jogava em clubes grã-finos, pagava o jantar das amigas e ainda emprestava dinheiro. "Vivem na boa vida, como eu vivia em Manaus. Sofrem porque são casadas mas se consideram viúvas. Nem podem imaginar o que mais dói... Não perderam um filho."

Acenou para as sentinelas do Forte de Copacabana e cumprimentou um oficial do Comando de Artilharia da Costa. Sentamos num banco sombreado por uma amendoeira. Alguns militares passavam por perto; ondas espocavam nas pedras, enevoando a base do Forte. Por um momento, o barulho da água e a beleza da paisagem me distraíram. O mar azulado, as ilhas, a orla cheia de gente, os morros, as montanhas, a maresia, tudo aquilo era novo para mim.

"Nas férias em que a gente vinha para cá, eu e Mundo visitávamos o Forte. Quando voltamos de Londres, ainda estivemos aqui, uma vez... O Rio foi a cidade que ele escolheu para morrer. Em menos de duas semanas emagreceu que só; a doença devorou o corpo do meu filho, mas não a alma."

"Ele falava em voltar para Manaus? O Arana vivia dizendo..."

"Não era por causa do Arana. Meu filho nem tocava no nome desse sujeito. Mundo queria rever o Amazonas. Aqui mesmo, neste banco, disse que, quando olhava para o mar, lembrava do rio Negro, das viagens de barco..."

"Mundo gostava da Vila Amazônia?"

"Gostava e não queria gostar, era estranho. Quando criança, vivia metido nas casinhas de Okayama Ken: queria brincar com a criançada pobre. Jano arrastava o menino para casa. Meu marido detestava qualquer diversão. Mundo ficava sozinho na varanda, olhando o rio, desenhando. Acho que ele gostava, sim, da Vila Amazônia, mas dizia que a miséria estragava a beleza da natureza. Morreu com essa revolta... E falava muito do teu tio, ainda bem que os dois se encontraram. Na clínica, ele te chamava de primo. Dizia assim mesmo: 'Mostra o meu trabalho ao primo advogado'."

O rosto se voltou para os rochedos e pedras.

"Primo?"

Sorriu sem vontade, puxou do decote um envelope branco com manchas escuras; apertou meu braço com a mão suada e olhou para mim. "Só consegui dizer a verdade quando ele estava internado. Não era justo, Lavo. Meu filho ia morrer sem saber. Aí eu contei tudo... Não era hora para pedir perdão, mas eu não podia esconder... um segredo que só eu sabia. Ele ouviu, não disse nada, quis ficar sozinho."

Alisou o envelope com a ponta dos dedos. "Mundo deixou esta carta para ti."

"Por que não me enviou?"

"Medo", respondeu à queima-roupa. "Medo e vergonha. Passei todo esse tempo pensando se não era melhor rasgar... ou esquecer. Mas foi o último pedido de Mundo... suas últimas palavras... Não li a carta, Lavo, juro... não li nem uma linha. E não me interessa o que vais fazer com ela."

Deixou o envelope no banco e levantou. Não chorava; mais de dois anos depois da morte do filho, a dor e o sofrimento pareciam guardados. Manteve-se forte quando se despediu. Queria voltar sozinha para o apartamento.

"Bom, acho que a gente não vai mais se ver", pressagiou.

Ao abraçá-la, senti o cheiro de um perfume antigo e pensei que aquela mulher podia pertencer à minha família.

Parou entre as sentinelas do Forte, deu um adeus breve, e a figura verde e altiva foi diminuindo na calçada da avenida Atlântica. Uma luz avermelhada cobriu as ilhas e o oceano. Ainda fiquei ali, escutando o choque das ondas nas rochas, vendo os edifícios piscarem e, atrás deles, os morros se confundirem com a noite.

Mal subi no ônibus para o centro, abri o envelope com a carta de Mundo. O trecho que li ao acaso me deixou ansioso. Li-o outra vez, devagar, e ele não saiu mais da minha cabeça. Saltei do ônibus e andei a esmo pelos arredores do hotel, entre o beco dos Barbeiros e a rua do Rosário. Como Alícia podia ter agido daquela forma com o próprio filho? Passei atordoado em meio a gente que saía do trabalho, camelôs, mendigos, crianças desgarradas, vendedores e vendedoras de flores e de biscoitos de polvilho, homens que jogavam damas no batente sujo de lojas fechadas, ou em pé, parados, seguravam placas de "Compro e vendo ouro". Nos bares, vozes exaltadas discutiam o fim do regime militar. Deixei de lado a pátria e o poder agonizante dos generais, mas não consegui ir para o hotel: entrei no beco das Cancelas e comecei a beber no Bico do Diabo. Fui o último a sair do bar, meio tonto, pensando se não valeria a pena adiar minha viagem e rever Alícia...

Reli a carta várias vezes em Manaus, mesmo depois da morte de Alícia, que Naiá me comunicou por telefone. Ela disse que no último ano de vida a patroa vendera todos os trabalhos do filho, menos os sete quadros. "Fez coisa pior, Lavo... mas, no fim, foi uma boa pessoa. Quer dizer, foi justa comigo, pôs o apartamento no meu nome. Tive medo de ser enxotada daqui e ter que ir morar num cortiço. Ela sabia que eu adorava Mundo. E quem tinha cuidado do seu Jano? A comida, os jantares, a limpeza daquela casa em Manaus. Eu sabia que ela chamegava com o teu tio. Mas dona Alícia era que nem aranha, se escondia no escuro da teia e crescia. Ela mentiu para o

Ranulfo... não ia chamar ele quando Mundo foi internado. Ameacei: 'Se a senhora não avisar, eu mesma aviso'. Ela vivia desconfiada de alguma coisa, não queria dizer que o menino estava doente. A desculpa? Diz que não queria que vocês vissem o menino assim, osso e pele. 'Ele vai melhorar; quando ficar bom, eu conto', falou. 'Então faça o que a senhora sempre fez', eu disse. 'Minta pra eles. Diga que ele sofreu um acidente e está passando mal.' Ela deixou um recado pro Ranulfo, pedindo que ele viesse logo para o Rio, mas não te avisou. O que eu fiz foi mandar pra ti o jornal com a foto... a prisão dele... Não contei pra dona Alícia, ela ia brigar. Deu um nó na minha língua, não saía de perto... e eu não pude falar essas coisas quando tu passaste por aqui. Ela mentiu pra ti também, Lavo. Ainda tinha uns colares e gargantilhas, e só parou de jogar quando o menino estava nas últimas. Morreu seca e sozinha, que nem o filho. Na última bebedeira, chorava de dar pena. Foi pro quarto de Mundo, se trancou lá... gritava o nome dele e chamava o teu tio. Depois ouvi umas batidas, marteladas. Fiquei com medo, chamei os vizinhos e a polícia... arrombaram a porta. Ela tinha destruído os quadros... rasgou as telas, quebrou tudo com tanta força, tanto ódio, que só ficou um monte de lixo no chão, uns pregos tortos, pedaços de roupa... Ela estava deitada no meio dessas coisas, toda cortada, tinha vomitado muito. Levamos a coitada para um hospital público. E eu ainda fui interrogada... Agora, sozinha, rezo pelos três. Foram a minha família."

Parou de falar, e percebi que chorava. "Foram a minha família", repetiu. "Eu vi o menino nascer."

Alícia foi enterrada no Rio, ao lado do filho. A morte da mulher que Ramira tanto odiava a afastou ainda mais de Ranulfo. Era raro ver os dois juntos, e eu só os encontrava vez ou outra na casa do Américo, no Morro da Catita. Eram os únicos parentes que me restavam, e suas histórias podiam alimentar outra, que eu decidira escrever.

Ranulfo já não era bruto nem grosseiro com Ramira. A punição que tio Ran aplicou à irmã foi o desprezo. Quando ela ia atrás dele no Morro, meu tio se encasulava na rede, dando ao silêncio o poder de mortificar Ramira. Ela saía da casa do Américo, ia rezar na igreja de São Francisco e depois andava sob as poucas castanheiras que tinham sobrevivido à devastação, assustada com o crescimento do bairro; quando retornava, via o irmão roncando na rede, as mãos sobre um romance aberto. Deixava uma marmita com peixe recheado e, antes de partir, rogava por uma palavra ou gesto de afeto. Com os olhos fechados, meu tio dizia sem vontade: "Agora quero ficar sozinho, mana". A voz sincera de Ranulfo era mais ferina que seu desdém. Então ela voltava à costura de moldes baratos, à solidão de uma atividade cada vez mais anacrônica, sem perder o ânimo, nem o orgulho de quem passara a vida cortando e emendando tecidos. Dizia que muitas pessoas dançavam, marchavam, estudavam e se divertiam com roupas feitas por ela. "Até os mortos são enterrados com a roupa que sai daqui", sentenciava, mostrando as mãos.

O orgulho prevaleceu sobre o ânimo, e ela nunca mais aceitou minha ajuda: o dinheiro com que comprava a cumplicidade e a companhia do irmão. Bem ou mal, agora Ranulfo não ganhava uns trocados como agente de piabeiros? Não morava de graça na casa do Américo?

"Além disso, teu tio sempre foi ateu e sem-vergonha... Ele gosta mesmo é de carne viva. A morta nunca vai ressuscitar no coração dele. Acabou o feitiço. Meu irmão desencantou!"

Ranulfo também se esquivou de mim, mas com outra atitude e por outros motivos. Sabia que eu abandonara o escritório de advocacia e que me dedicava a miudezas e à assistência jurídica dos "seres da vala comum", como ele dizia. Mas não comemorou o fim do regime militar, apenas escarnecia do coronel Zanda, que, depois de ter destruído parte de Manaus e de sua história com a mania insana de modernização e reforma urbana, se reformara e morava no Rio. Solitário, vivendo do trabalho sazonal, meu tio ignorava a história da cidade e do país. A revolta dele era pessoal, íntima, e em estado bruto. Isso se evidenciava nas discussões políticas amalucadas que tinha com Chiquilito e

Corel. Suas palavras inflamadas não formavam opiniões; eram como plantas absurdas, sem raízes na terra ou mesmo no ar. Chocalhos infantis, totalmente inúteis.

Passado algum tempo, quando o primeiro presidente civil ia tomar posse, fui visitar tio Ran. Uma das poucas árvores remanescentes do Castanhal projetava um bordado de sombras que cobria a casa do Américo. Vi a rede estendida entre o tronco e a estaca do alpendre. Envergada e volumosa, parecia esconder um corpo, mas, ao abri-la, encontrei livros. Ranulfo estava só de calção, sentado diante de uma mesinha, batendo com a ponta de um lápis num calhamaço. Perguntei o que estava escrevendo.

"O relato sobre Mundo", disse, triste mas orgulhoso. "Histórias... a minha, de Mundo e do meu amor, Alícia."

Tio Ran não quis dizer mais nada sobre o relato, então fiz um comentário a respeito das eleições. Ele contou que Arana fora convidado para a solenidade em Brasília: ia numa comitiva oficial, levando animais e móveis de mogno para decorar o palácio do Planalto. Disse isso com desinteresse, olhando ávido para as folhas de papel. Deu uma pancadinha na mesa, e a voz ferina veio à tona: "Agora vai embora, preciso ficar sozinho. Quero terminar logo essas histórias. Depois te entrego a mixórdia toda... escrita a lápis".

O alívio maior de tio Ran, talvez uma alegria, e o único triunfo entre tantas decepções de sua vida de amante esperançoso foi saber que Mundo decifrara a tempo o caráter de Arana. O que Ranulfo mais queria era ler a carta do meu amigo. Alícia a mencionara, e, por rodeios e insinuações, ele manifestava o desejo de lê-la. Eu desconversava, deixando-o mais curioso, e muito mais atormentado pela dúvida que, para mim, já deixara de existir: suspeitava que o sobrinho estivesse escrevendo um livro sobre Mundo. Queria que isso fosse verdade, pois só assim leria a última carta de Mundo, e ao mesmo tempo não queria.

Antes de mais uma viagem ao rio Negro, ele me entregou o manuscrito, dizendo com ansiedade: "Publica logo o relato que escrevi. Publica com todas as letras... em homenagem à memória de Alícia e de Mundo".

Atendi ao pedido do meu tio, mas não com a urgência exigida por ele — esperei muito tempo. Como epílogo, acrescentei a carta que Mundo me escreveu, antes do fim.

20

ONTEM À NOITE, nem minha mãe apareceu... A dificuldade para encontrar palavras... Ainda mais deitado, destruído por dentro e por fora... Murmúrios no corredor: enfermeiras... A carta de Brixton... demorei mais de uma semana para escrever... Já estava doente, mas não quis contar tudo... Nem agora eu ia te escrever, não pensava que seria capaz... Minha mãe prometeu que ia te entregar os estudos da série *Memórias de um filho querido*. Quando ela viu o trabalho, ficou confusa, observou os sete quadros com um olhar hesitante. A mesma hesitação dos momentos mais decisivos de minha vida. Agora me arrependo de ter lhe mostrado. Tarde demais para tudo... mas eu tinha de contar a alguém essa história... o fim de uma história antes do fim. A vida pelo avesso, Lavo... Ontem foi um dia escuro, sono e exaustão, dia de olhos fechados. Hoje acordei com pouca dor, vi o sorriso da enfermeira e lembrei de um pesadelo... mas não tenho tempo pra falar de sonhos. Dia ensolarado, minha mão menos pesada, agora posso escrever. Um final de manhã, Alícia, e não Naiá, foi me buscar no grupo escolar. Veio a pé, sem Macau. Fomos de táxi à praça Quinze de Novembro, Ranulfo estava na calçada do Castelinho da Booth, me carregou nos ombros, fez palhaçadas, me deu uma caixa de bombons. Um amigo da mamãe, ela disse. Andamos por umas ruas nos arredores do porto, descemos um beco que dava no rio e embarcamos num pequeno motor. Pensava que íamos à Vila Amazônia, mas a viagem era outra. Fomos até a ilha do Camaleão, e nessa viagem minha mãe parecia feliz. Depois Ranulfo aparecia sozinho no grupo escolar e me levava ao bar Taquarinha; tomava uma cerveja e comprava um picolé para mim. No meio da tarde íamos para o Manaus Harbour, e em casa eu perguntava a minha mãe: "Por que não é meu pai que me apanha para ir visitar os navios?". "Um dia eu te conto", ela dizia. Alícia me aproximou de Ranulfo, dizia a Jano que eu tinha aulas particulares à tarde e me pedia: "Não conta nada pra ninguém". Ranulfo podia ser tudo: um protetor, um mentor, às vezes um amigo esquisito e brincalhão, menos um pai, eu pensava. Alícia queria tempo para ela, dava dinheiro para Ranulfo e dizia: "Compra os melhores livros para o meu filho, quero que ele aprenda várias línguas". Agora sei que teu tio me levou para o caminho da arte, ele, mais que o Arana. Pensava que ele morria de inveja do Arana, mas não era isso... Agora a enfermeira vem aplicar uma injeção, e minha mãe pede para entrar, e digo à enfermeira que quero dormir e que detesto essa sopa, o cheiro da sopa... Minha mãe... A boca cheira a uísque, ela chupa bombom de hortelã, o cheiro de álcool é mais forte. Finjo que durmo, sonolento, finjo que estou sonhando e murmurando no meu sonho de mentira. Passa a mão na minha testa quente e me acaricia o rosto com a ponta dos dedos. Bebeu muito? Nega com raiva. Em Londres me concentrei nos sete quadros-objetos, era um modo de me libertar. A imagem de Jano não ficou isolada na minha cabeça, era o processo que interessava, a vida pensada, a vida vivida, dilacerada. Pintar não é uma maneira de lembrar com cores e formas? Inventar a vida numa situação extrema? Não podia frequentar uma escola de arte. Passei semanas no sobrado da Villa Road, sem sair, pintando dia e noite, destruindo e pintando outra vez, tentando encontrar a imagem em seu instante de plenitude. Não sei quanta coisa veio do acaso, quanta coisa veio dos estudos e esboços, esse difícil equilíbrio entre o acaso e a intenção. O que sei é que trabalhei de maneira exasperada, alucinada às vezes, às vezes rindo da minha própria desgraça. Formas mais ou menos figurativas, decompondo o retrato da família, até chegar à roupa e aos dejetos de Jano. Ideias e emoções que nos movem. Me livrei de um peso quando terminei esse trabalho, mas não me considero um artista, Lavo. Só quis dar algum sentido a minha vida. Tinha medo de morrer com os meus esboços, teria sido uma vida esvaziada... medo porque a tontura e a fraqueza e a dor estavam me derrubando... Lembro de meus amigos fazendo uma encenação maluca perto da Remnant Street: Mona caía morta, e alguém parava o trânsito e chamava o bombeiro enquanto Adrian filmava; eu observava apenas, sentado sob um arco da rua. De repente uma vertigem me apagou, e não levantei mais. Um desconhecido, doente e estrangeiro... Mais um artista no desterro. Telefonei pra minha mãe, de certa forma capitulei. Ela sentiu minha aflição, meu desespero. Vendeu o apartamento do Labourdett, pagou suas dívidas e foi ao meu encontro. Um encontro de dois doentes. Quando ela me viu, magro e sem força, o mundo desabou. E, na volta de Londres, passou dias no Rio prometendo me contar um segredo; ia contar e ficava entalada, e só conseguiu revelar que estava perturbada com os quadros sobre Jano. Agora sei que meu trabalho foi um demônio que moeu sua consciência, roendo-a e queimando-a por dentro. O tempo, que se atirava ferozmente contra mim, dava a ela um ultimato. Eu e minha mãe, reféns um do outro, nós dois reféns do tempo. Nem nos últimos dias que passamos juntos ela largou a bebida. E ainda quis que eu destruísse meu próprio trabalho... Foi na noite em que saí do apartamento, no meio da madrugada... Fiquei sentado no centro do coreto da praça Bittencourt, pensando na minha vida. Esperei o amanhecer, o instante mais belo, a cidade quase quieta, a cidade dos desgarrados, toda a beleza do Rio para os que não têm lugar nem abrigo... pessoas que não têm aonde ir. Pensei: todo ser humano em qualquer momento de sua vida devia ter algum lugar aonde ir. Não queria perambular pra sempre... morrer sufocado em terra estrangeira. A errância não era o meu destino, mas a volta ao lugar de origem era impossível. De manhãzinha caminhei pela rua Tonelero... nu, de cocar, segurando um remo. Os empregados dos bares e farmácias riam de mim, mas eu não estava indo fantasiado para um túnel. Erguia o remo do índio velho, o morto da Vila Amazônia... um dos índios e caboclos que pintei no fundo dos meus quadros, no fundo escondido e vergonhoso da nossa história. Na boca do túnel comecei a gritar, endiabrado... Depois, as porradas na delegacia, faltava chão para os meus pés... Agora eram três, todos de branco... A enfermeira veio tirar a pressão e injetar algum medicamento na veia... Não entendi a conversa deles, só as palavras da minha mãe: "Ele é forte, vai viver...". Naiá não veio, diz que tem medo, medo de sofrer me vendo sofrer. Então Ranulfo apareceu. Grisalho, rosto escondido pela barba, olhar de espanto e tristeza. Entrou devagar, desajeitado, e ficou ajoelhado perto de mim. Segurou minhas mãos, com afeto... me beijou... E eu chorei calado, olhando para ele, relembrando... Minha mãe repetiu: "Meu filho é forte, não disse?". Perguntei por ti, e teu tio disse: "Olha, o Lavo virou um advogadozinho de porta de presídio", rindo, depois chorando... "Vocês vão se encontrar em Manaus..." "Claro", eu disse, sentindo a picada da agulha. Ele me visitou mais duas vezes, ou três, não sei se em dias alternados. Anoiteceu, o médico me examinou, depois cochilei. A enfermeira trouxe o jantar, ouvi a voz da minha mãe, uma conversa com o médico. Alícia ficou comigo, quis dormir no quarto. Perguntou o que eu estava escrevendo. "Uma carta para o meu amigo. Quando eu terminar, entrega pra ele. Só te peço isso..." A melhor manhã. Não me sinto com mais força, nem mais animado, mas estou lúcido, minha mãe percebeu. Me beijou muito, molhou meus olhos... acariciando com medo. Debruçou-se na cama, o cabelo sobre o meu rosto... Disse que ela e Ranulfo se apaixonaram na juventude. Tinha medo de viver com ele, um rapaz pobre, hostil ao trabalho. As brigas que tiveram por causa disso... Em setembro de 1951, na Casa Colombo... "Enchia os olhos, admirando chapéus e sapatos finos que só poderia comprar na imaginação", ela disse. "Um rapaz estava escolhendo um corte de linho, e eu me intrometi, dei um palpite, ele gostou. Quando ele disse quem era, sonhei com outra vida, muito melhor. Trajano Mattoso. Magrinho, tímido, elegante. Gostou de mim, até esqueceu o tecido; gostou tanto que me convidou para visitar o escritório da firma na rua Marechal Deodoro. Depois me levou aos bailes nos clubes chiques. Casamos logo, do dia pra noite. Naquele mês eu tinha flertado com outro rapaz, queria fazer ciúme ao Ranulfo. Era pra ser só um flerte. Foi apenas uma noite... quando saí sozinha de uma festa de casamento. Ninguém soube o que aconteceu naquela noite. Eu era mocinha, nem dezoito anos." As mãos dela ficaram mornas, suarentas. Minha mãe não olhava mais pra mim; pôs a cabeça no meu ombro, o peito esquerdo cobriu meu rosto, e eu escutei as batidas, o disparo de um coração rendido. Então ela gaguejou, confusa, até pronunciar um nome... Poderia ter sido o nome do teu tio... O corpo debruçado sobre a minha cabeça tremia muito, e ela começou a chorar, e, quando soltou minhas mãos e se ergueu, vi contra o teto a fisionomia alterada por um choro convulsivo, soluços da dor que ouvi pela primeira vez... Ela não chora só por minha causa, pensei naquele momento; chora por si mesma, pela mentira de toda uma vida. Nem sei se Jano sabia. Agora expeliu esse nome na minha cara e confessou tarde demais que é esse o nome do meu verdadeiro pai. Tento relembrar cada momento no ateliê, cada conversa e encontro, mas só vejo o que há de pior naquele homem: a covardia, o oportunismo e uma preocupação fingida com o "aluno" que era seu filho. Lembro do que me disse um dia: a dor das tribos, de todas as tribos. Um grande exportador de mogno... Ranulfo me contou essas coisas, mas nem ele, nem eu, ninguém sabia que minha mãe ainda mantinha contato com Arana. Ela confessou isso também, contou todos os segredos infames, até dinheiro recebia do Arana, dinheiro que ele quis mandar para mim e que ela usou para comprar a passagem para Londres e me trazer de volta para o Rio. Os dois enganaram todo mundo. Mas ela teve sorte... Sou parecido com ela, não com ele. Os amigos de Jano insistiam nisso: "Teu filho é a cara da tua mulher, cuspida e lambida". Agora ela se envergonha, mal consegue olhar para mim, entra e sai aos prantos, cercada por médicos e enfermeiras. Mais de uma razão para chorar... E já não há palavras entre nós. Pensei em reescrever minha vida de trás para frente, de ponta-cabeça, mas não posso, mal consigo rabiscar, as palavras são manchas no papel, e escrever é quase um milagre... Sinto no corpo o suor da agonia. Amigo... e não primo. Esse teto baixo, paredes vazias, ausência de cor e de céu... O sol e o céu do Rio e do Amazonas... nunca mais... Só essas paredes, e esse cheiro insuportável... Agora escuto a minha própria voz zunindo e sinto fagulhas na cabeça, e a voz zunindo, fraca, dentro de mim... Não posso mais falar. O que restou de tudo isso? Um amigo, distante, no outro lado do Brasil. Não posso mais falar nem escrever. Amigo... sou menos que uma voz...

MILTON HATOUM (Manaus, 1952) estudou arquitetura na USP e estreou na ficção com *Relato de um certo Oriente* (1989, prêmio Jabuti de melhor romance). Seu segundo romance, *Dois irmãos* (2000), foi adaptado para televisão, teatro e quadrinhos. Com *Cinzas do Norte* (2005), Hatoum ganhou os prêmios Jabuti, Livro do Ano, Portugal Telecom, Bravo! e APCA. Publicou o livro de contos *A cidade ilhada* (2006), a novela *Órfãos do Eldorado* (2009), adaptada para o cinema em 2015, e a coletânea de crônicas *Um solitário à espreita* (2013). Os romances *A noite da espera* (2017, prêmio Juca Pato/Intelectual do Ano) e *Pontos de fuga* (2019) fazem parte da trilogia O Lugar Mais Sombrio. Sua obra de ficção, publicada em dezessete países, recebeu em 2018 o prêmio Roger Caillois (Maison de l'Amérique Latine/Pen Club-França).

COMPANHIA DE BOLSO

Jorge AMADO
  Capitães da Areia
  Mar morto
Carlos Drummond de ANDRADE
  Sentimento do mundo
Hannah ARENDT
  Homens em tempos sombrios
  Origens do totalitarismo
Philippe ARIÈS, Roger CHARTIER (Orgs.)
  História da vida privada 3 — Da Renascença ao Século das Luzes
Karen ARMSTRONG
  Em nome de Deus
  Uma história de Deus
  Jerusalém
Paul AUSTER
  O caderno vermelho
Ishmael BEAH
  Muito longe de casa
Jurek BECKER
  Jakob, o mentiroso
Marshall BERMAN
  Tudo que é sólido desmancha no ar
Jean-Claude BERNARDET
  Cinema brasileiro: propostas para uma história
Harold BLOOM
  Abaixo as verdades sagradas
David Eliot BRODY, Arnold R. BRODY
  As sete maiores descobertas científicas da história
Bill BUFORD
  Entre os vândalos
Jacob BURCKHARDT
  A cultura do Renascimento na Itália
Peter BURKE
  Cultura popular na Idade Moderna
Italo CALVINO
  Os amores difíceis
  O barão nas árvores
  O cavaleiro inexistente
  Fábulas italianas
  Um general na biblioteca
  Os nossos antepassados
  Por que ler os clássicos
  O visconde partido ao meio
Elias CANETTI
  A consciência das palavras
  O jogo dos olhos
  A língua absolvida
  Uma luz em meu ouvido
Bernardo CARVALHO
  Nove noites
Jorge G. CASTAÑEDA
  Che Guevara: a vida em vermelho
Ruy CASTRO
  Chega de saudade
  Mau humor
Louis-Ferdinand CÉLINE
  Viagem ao fim da noite
Sidney CHALHOUB
  Visões da liberdade
Jung CHANG
  Cisnes selvagens
John CHEEVER
  A crônica dos Wapshot
Catherine CLÉMENT
  A viagem de Théo
J. M. COETZEE
  Infância
  Juventude
Joseph CONRAD
  Coração das trevas
  Nostromo
Mia COUTO
  Terra sonâmbula
Alfred W. CROSBY
  Imperialismo ecológico
Robert DARNTON
  O beijo de Lamourette
Charles DARWIN
  A expressão das emoções no homem e nos animais
Jean DELUMEAU
  História do medo no Ocidente
Georges DUBY
  Damas do século XII
  História da vida privada 2 — Da Europa feudal à Renascença (Org.)
  Idade Média, idade dos homens
Mário FAUSTINO
  O homem e sua hora
Meyer FRIEDMAN,
Gerald W. FRIEDLAND
  As dez maiores descobertas da medicina
Jostein GAARDER
  O dia do Curinga
  Maya
  Vita brevis
Jostein GAARDER, Victor HELLERN,
Henry NOTAKER
  O livro das religiões

Fernando GABEIRA
O que é isso, companheiro?
Luiz Alfredo GARCIA-ROZA
O silêncio da chuva
Eduardo GIANNETTI
Auto-engano
Vícios privados, benefícios públicos?
Edward GIBBON
Declínio e queda do Império Romano
Carlo GINZBURG
Os andarilhos do bem
História noturna
O queijo e os vermes
Marcelo GLEISER
A dança do Universo
O fim da Terra e do Céu
Tomás Antônio GONZAGA
Cartas chilenas
Philip GOUREVITCH
Gostaríamos de informá-lo de que amanhã seremos mortos com nossas famílias
Milton HATOUM
A cidade ilhada
Cinzas do Norte
Dois irmãos
Relato de um certo Oriente
Um solitário à espreita
Patricia HIGHSMITH
Ripley debaixo d'água
O talentoso Ripley
Eric HOBSBAWM
O novo século
Sobre história
Albert HOURANI
Uma história dos povos árabes
Henry JAMES
Os espólios de Poynton
Retrato de uma senhora
P. D. JAMES
Uma certa justiça
Ismail KADARÉ
Abril despedaçado
Franz KAFKA
O castelo
O processo
John KEEGAN
Uma história da guerra
Amyr KLINK
Cem dias entre céu e mar
Jon KRAKAUER
No ar rarefeito

Milan KUNDERA
A arte do romance
A brincadeira
A identidade
A ignorância
A insustentável leveza do ser
A lentidão
O livro do riso e do esquecimento
Risíveis amores
A valsa dos adeuses
A vida está em outro lugar
Danuza LEÃO
Na sala com Danuza
Primo LEVI
A trégua
Alan LIGHTMAN
Sonhos de Einstein
Gilles LIPOVETSKY
O império do efêmero
Claudio MAGRIS
Danúbio
Naguib MAHFOUZ
Noites das mil e uma noites
Norman MAILER (JORNALISMO LITERÁRIO)
A luta
Janet MALCOLM (JORNALISMO LITERÁRIO)
O jornalista e o assassino
A mulher calada
Javier MARÍAS
Coração tão branco
Ian McEWAN
O jardim de cimento
Sábado
Heitor MEGALE (Org.)
A demanda do Santo Graal
Evaldo Cabral de MELLO
O negócio do Brasil
O nome e o sangue
Luiz Alberto MENDES
Memórias de um sobrevivente
Gita MEHTA
O monge endinheirado, a mulher do bandido e outras histórias de um rio indiano
Jack MILES
Deus: uma biografia
Vinicius de MORAES
Antologia poética
Livro de sonetos
Nova antologia poética
Orfeu da Conceição
Fernando MORAIS
Olga
Helena MORLEY
Minha vida de menina

Toni MORRISON
Jazz
V. S. NAIPAUL
Uma casa para o sr. Biswas
Friedrich NIETZSCHE
Além do bem e do mal
O Anticristo
Aurora
O caso Wagner
Crepúsculo dos ídolos
Ecce homo
A gaia ciência
Genealogia da moral
Humano, demasiado humano
Humano, demasiado humano, vol. II
O nascimento da tragédia
Adauto NOVAES (Org.)
Ética
Os sentidos da paixão
Michael ONDAATJE
O paciente inglês
Malika OUFKIR, Michèle FITOUSSI
Eu, Malika Oufkir, prisioneira do rei
Amós OZ
A caixa-preta
O mesmo mar
José Paulo PAES (Org.)
Poesia erótica em tradução
Orhan PAMUK
Meu nome é Vermelho
Georges PEREC
A vida: modo de usar
Michelle PERROT (Org.)
História da vida privada 4 — Da Revolução Francesa à Primeira Guerra
Fernando PESSOA
Livro do desassossego
Poesia completa de Alberto Caeiro
Poesia completa de Alvaro de Campos
Poesia completa de Ricardo Reis
Ricardo PIGLIA
Respiração artificial
Décio PIGNATARI (Org.)
Retrato do amor quando jovem
Edgar Allan POE
Histórias extraordinárias
Antoine PROST, Gérard VINCENT (Orgs.)
História da vida privada 5 — Da Primeira Guerra a nossos dias
David REMNICK (JORNALISMO LITERÁRIO)
O rei do mundo
Darcy RIBEIRO
Confissões
O povo brasileiro

Edward RICE
Sir Richard Francis Burton
João do RIO
A alma encantadora das ruas
Philip ROTH
Adeus, Columbus
O avesso da vida
Casei com um comunista
O complexo de Portnoy
Complô contra a América
Homem comum
A humilhação
A marca humana
Pastoral americana
Patrimônio
Operação Shylock
O teatro de Sabbath
Elizabeth ROUDINESCO
Jacques Lacan
Arundhati ROY
O deus das pequenas coisas
Murilo RUBIÃO
Murilo Rubião — Obra completa
Salman RUSHDIE
Haroun e o Mar de histórias
Oriente, Ocidente
O último suspiro do mouro
*Os versos satânicos*Oliver SACKS
Um antropólogo em Marte
Enxaqueca
Tio Tungstênio
Vendo vozes
Carl SAGAN
Bilhões e bilhões
Contato
O mundo assombrado pelos demônios
Edward W. SAID
Cultura e imperialismo
Orientalismo
José SARAMAGO
O Evangelho segundo Jesus Cristo
História do cerco de Lisboa
O homem duplicado
A jangada de pedra
Arthur SCHNITZLER
Breve romance de sonho
Moacyr SCLIAR
O centauro no jardim
A majestade do Xingu
A mulher que escreveu a Bíblia
Amartya SEN
Desenvolvimento como liberdade

Dava SOBEL
- *Longitude*

Susan SONTAG
- *Doença como metáfora / AIDS e suas metáforas*
- *A vontade radical*

Jean STAROBINSKI
- *Jean-Jacques Rousseau*

I. F. STONE
- *O julgamento de Sócrates*

Keith THOMAS
- *O homem e o mundo natural*

Drauzio VARELLA
- *Estação Carandiru*

John UPDIKE
- *As bruxas de Eastwick*

Caetano VELOSO
- *Verdade tropical*

Erico VERISSIMO
- *Caminhos cruzados*
- *Clarissa*
- *Incidente em Antares*

Paul VEYNE (Org.)
- *História da vida privada 1 — Do Império Romano ao ano mil*

XINRAN
- *As boas mulheres da China*

Ian WATT
- *A ascensão do romance*

Raymond WILLIAMS
- *O campo e a cidade*

Edmund WILSON
- *Os manuscritos do mar Morto*
- *Rumo à estação Finlândia*

Edward O. WILSON
- *Diversidade da vida*

Simon WINCHESTER
- *O professor e o louco*

1ª edição Companhia das Letras [2005] 7 reimpressões
1ª edição Companhia de Bolso [2010] 8 reimpressões

Esta obra foi composta pela Verba Editorial em Janson Text
e impressa pela Gráfica Bartira em ofsete sobre papel Pólen da
Suzano S.A. para a Editora Schwarcz em junho de 2024

A marca FSC® é a garantia de que a madeira utilizada na fabricação do
papel deste livro provém de florestas que foram gerenciadas de maneira
ambientalmente correta, socialmente justa e economicamente viável,
além de outras fontes de origem controlada.